ヘスター
ラルフ
クリス

ミエル
ルゲンツ
クラウス
グラハム神父

「この毒で世界最強になってやる」
体を真っ二つにされたゴブリンを見て、俺は小さく呟《つぶや》く。
毒を持つ未知の植物。生きるために貪り食っていたが、身体強化の作用がある植物が混じっていたのだろう。
思わず口角が上がる。

追放された名家の長男 1
～馬鹿にされたハズレスキルで最強へと昇り詰める～

著 岡本剛也
イラスト：すみ兵

CONTENTS

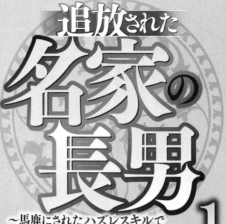

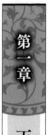

第一章　天恵の儀

「さあ、次の者。前へ」

神聖なる空気が漂う教会で、俺は神官服に身を包んだ一人の老神父に、前へと出るように促された。

神父が立つ十字架が象《かたど》られた講壇には大きな青色の水晶が置かれており、その水晶に神父は両手をかざしている。

これから行われる儀式は『天恵の儀』と呼ばれており、このメルドレーク王国では十六歳となる年に受けることを義務付けられている儀式。

『天恵の儀』とは何なのかというと、この儀式を受けるとその人物に適した職業、そして特別なスキルが発現される――まさしく、天からの恵みを頂くことのできる儀式なのである。

職業としては、【戦士】や【魔法使い】、【騎士】などの一般戦闘職から、【商人】や【鍛冶師《かじ》】、【農民】などの非戦闘職、更には、【魔導士】や【聖騎士】、【魔法剣士】といった上級職まで多種多様な職種が発現される。

スキルに関しては、職業に付随したスキルが発現されることが多く、『天恵の儀』によって上級職が発現されれば、どんなに下層階級の人間だろうが国から優遇されて援助を受けることができ――どんな人物だろうが、一発逆転がありえる人生最大の行事とも言えるだろう。

大半の人間が天からの恵みを望み、この儀式を待ち望むのだが……俺、クリス・スパーリングは違う。

名家と名高いスパーリング家は代々、剣を扱う職業をこの『天恵の義』によって授けられてきた家系であり、当主の適性職業はスパーリング家の権威に大きく影響を及ぼす。

俺の父親であるゲオルク・スパーリングは剣に関わる職業ではあったものの、【剣豪】という歴代当主で最低ランクの適職を授けられた。

そんな事情があってか父さんは適性職業に対しての思い入れが人一倍強く、双子の弟が体が弱かったこともあり、長男でもある俺は小さい頃から父さんに付きっきりで厳しい特訓をさせられてきた。

そんな親の期待を一身に背負わされての、この『天恵の儀』。

スパーリング家の血を引く全ての人間が剣に関わる職業を与えられてきたため、大丈夫だとは思っていても……万が一を考えてしまい、体が震えるのを抑えることができない。

世間には、何不自由なく過ごすことのできた俺の環境を羨《うらや》む人も多くいると思うが、俺からしてみれば生活が大変でも過度な期待をされずに育ってきた人の方がよほど羨ましく思える。

「早く前へ行ってくれ。次は俺の番なんだから」

吐き気を押し殺しながらゆっくりと歩いている俺に、後ろから声を掛けてきたのは双子の弟のクラウス。

小さい頃は体が弱く、ずっと医者に付きっきりで看病されていたクラウスだが、五歳になった頃から回復の兆しを見せ、今では何の問題もなく普通の生活を送れている。

そのため物心ついた時には、なんてことのないごく普通の兄弟であったはずなのだが……クラウスは俺のことを好いていないようで、俺が話しかけてもいつも反応が薄く、今に至るまで会話すらまともにしたことがない。

見ようによっては俺ばかりが目をかけられていると捉えられるし、クラウスもそう感じているのかもしれないな。

「ごめん。行くよ」

一言謝ってから大きく深呼吸をし、俺は早足で講壇の前へと進んだ。

神父は俺が目の前に立ったことを確認すると、枯れ木のような両手を水晶の上にかざし、何やら呪文のようなものを口にし始める。

時間にして数秒なのだが、俺にとっては永遠にも思えるほどの長い時間に感じられた。

そして……授けられた『天恵』が分かったのか、神父は水晶から手を下ろし両の目を俺へと向けた。

「クリス・スパーリング。適性職業は【農民】。固有スキル【毒耐性】」

神父の言葉を聞いた瞬間、目の前がぐわんぐわんと揺れる感覚に襲われ、心臓が押し潰《つぶ》されているかのように急激に痛くなり始めた。

の、のうみん……？

俺は今、農民と言われたのか……？

神父が何やら話しているが耳には入ってこず、押し殺していた吐き気が一気に爆発しそうになったその時。

「兄さん、適性職業が【農民】なんですか⁉　そ、それは残念ですが……大丈夫ですって！　元気を出してください!!」

教会内に響き渡るほどの大きく喜々とした声で、背後から俺を励ましてきたクラウス。

俺が声に反応し振り返ると、そこには歓喜に満ちた顔をしているクラウスがいた。

反射的に口を押さえに飛び掛かりそうになったが、ここでクラウスの口を押さえたところで俺の適性職業はいずれ広まる。

異常に強張《こわば》った筋肉を脱力させて肩をがっくりと落とすと、クラウスが俺の肩を軽く叩《たた》きながら真横で立ち止まった。

「お陰で、より気楽に『天恵の儀』を受けられるよ。ありがとう」

耳元で嫌味たらしくそう呟《つぶや》くと、クラウスは肩で風を切るようにして講壇の前へと歩いていった。

そんな弟とは対照的に、俺が体を縮こまらせながら教会の入り口に歩いていくと、そこで仁王立ちしている父さんの姿が目に入る。

離れた位置からでも、その表情からは今まで見せたこともない怒りが伝わってきたのだが、すぐさま罵声が飛んできた。

「この出来損ないの役立たずめっ！　私が何年にもわたり面倒を見てきてやったというのに……【農民】でスキルが【毒耐性】だけだと？　なんて無様《ぶざま》な醜態を晒《さら》してくれたんだっ！」

「す、すみま――」

俺は声を絞り出すように謝罪の言葉を吐き出したのだが――。

そんな俺の謝罪の言葉を遮るかのように、後ろから大きな歓声に近い声が上がった。

振り返ると、クラウスが先ほどの神父に肩を叩かれており、輝くばかりの笑顔を見せている。

それからすぐ、ざわざわと聞こえていた噂話《うわさ》が教会の入り口にいる俺と父さんの耳にも届いてきた。

「今の人、【剣神】って出たそうよ。初代勇者様から始まり、五人目の【剣神】らしいわ」

「それって……。とんでもないことじゃないのか？」

俺は慌てて父さんの方へと向き直ると、つい先ほどまで今まで見たこともない怒りの表情を見せていた父さんは、またしても今まで見たことのない歓喜の表情へと変わっていて、目を輝かせながら講壇の上に立つクラウスを見ていた。

その視界にはもはや俺は映っておらず、溢《あふ》れんばかりの人がいるこの教会で俺一人が取り残されたと思うほどだった。

「と、父さん。す、すみませんでした」

そんな現状を見て、俺は思わず謝罪の言葉を口にしたのだが、ちらりと俺に視線を向けたその目はまさに憐《あわ》れみの目。

再び心臓が握り潰されるような痛みを発し、息も絶え絶えになって呼吸すら満足にできない。

俺は心臓部分を強く握り締めながら膝から崩れかけたのだが、地面に膝をつく前に背後から脇の下を支えられ、倒れることすらできなかった。

ゆっくりと見上げるように背後の人物を確認すると、そこには先ほどよりも醜く笑いながら俺を見下ろすクラウスの姿があった。

「兄さん。ここで倒れたら、注目がそっちにいっちゃうじゃないか。スパーリング家からせっかく【剣神】が出たんだ。倒れるなら人目につかない路地裏で思う存分泣いてきてくれ。【農民】のクリス兄さん」

怒りのあまり拳《こぶし》が出かけたが、本能が既にこの数分で出来た明確な立場の差を認識してしまったのか、振り上げかけた拳はそれ以上上がることなく下へと垂れた。

俺に反論する力もないことが分かるや否や、クラウスは満足そうに俺から手を離し、周りからの歓声を浴びながら父さんの元へと歩いていく。

「父さん。先ほど【剣神】の天恵を授かりました。兄上は残念ながら【農民】でしたが……神様は見放していなかったようで、スパーリング家の面目を保てる適性職業を授かることができました」

「ほ、本当に……本当によくやってくれた！　クラウスよ。さすがはスパーリング家の人間だ。これからはお前がスパーリング家を良い方向へと導いてくれ」

感極まったように目頭を押さえながら、クラウスと熱い抱擁を交わす父さん。

クラウスもまんざらでもない表情をしていて、周りの人々はその親子の抱擁を見て大きな拍手を送っている。

その光景を客観視した俺は、息も絶え絶えに激しく痛む心臓を押さえながら、なにもかも馬鹿らしいという感情が頭の中をぐるぐると渦巻くのを感じる。

父親の勝手な願望、そしてスパーリング家の権威。

そんな目にも見えないもののために、幼少期から厳しい特訓を押し付けてきたにもかかわらず、『天恵』というただの運だけで出来損ないの役立たず扱い。

挙句の果てには、体が弱かったからといって半分育児を放棄し、まともに会話すらしていなかったクラウスに涙を見せて感謝の言葉を述べている。

クラウスも父さんに相手にされなかった怒りを俺に向け、一番の元凶である父さんと抱き合ってまんざらでもない顔。

俺が何か悪いことをしたわけでもないのに、怒声を浴びせられ、皮肉を言われる仕打ち。

——そして何よりも、ここまでコケにされているにもかかわらず、何も言い返せずにジッと見ていることしかできない自分の情けなさに嫌気が差す。

空っぽの拳を思い切り握り締め、俺は一人、教会から帰路についた。

『天恵の儀』が行われた二日後。

俺は正式に家から出るようにと父親から通達された。

クラウスが【剣神】を授かったことで忘れていた俺への怒りが、一日経《た》ってから沸々と再燃したようで、昨日は一日中スパーリング家の練習生と俺だけ無手での試合をさせられながら、こっぴどく叱《しか》られ続けたのだ。

——一体なんで怒られているのか。

そんな俺の中での虚無感も拭《ぬぐ》えないまま、説教終わりに「家から出ていけこの出来損ないが」この一言のみ。

俺は全身に打ち込まれ腫れた体の痛みと精神的にへこまされたゆえの、情けない涙を流しながら小さな鞄《かばん》に荷物を詰め込んだ。

しばらくして身支度を終えたが、ほとんどのものはスパーリング家のものと言われたため、小さい鞄ですらスカスカな状態。

小さく軽い鞄を肩にかけ、とぼとぼと自室から出ようとしたのだが、部屋の出入り口で何かに躓《つまず》き、俺は胸から地面に落ちるように思い切り転倒した。

人の気配があったため見上げると、俺の部屋の前で張っていたのであろうクラウスの姿がそこにはあった。

「兄さんの尻ぬぐいをしてあげた俺に、お礼の一言もなしに出ていく気だったのか？」

心の底から見下しているような言い方で、そう言い放ったクラウス。

ここまでくると、俺がクラウスに何かしたのかと勘ぐられてしまいそうだが……本当に俺とクラウスには何もなかったのだ。

喧嘩《けんか》どころか会話すらもしていない。

そう、本当に家族なのかすらも疑ってしまうほどに。

「……礼を言う気はない。そもそも、なんでそんなに突っかかってくるんだ」

「ははは！　なんで突っかかってくるのかだって？」

取り乱した様子で笑いながらそう言い、急に表情を一変させて倒れている俺に怒りの眼差《まなざ》しを向けてきた。

「今まで俺が受けてきた扱いを思い返して分からないのか？　たった数十分早く生まれてきただけでお前が長男、そして跡取りとして大事に育てられた。一方で俺は数十分遅く生まれただけで父さんから見放された。理由なんて単純明快だろうが」

「それは長男次男とか関係なく、クラウスが病弱だったからだろ――」

「黙れ！　優越感に浸りながら、俺に話しかけてきていたのも心底ムカついていたんだよ。ただ

「……くくっ、あっはっはっ！　天は俺に味方をし【剣神】を授け、お前は【農民】だとよ！」

怒りの表情から、また取り乱した様子で笑いだしたクラウス。

情緒が安定していないクラウスに若干の恐怖を覚えつつも、一方的に不満をぶつけられコケにされていることへの怒りが沸々と湧いてきた。

なぜ俺がここまで言われる筋合いがあるのか。

病弱だったために小さい頃から母さんはクラウスに付きっきり、代われるものなら代わりたかったのは俺の方だ。

俺は父さんに厳しく指導され続けていたため、母さんとはまともに話したことすらない。

実際がどうだったのかは不明だが、優しく守られているクラウスを見てずっと俺は羨んでいた。

「幼少期から跡取りとして、そして剣士として大事に育てられたのに、天から【農民】として働くことを定められ、家からも追い出された気分はどうなんだ？　俺に教えてくれよ、クリス！」

「黙れっ！」

俺は内に溜《た》まりに溜まった怒りを一気に放出するように、立ち上がってクラウスを怒鳴りつけた。

そんな俺に対して一瞬怯《ひる》んだようにも見えたクラウスだったが、表情は変えずに真剣を腰から引き抜いて俺の顔の前へと向けた。

「耳障りだから叫ぶなよ。お前はもうこのスパーリング家の人間じゃないんだぜ。……本当にムカつくな。ここで斬り殺されたいのか？」

向けられた刃先がおでこに触れ、ツーッと血が涙のように頬《ほお》を伝う。

正真正銘の真剣なのだが、怒りのせいか一切の恐怖を感じない。

クラウスから剣を向けてきたんだ。やり返しても俺に非はない。

そう正当化してから、俺も腰に帯びていた木刀を抜き、クラウスの剣の側面を思い切り叩いた。

真剣vs木剣。

剣の質だけで言えば圧倒的に不利だが、側面を打つようにすれば十分に戦える範疇《はんちゅう》。

曲がりなりにも俺は、幼少期から今現在まで厳しい特訓を積まされてきたのだから。

「ははっ！　なんだ？　俺とやろうっていうのか？　……いいぜ。やってやるよ」

農民だと馬鹿にしていた俺に反撃され、怒りを隠しきれない様子のクラウスだが、足取りも体捌《さば》きもおぼつかない。

軸はブレているし剣もゆらゆらと動いていて、どこからでも叩ける――まさに隙《すき》だらけの状態。

まずは手始めに、右手首に鋭く打ち込んで流れのまま左の胴部分を強打。

痛みのせいか、体が右に大きく傾いたところを見て左肩に打ち込み、ガラ空きとなった胸を思い切り突くと、クラウスは床を滑るように転がった。

完璧な攻撃だったし、胸を突いたことで息をするのも苦しいはず。

床に転がったまま動かないクラウスをしばらく見下ろし、俺の溜飲《りゅういん》も下がったため荷物を持って立ち去ろうとしたのだが……。

「お、おい。ま、まだ終わってねぇぞ」

振り返ると胸を押さえて顔を酷《ひど》く歪《ゆが》めながらも、クラウスは立ち上がっていた。

ただ、これ以上の戦いは蛇足でしかない。

「もう決着はついた。その態度にはムカついたけど、弱っている人をいたぶる趣味は俺にない」

「黙れ！　――殺してやるよ」

そうぼそりと呟いた瞬間、異様な光がクラウスの剣から発せられた。

その光からは形容し難いが、とてつもなく強大な力が感じられ……光が刀身を包み込むように覆った次の瞬間、クラウスがにたりと嫌な笑みを浮かべたのが見えた。

「死ね。【セイクリッド・スラッシュ】」

水平に剣が振られた瞬間、その剣から光の斬撃が放たれた。

俺はというと、見たこともないその強大な力に腰を抜かしてしまい、尻もちをついたまま全く動くことができない。

――死んだ。

コンマ数秒でそう悟ったのだが、目にも止まらぬ速さで飛んできた光の斬撃は俺の頭上スレスレを通過し、後ろの部屋を粉々に壊しながら彼方《かなた》へと消えていった。

吹き抜けとなった背後から風が強く吹いてきて、ドッと溢れ出た冷や汗が体を芯から凍らせる。

心臓はどんなに大変だった特訓の時よりも高鳴っていて、口から飛び出てしまうのではと思うほど。

「……ちっ。倒れたせいで外してしまったか。力が強すぎるせいでまだコントロールが上手《うま》く定まらない。ただ、二度目はないぞ」

心の底から残念そうに呟いたクラウスは、再び先ほどと同じような構えを取った。

……む、無理だ。あんな攻撃に対抗できるわけがない。

徹底的に教え込まれてきた剣術や立ち回りが、何の意味もなかったと感じてしまうほどの強力なスキルを用いた攻撃。

それを容赦なく人に対して放てるクラウスにも恐怖し、ガタガタと全身が震える。

このままでは殺されてしまう——そう悟った俺は地面に這《は》いつくばり、その場からの逃げの一手を選んだ。

腰が抜けてまともに動けなかったため、階段を転げ落ちるように全身を強打しながら下るが、命があるだけマシと思いながら痛みを堪《こら》えて玄関を目指す。

俺が下へと降りてからすぐに、二階からはクラウスの放った二度目の攻撃による衝撃音が聞こえ、逃げたと知って追ってくる足音も聞こえてくる。

みっともなくあまりにも惨めだが、死なないためにも絶対に逃げなくてはいけない。

この一件により二度とこの家には戻れないと悟った俺は、玄関までの道中で金になりそうなものを適当に掴《つか》んでは鞄に押し込みながら、生まれてからずっと過ごしてきた家から飛び出した。

家を出てからは行くあてもなく、とにかくクラウスから逃げるために走り続けた。

慣れ親しんだデジールの街からも離れ、街から近い位置にある深い森として有名なペイシャの森まで逃げ込んでいた。

森の中ほどの小さな泉にてようやく足を止め、へたり込むように地面に腰を下ろす。

心臓が破裂しそうなほど高鳴っていていまだに追われている感覚があるが、なんとかクラウスを撒《ま》けたようだ。

怪我《けが》も負っていたし、絶対に追いつかれると思っていたけど……。

最初の剣技のみでの勝負なら圧倒できていたように、単純な身体能力と技術面で言えば俺の方がまだ高いのだろう。

……それにしても体が痛い。

逃げるのに必死で走っている最中は強くは感じなかったが、腰を下ろして一息ついたことで階段から落ちた時にぶつけた箇所が酷く痛む。

全身をくまなく確認してみると、青く腫れている部分がいくつもあり、右足首に至ってはパンパンに膨れあがっている。

家族から追われていて、行くあてもないのに怪我の状態も酷い。

一息つけたのはいいが、ここからどうするかが一番の問題となる。

下手に盗みを働いてしまったため、スパーリング家がお尋ね者として追手をよこしている可能性も十二分に考えられる。

そう思うと、下手にこの森から出ることはできない。

となれば、ほとぼりが冷めたと俺が感じるまでの間は、この森で過ごさなければならないわけで……。

俺は中を覗《のぞ》き見るようにゆっくりと鞄を開く。

『何か食べ物が入っていてくれ』

そんな俺の強い願いも虚《むな》しく、鞄には俺が詰めた数少ないアイテムと、盗んだ母さんのアクセサリーに父さんの懐中時計。

それからなけなしの水の入った小さな革袋と、心もとない量の牛のジャーキーだけ。

正直、食べようと思えば一食で食べきってしまうような量だ。

こんな状況で、最低でも一週間はこの森で過ごさないといけないだろう。

まだ怪我さえなければ、動物でも魔物でも狩って食料調達ができたのに。

俺は早くも心が折れかけ、『家に戻って許しを請う』――そんな言葉が脳裏に過《よぎ》るが、それと同時に頭に浮かぶのは、天恵で【農民】を引いた俺に罵声を浴びせ、弟子に俺をボコボコにさせて家から追い出した父さん。

そして、今まで父さんに相手にされなかった恨みを全て俺にぶつけ、挙げ句に本気で殺しにきたクラウスの顔。

帰ったところで兵士に突き出されるか、クラウスに殺されるかしかないし……ここで折れて、親父《おやじ》そして――クラウスに負けたくない。

「絶対に何がなんでも生き残ってやる」

そう強く決心した俺は、服の袖の部分を引きちぎり、拾った木の枝と合わせて、怪我した箇所の関節を動かないようにガチガチに固定する。

魔物と戦えるほどではないが、なんとか歩けるぐらいにはなった。

食料問題に関しては、とりあえず口にできそうなものは口に入れていくつもりだ。

一生使うことはないだろうと思っていた、ハズレスキルである【毒耐性】のお陰で、何を食べても死ぬことはないだろう。

山や森の中でのサバイバルという一点のみに限り、非常に有用であると実感することができた。

まぁ本当にこれぐらいしか生きる上で使い道はないんだろうが、今を生きるという一点だけでも役立ってくれてよかった。

ペイシャの森で数週間生きていく覚悟と、長時間移動する準備を整えた俺は、いい拠点を見つけるべく立ち入り禁止とされていた森の奥地を目指し、歩を進めた。

魔物と遭遇しないように周囲を警戒し、森を歩くこと数時間。

徐々に木々が深くなり、陽射《ひざ》しが入らず夜のように暗くなってきている。

ペイシャの森には狩りをしに何度か親父と来たことはあったが、こんなに深い場所までは立ち入ったことがない。

奥へ進むに連れ、魔物どころか動物の気配も消えてきており、俺の歩く音と木々の葉が擦《こす》り合わさる音だけが森の中にこだましている。

この異様な空気感に、魔物と出会うこととはまた違った恐怖を感じながらも、俺はようやく拠点にできそうな場所を見つけた。

崖の下……というよりも、大きな岩と岩の間にちょうどいいスペースが空いている場所。

岩同士が重なり合っていて屋根のようにもなっているし、入り口の横幅が俺三人分くらいしかないため、魔物に囲まれる心配もなければ、大きな魔物はそもそも入ってくることができない。

雨や風にも強く、天然の要塞《ようさい》にもなっているこの隙間。

びっしりと生えた苔《こけ》と、見た目の悪い虫が大量に湧いていることだけが懸念点だが、どちらも大したことではない。

早速暮らしやすくするため、たくさんの足が生えている虫たちの駆除と苔の掃除から始めることにした。

虫を何匹か捕獲しつつ駆除を行い、びっしりと生えた苔を掃除。

更には、ちょっと泥濘《ぬかる》んでいる地面を整地するため枝と葉っぱを敷き詰めて、簡易的ではあるが拠点が完成。

あとはひたすらに時間が流れるのを待つだけなのだが……。

人というものは、何もせずともお腹が空《す》くもの。

ましてや、今日は朝食を食べていない上にクラウスと本気で戦って殺されかけ、怪我を負った状態でこのペイシャの森の奥地まで逃げてきている。

生まれてから一番体力を消費しているだけに、先ほど捕まえておいた足が数十本もびっしり生えた気持ちの悪い虫でさえ――見ただけでゴクリと生唾を飲んでしまうほど、お腹が空ききっている。

さすがにこの虫を食べるのは、糞《ふん》抜きを行うという意味でも最後の砦《とりで》としたいし、付近に生えている植物類を採って食べていこうと思う。

作った簡易的な拠点から出て、早速生えている植物を手に取っては口の中へと放り込んでみた。

俺が口にしたのは、真っ赤な葉で包まれた白い花を二つ付けた、人の顔のようにも見える不気味な植物。

口に入れた瞬間は甘味のようなものを感じたのだが、中の花が舌に触れた瞬間に強烈な苦味が口内を襲った。

葉は若干甘く、花は強烈な苦味を持っている――そのアンバランスさがよりエグみを増長させており、体が飲み込むのを拒絶しているが無理やり飲み込んだ。

……はぁ。ただ少量の植物を食べただけなのに、ドッと疲れたような気がする。

目の前に無数に生えている今の人面花は避け、続いては紫色の可愛《かわい》らしい花を咲かせた植物を口に入れた。

見た目から不気味だった人面花とは違い、可愛らしい花だから大丈夫かと思ったが、ただただ苦味と渋みしかない。

こちらもなんとか飲み込んだが、如何《いかん》せん生のままでは苦味しかない植物ばかりで、毒があるとか関係なしに食べられたものではないな。

それでもお腹が極限まで空いているため、無理やり飲み込んでエネルギーへと変えつつ、毒々しい実や怪しげなキノコ類も口にしていく。

人面花は例外だったが意外なことに見た目が怪しげなものほど、苦味以外の味がして食べやすいものが多い。

とりあえず見た目度外視で、口にして美味《おい》しかったものを積極的に集めていき、持参していた鞄いっぱいになるまで植物採取を行った。

拠点へと戻り、集めた植物を鞄から取り出して別で保管。

あとは……どうにかして水分を補給したい。

植物を採取している最中も、近くに小川がないか探していたのだが、見つけたのはちょっと深めの泥混じりの水溜まりのみ。

泉からこの拠点までの道中にも水源はなかったし、あの泉まで戻るか泥水を飲むしかない。

気持ちとしては、数時間かかるが泉まで戻って水の確保をしたいところだけど、そもそも泉までの道が分からない。

今まで現実から目を背けていたが、無我夢中で進んできてしまったため、現在は帰り道が分からず遭難している状態なのだ。

となると、あの水溜まりの泥水を啜《すす》るしかないわけで……。

植物類同様に【毒耐性】のお陰で体に害が及ぶことはないんだろうけど、味を考えると体が自然と忌避してしまう。

植物から水分を取れないこともないけど、量を考えても泥水を飲まなければ脱水で死ぬだろう。

覚悟を決めた俺は、先ほど見つけた水溜まりへ向かい、泥水を両手ですくって口へと流し込む。

黒に近い茶色の水に相応《ふさわ》しく、臭みや苦味と口の中に残る異物とが絶妙にマッチし、嘔吐《おうと》しかけるが無理やり口を押さえて体内に留《とど》める。

食べ物もなければ、まともな飲み水もない。

あまりにも劣悪な環境に自然と涙が溢れそうになるが、絶対に生き残るという覚悟はもう決めている。

——親父とクラウスに復讐《ふくしゅう》してやる。

その気持ちだけで立ち上がり、俺は口を拭ってから拠点へと戻った。


ペイシャの森に入り、拠点を作ってから数日が経過。

水は雨水を溜めてある程度凌《しの》ぎ、それだけでは足らなくなったら泥水を啜って水分を補給。

食べ物に関しては、植物に加えて虫も捕まえては食べることで凌いでおり、そして昨日……何らかの肉を森の中で見つけることに成功していた。

ほとんど原形を留めておらず、何の肉かも判断できないほど腐りきっていたが、植物と虫しか口にしていなかった俺にとってはご馳走《ちそう》。

ペイシャの森に入る前では考えられないが、腐肉を大事に抱えて持ち帰ってきたというわけだ。

鼻がおかしくなるほど酷い臭いを発しているが、植物と一緒に焼いて香草焼きのようにすれば幾分かマシになるはず。

ワクワクしながら、腐った肉にどの植物が合うかを吟味し、俺は現状でできる最高の調理を施した。

今まで食べてきた肉の中では、最低の味と断言できるが……それでも今の俺にとっては美味しすぎる逸品。

涙をこぼしながら、少しずつ大事に腐肉の香草焼きを堪能した。

久しぶりに満腹となった俺は、一休みしたい気持ちを押し殺し、すぐに次の食材を探しに出かける。

とにかく生き物の少ないこの森は、危険度が低い代わりにまともな食料が手に入りづらい。

俺は今、一日分の食材を探すのに一日浪費するという、費用対効果の悪すぎる生活を送っているのだ。

クラウスに負わされた傷も、食べた植物に薬草が交じっていたためか完治寸前まで回復しているし、木の枝に割った石を括《くく》り付けて簡易的な斧《おの》も製作したため、そろそろ動物や魔物を狩りたいところ。

時折、歩みを止めて立ち止まり周囲の気配を探ってみてはいるが、小鳥のさえずりと木々が擦れ合う音しか聞こえないんだよな。

だからこそ、あの腐りきった肉でも本当にありがたかったわけで……。

そんなことを考えながら食材の採取を行っていると、明らかに自然の音とは違う草木を掻《か》き分けるような音が、東の方角から聞こえてきた。

常に索敵しながら進んできた俺の前に、ようやく現れた絶好の獲物。

ただ、聞こえた音の大きさからしてかなりの大物のような感じはするが、肉の旨味《うまみ》を知ってしまった俺を俺自身で止めることができない。

一目散に音のした方向へと走り、獲物を見失う前になんとか見つけ出そうとした。

人生で一番の集中力を発揮しながら、五感を研ぎ澄ませて獲物の痕跡を追う。

草木を掻き分けた痕跡、僅《わず》かに残された足跡、仄《ほの》かに漂っている獣臭を必死に嗅ぎ分け、俺はようやく物音を立てた獲物に追いつき——視界に捉えることに成功した。

音を立てていた獲物の正体は、危険な魔物の代名詞であるオーク。

以前、一度だけオークを見たことがあるが、今回のオークはその時よりも大きく見える。

天敵のいないこの森で育ったから大きくなったのか、それとも今回は戦う相手として見ているから大きく見えているだけなのか。

どちらにせよ、危険な魔物であることには変わりない。

小さい頃にオークと遭遇した時は、親父が一人で対峙《たいじ》し討伐していたのだが、天恵で【剣豪】を授かっていて更に剣術の稽古を毎日行っていた親父が、若干ではあるが手こずっていたほどの強さ。

俺も親父とはスキルなしでの戦いならば、少し手こずらせるぐらいの力はあるため、こいつがあの時のオークと同程度なら、実力はほぼ互角とみていいと思う。

互角の相手でこちらの装備が心もとない現状を考えれば、戦いを挑むのは危険極まりない行為なのだが……今の俺にはこのオークが旨《うま》そうな食べ物にしか見えていない。

思考し躊躇《ちゅうちょ》したのも一瞬だけで、すぐに絶対に狩ってやると決意を固めた。

このオークを狩ることを決めた俺は、不意の一撃を食らわせるために気づかれないようにそっと近づいていく。

この距離ならばいける——そう感じた瞬間に一気に走りだし、斧を振り上げてオークに襲い掛かったのだが……。

俺の存在をギリギリで察知したオークは地面を転がるようにして回避し、不意打ちはあっさりと失敗に終わってしまった。

回避に成功したオークは、一瞬だけ逃げようとしたように見えたのだが、襲ってきた相手が自分よりも遥《はる》かに小さい俺だと分かるや否や、醜悪な笑みを浮かべてジリジリとにじり寄り始めた。

形勢は逆転。今度は俺が狩られる立場へと回ったはずなのだが恐怖は一切なく、依然として俺にはこのオークが食材にしか見えていない。

逃げないでくれてよかったと安堵《あんど》しつつ、このオークをどう狩るのかを思考する。

体格、筋力共に上をいっている相手だが、幸いなことにこの辺りは密集した木々によって身動きが取りづらくなっている。

上手いこと木を盾代わりに使い、オークの視界からも上手く外れるように動ければ、勝機は十分にあるはずだ。

オーク攻略法を思いついた俺は、オークの作戦通り迫ってくるオークから木で身を隠しながら攻撃の隙を窺《うかが》う。

手に持った棍棒《こんぼう》を振り回すオークに、とにかく木々の間を縫って躱《かわ》してガードを固める。

近い距離で激しい攻防が行われるが、俺の想定していた通り、棍棒を振るのですら窮屈そうにしているオーク。

その光景を見て好機と判断した俺は、タイミングを見計らって木から飛び出た。

いきなり目の前に現れた俺に、すぐさまオークは棍棒を大きく振りかぶって攻撃してきたが……振り下ろされる直前に転がるようにして回避。

よけた俺に合わせて追撃してきたが、大きく振りかぶってから振り下ろされた棍棒は俺に直撃する前に木に直撃した。

直撃した木が削り取られるほどの破壊力だったが、その反動はもちろんオーク自身にも襲い掛かる。

木にぶつけた衝撃によって痺《しび》れたのか、体を震わせながら怯んだのを俺は見逃さず、手に持った斧での攻撃を行うため一気に飛び出た。

〝速度重視で少しずつダメージを与えていき、徐々に動きを鈍らせていく〟。

そんな考えのもと振った斧は、オークの背中を直撃し——そのまま深々と斬り裂いた。

オークの悲痛な雄たけびが森の中にこだまし、俺が振り下ろした斧は先端から潰れるように壊れてしまった。

手にはただの木の棒となった斧だったものだけが残り、意図せず武器を失ったことで心臓が飛び出るかと思うほど焦ったが、雄たけびを上げて倒れたオークは体を震わせてはいるけど起き上がる気配がない。

俺の予想の斜め上のことが起こり、俺は木の棒を握ったまま固まり動けずにいる。

………今の攻撃に予想以上の威力があり、一撃で殺せたってことでいいのか？

しばらくの間、呆然《ぼうぜん》と倒れたオークを見つめていたが、理由を考えるのは後にしてオークの処理を行うことに決める。

死んだふりではないことを警戒しつつ、うつ伏せに倒れているのを仰向《あおむ》けに起こすと……ぐったりとした様子のオークが、虚《うつ》ろな眼差しで俺を睨《にら》むように見てきた。

どうやら傷が深く動けなかっただけで、死んでいたわけではなかったようだ。

生きていたことに驚きつつも、すぐに息の根を止めることに思考を回す。

握っていた斧だった木の棒を振り上げ、これ以上苦しまないように一撃で仕留めるべく、脳天目掛けて振り下ろす。

勢いよく振り下ろされた木の棒により、オークの頭はぐしゃりと潰れ、残っていた木の棒の部分も粉々に砕けてしまった。

この一撃で木の棒すらも完全になくなってしまったが、今はそれよりも処理の続きを行うのが先決。

スキル【毒耐性】のお陰で、腐らせてしまっても食べることはできるのだが……命を奪ったからには、美味しく食べてやるのがせめてもの礼儀だろう。

解体の道具もないため、針のように硬くごわごわした毛をよけながら、斧で斬り裂いた背中から素手でまずは皮を剝いでいく。

次に背中から腰にかけてを開いて内臓を取り出す作業へと移る。

体内で内臓が破けないように丁寧に取り出し、とりあえずの処理は完了。

近くに川があれば、もっと楽で綺麗《きれい》にできたのだろうけど、付近には川どころか水溜まりすらも見当たらないから仕方がないな。

処理が完全に終わったところで、どう運ぶかを考える。

頭を潰し、内臓を取り出したとはいえ、体格が俺の倍ほどあるオークは想像を絶する重さだろう。

持ち運びやすいように切断しようにも、細かくすればするほど逆に持ちづらくなるし、そもそも切断するための道具がない。

相当な重労働を課せられるだろうが、背負うように持って帰るしかないか。

覚悟を決めた俺は、持ち帰ることのできない内臓部分を綺麗に地面に埋め、解体したオークをおんぶをするような形で持つ。

やはりズシリと重くのしかかるが……想像していたよりかは重くないな。

全身がオークの血で血まみれになるだろうけど、普通に歩くことは可能だ。

解体したオークを背負った俺は、転ばないように一歩一歩踏みしめながら、拠点を目指して歩いた。

行きの倍ほどの時間がかかったが、なんとか拠点まで戻ってくることができた。

洗えないため体中が血なまぐさいが、新鮮な肉が大量に手に入ったことを考えれば全く気にならない。

まずは石を石で叩いて簡易的なナイフを作り、綺麗に切り分けていく作業に入る。

オークの体が大きいため切り分ける作業だけでもかなりの手間がかかり、ナイフもすぐにダメになってしまうせいで余計に時間がかかる。

オークを倒したのは午前中だったが、全ての肉を綺麗に切り分け終えたときには辺りは真っ暗になっており、全身についたオークの血もカッピカピに乾いてしまっていた。

ただ、これで大量の肉の確保に成功。

今日と明日に食べる分だけを分けておき、あとは乾燥させて日持ちするようにする。

虫にたかられないように工夫を凝らして吊《つ》るし、ひとまずこれで全ての処理を終えたと言っていいはず。

……………ふぅー。格上であるオークと戦い、この拠点まで運んでからの解体作業。

しんどすぎる一日だったが、それに見合った成果は得られた。

お腹がぐーっと情けなく鳴り、一刻も早くオークの肉を食べたいところだけど、まずは血なまぐさい全身を洗い流したい。

ヘトヘトな体を動かし、暗い夜道を進みながら泥の水溜まりまで向かい、体を綺麗に洗っていく。

ただでさえ汚い泥水を汚さないよう、面倒くさいながらも水をちまちまと掬《すく》いながら血を落とす。

ある程度の血が取れたところで、ついでに水分補給も済ませてから再び拠点へと戻った。

よし。ようやくお待ちかねの新鮮な肉を食べることができる。

オークは獣に近しい見た目とはいえ人型の魔物。

食べることは禁忌とされている節があるのだが、この環境ではそんなことは言ってられない。

吊るした肉とは別に置いておいた新鮮な肉を手に取り、串に刺してじっくりと焼いていく。

腐った肉の腐敗臭交じりの臭いではなく、正真正銘の肉の香ばしい匂いが拠点内に漂い始めた。

その匂いに反応してお腹がぎゅるぎゅると鳴り始めるが、しっかりと焼けるまで我慢し――完璧に焼けた瞬間、程よい脂の乗った肉串を手に取ってかぶりつく。

「うんまぁ……」

口の中で肉汁と共に旨味が爆発。

脳に直接刺激がくるような、まさに強烈で凶悪とも言える暴力的な美味しさ。

途中で諦めずに必死になって生きてよかった。

そう、心の底から思えるような至高の一品。

完全に止まらなくなった俺は、次々に肉を串に刺しては焼いていき、結局明日の分にと取っていた肉まで綺麗に平らげてしまった。

串焼きだけでなく、色々な調理法も試そうと思っていたんだけど、そんなことを忘れてしまうほど夢中で食べ進めてしまったな。

オークに最大限の感謝をしつつ、満腹と疲労でそのまま横になる。

このまま眠りについてしまいそうだったが、ふと先ほどの戦闘のシーンが思い起こされた。

俺の振った斧がオークの背中を深々と斬り裂き、一撃で致命傷を負わせたあの出来事。

この手で解体したから分かったが、オークは硬い毛に分厚い皮、それからパンパンに詰まった脂肪に、その内には鎧《よろい》のような筋肉を纏《まと》っていた。

自分が知っている今までの自分では、どう上手く攻撃できたとしても一撃であのオークに対し致命傷にまで持っていくことは不可能だったはず。

それに木の棒で一発で頭を潰せたことや、何十キロもあるオークを拠点まで運び込めたことを考えても……信じられない速度で、肉体の強度が増してきている。

考えられる理由は天恵による恩恵。

俺は【農民】の天恵を授かったわけだが、【農民】だったとしても能力の強化が成されるはず。

ただ、それにしてはあまりにも強化されすぎている気がする。

【剣豪】の親父よりも、強化の振れ幅が大きいことになるわけだからな。

だとすれば、クラウスにやられたことで強くなった――が一番有力だ。

筋肉と同じような原理で、ズタズタに壊れれば壊れるほど以前よりもより強く修復される。

そんな現象が俺の体に起こったというのが、今の俺が考えられる一番それらしい理由。

……ただ、その理由だとしても一気に強くなりすぎている気はするが、これ以上の的確な理由が思い浮かばない。

理由はどうあれ、オークを一人で楽々と倒せるほどの力を手に入れることができたのなら好都合。

このペイシャの森でのサバイバル生活も生き残る目途《めど》が立ったし、あとは自然と時が流れるのを待つだけだ。

色々と腑《ふ》に落ちない点が残ってはいるものの、自分の中で無理やり納得させた俺は、自然の音を全身で感じながら深い眠りについた。

ペイシャの森に入ってから、約一ヶ月が経過。

俺はまだペイシャの森から出ておらず、最初に作った拠点に住み続けている。

本来は一週間ほどで森からは出る予定だったのだが、オークの肉が予想以上に多く、ジャーキーにした全ての肉を食べきるのに一ヶ月近くかかってしまったのだ。

デジールの街でのうのうと過ごしていた時であれば、食べきれない分は捨て、とっくの昔に森から出ていたのだろうが……。

食べるものが何もない辛《つら》さを知り、相手が魔物であれ自分が食べたいという欲のためだけにこの手で殺《あや》めたのだから、捨てるという選択肢はなかった。

まあ、最初はしんどかったペイシャの森での生活も、オークの肉が手に入ってからは慣れもあってしんどくはなかったし、別に俺は時間に追われているわけでもない。

最低でも一週間は森に潜伏しなくてはならないだろうと思っていただけで、一週間キッチリで出なくてはいけないわけじゃないからな。

この一ヶ月の森での生活も、何もないところでも生きていけるという自信がついたし、身体的にだけじゃなく精神的にも大きく成長できた。

なんならもう数ヶ月くらいはペイシャの森で暮らしてもいいぐらいだが……さすがにオークの肉が切れた今、不味《まず》い植物だけを食べて生きていくのは辛いものがある。

いいかげんほとぼりも冷めただろうし、ペイシャの森を出てどこかの街に行きたい。

人並み以上には剣を扱うことができるし、冒険者としてならなんとか食い繋《つな》いでいけると思う。

とにかく生きて、鍛えて、強くなり……親父、そしてクラウスに一泡吹かせてやるのが俺の今の目標。

【剣神】の天恵を授かったクラウスに一泡吹かせるのは、目標としては大きすぎる気もするが、それぐらい大きな目標でないと、唯一の家族に見捨てられたという現実に心が折れてしまいそうになるからな。

気合いを入れて頬を一つ叩いた俺は、早速拠点に運び込んでいたものを自然に戻し、持参の小さい鞄に持っていくものを詰めた。

そして残り少ないオークのジャーキーと雨水の入った革袋を腰に掛け、一ヶ月住まわせてもらった天然の洞窟に深々と一礼する。

ほんの少しだけ寂しい気持ちを残しつつも、俺はペイシャの森から出るべく歩き始めた。

拠点にしていた洞窟を後にしてから、約半日くらいだろうか。

色々と道に迷いながらも、ようやく初日に訪れた森の中ほどの綺麗な泉にまで戻ってくることができた。

雨が降ってからは泥水以外に雨水を溜めて飲めてはいたが、綺麗な水という観点では本当に一ヶ月ぶりの水だ。

当たり前のように飲んでいた水一つで、これだけの感動を味わえるとは思っていなかったな。

頭ごと泉に沈めて、溺れるのではと思うほど一気に飲んでいく。

不純物の混じっていない、飲んでいて不快感のない水は本当に美味しい。

胃から溢れるのではと思うほど泉の水を堪能した俺は、次に服を脱ぎ捨てて全裸となって水浴びを行う。

手触りの良い葉っぱを濡《ぬ》らして時折体を拭いてはいたけど、一ヶ月間もそんな洗い方だけでは不衛生極まりないのは明白。

綺麗な泉の水を汚すことに抵抗はあったものの、この汚い体では人の住む場所に行けないからな。

冷たい泉の水にゆっくりと浸《つ》かり、一ヶ月間の汚れを落とすべく必死に体を擦りまくる。

全身を一通り洗い終えたところで、身に着けていた服も洗おうと思い手に取ったのだが、ここで初めて服の至るところが破けていて、服と呼ぶには酷い有様《ありさま》になっている状態に気がつく。

風が直接肌に触れることが多かったため、破けていることには気がついていたが、ここまでボロボロになっているとは思っていなかった。

森の中での生活では、身だしなみなんて一番気にしなかった部分だったからな。

……さすがにこの服で森の外を歩くことはできない。

泉に浸かりながらどうしようか悩んだ末、水筒代わりとして作成したオークの革袋を元の状態に広げ、ボロボロの服の上から腰に巻くことに決めた。

かなり不格好な見た目になるだろうが、露出狂として見られるよりかは幾分かマシなはずだ。

せめて着替えの服くらい家から持ってこられていれば、こんなことにはなっていなかったのにな。

家から盗《と》ってきたものが、現状まで一切の役に立っていないアクセサリーだけなことに少し後悔をしつつも、俺は服と皮を身に着けてからペイシャの森を後にしたのだった。

第二章　レアルザッドの街

森を出た俺はひたすら公道に沿って歩き、王都メルドレークの隣街であるレアルザッドまで辿《たど》り着いていた。

飛び出てきたデジールの街から決して遠いわけではないが、一ヶ月も経《た》っていることを考えれば十分に離れた距離に位置している街。

王都の隣街ということもあって栄えていて、人の流れも多いことから身を隠すには適しており、【剣神】の天恵を授かったクラウスが王都に招集されることを考えれば、動向を追うのにもまさに持ってこいの街。

まだ詳しい計画は立てていないが、身の安全を確保できているうちはレアルザッドを拠点にするつもりだ。

俺は門の入り口に出来ている列の最後尾に並び、レアルザッドへの入門審査を待つ。

デジールにも門はあったけど出入りは自由のため、俺にとっては初めての入門審査。

レアルザッドの面積は王都であるメルドレークと比べて四分の一ほどしかないと聞いていたけど……王都の隣街ということもあって、見た限りでは十分すぎるほどに大きな街だし、入門審査待ちの待機人数を見ても栄えていることが分かる。

これの四倍以上も広いというメルドレークに関しては、正直、俺の頭では想像すらつかない。

予想以上の人だかりにボロボロの服装が恥ずかしくなり、身を縮こまらせて少しでも目立たないように待っていると、ようやく俺の番が回ってきた。

逃亡者の身である上に服装もおかしいということもあり、心臓を跳ね上がらせながら荷物検査と身体検査を行い、自身の身分の証明を行う。

身体検査を行った警備兵からは疑いの目を向けられつつも、危険とされるものは剣すらも持っていなかったことから、あっさりと街の中へ通してもらえた。

人が多いが故、マニュアル通りの検査になっていたから通れたが、人が少なく警備兵に時間の余裕があれば、確実に身辺をキッチリと調べられただろうし危なかったな。

あまり意識せず危険な橋を渡ってしまった気がするが、街の中に入ることができたのなら結果オーライ。

俺は堂々とレアルザッドの街へと入った。

門をくぐってまず見えたのが大きな噴水。

それからむき出しの土の場所がないほど綺麗《きれい》に舗装されている街路や、街の至るところに立てられている街灯。

一つ一つの建物も真新しく、道にゴミが一つもないのも驚きの光景だ。

生まれ育ったデジールも決して田舎ではなかったと思うのだが、ここレアルザッドは少しレベルが違う。

キョロキョロと街の景色を楽しみながらも、俺は賑《にぎ》わいを見せている商業地区へと向かった。

今日はオークのジャーキーしか食べておらず、お腹が空《す》いたため食料を購入したいし、泊まる宿も早急に見つけなければいけない。

それから衣類もなんとかしなければならないし、ペイシャの森では手作りの武器で代用していたが、クラウスに叩《たた》き折られた木剣の替えとなる武器も買わないと駄目だ。

そのためにとにかくお金が必要なのだが……俺の今の全財産は銀貨三枚と銅貨が数十枚。

衣類、食料、そして本日分の宿代までなら今の手持ちでも賄えるだろうが、さすがに心もとなさすぎる。

お金は冒険者になって稼ぐつもりでいるけど、すぐにでもお金が入る保証はないからな。

……俺は小さい鞄《かばん》をチラリと確認し、逃げる際に盗んで鞄に押し込んだものを見る。

母さんのアクセサリーと父さんの懐中時計。

色々な感情が渦巻いたが故に思わず盗んできてしまったものだが、これを売って金銭を手に入れるしか今の俺に生きる道はない。

盗品を売るのは最終手段だと思っていたが、今がその最終手段を使うとき。

覚悟を決めた俺は、まずは買い取りをしてくれそうなお店を探すことに決める。

とりあえず商業地区の表通りをぐるりと回って確認したところ、一軒だけだが買い取りをしてくれそうなお店を見つけることができた。

表通りの一番目立つ場所にある、大手の道具店『ゴールドポーン』。

煌《きら》びやかな外観で人の出入りも多く、遠目にチラッと確認しただけだが、様々な種類のアイテムに中古品まで取り扱っているのが分かった。

中古品を売っているということは買い取りも行っているだろうし、大手であればぼったくられる可能性も低いはず。

売るには完璧なお店とみた俺は、煌びやかな外観に一瞬躊躇《ためら》いつつも交渉へと向かった。

「――くそっ。さすがに厳しかったか」

『ゴールドポーン』を出た俺は、悔しさのあまりポツリと独り言を漏らす。

お店の中へと入り、店員に買い取りの依頼をしたところまではよかったのだが、通された別室にいたのは店員よりも明らかに身分の高そうな鑑定士。

一目見た時点で嫌な感じはしたのだが、ぼさぼさの髪にボロボロの服を身に着けている俺を見るや否や鼻で笑ってきた。

態度にモヤッとしつつも、なるべく下手に出て買い取りのお願いをしたのだが……返ってきた言葉は、無理ですの一言。

買い取り希望の品すら見てもらえず、裏通りにでも行ってくださいという言葉と共に、俺はすぐに追い出されてしまった。

あまりにもぞんざいな扱いにさすがにイラッとしたが、先ほどの部屋から俺を通した店員が鑑定士に叱《しか》られている声が聞こえ、怒りの感情も一瞬で萎《な》えた俺は『ゴールドポーン』を後にした。

優良店だと思ったが、とんでもないハズレの店だったな。

…………いや、こんな身なりの客を信用し、買い取りするって方が難しい話だし、ハズレなのは俺の方か。

先に身なりだけでも整えておくべきだったと軽い後悔をしながら、レアルザッドに入ったばかりの時の軽やかな足取りとは打って変わり、とぼとぼと重い足取りで人で溢《あふ》れている表通りを抜ける。

そして俺が今向かっている場所は、先ほどの鑑定士に助言を受けた〝裏通り〟。

買い取りをしてくれそうなお店を探している時にも気がついていたが、街の南に位置している表通りを更に南へと抜けると、町全体が綺麗に舗装されているレアルザッドと同じ街とは思えない、テントが路上に立ち並ぶ汚らしい商業エリアがあるのだ。

心情的には表通りで済ませたかった部分があるが、断られたのなら場所を選んでいる余裕はない。客質も表通りとは大分違う裏通りを、きょろきょろと見渡しながら良いお店がないかを探して回る。

……うーん。

露店はパッと見でお店の判別がつくのだが、裏通りにあるお店の大半を占めているテント形式のお店は何の店だかさっぱり分からないな。

せめて看板でも立ててくれていればいいのだが、外観からでは本当に分からない。テントの中を覗《のぞ》いて確認するのは嫌だなと、困りながら立ち竦《すく》んでいると、突然背後から服を引っ張られた。

振り返ってみると、俺と同レベルのみすぼらしい服に身を包んだ、俺よりも若干背の低い子供らしき子がそこに立っていた。

「ん？　どうしたんだ？　……迷子か？」

フードを目元まで隠れるぐらい深く被《かぶ》っているため表情が見えないのだが、俺の服の袖をガッチリと掴《つか》んでいることから、何か困っているのではと察する。

その子供に話しかけようと、腰を落とそうとしたその瞬間――。

「ちょっ、何すん――！　いってぇな」

子供は手に握り締めていたであろう何かを、俺の顔に向かって投げつけてきた。

その投げつけられた何かが目に入り、視界が真っ赤に染まる。

子供はそれから隙《すき》を突き、慣れた手つきで俺の小さな鞄を奪うと、トドメに胸を思い切り蹴って逃亡を図った。

腰を落とそうとしたところに蹴りを入れられたため、威力はなかったものの俺はバランスを崩して頭を地面に強打する。

これはまずい――。

あの鞄には俺の全財産と、今後の生命線である盗んだアクセサリーが入っている。

盗んだものを盗まれたらたまったものじゃない。

腰につけていた革袋の水を即座に顔にかけて赤い何かを洗い流し、体勢を立て直して子供の後を追う。

俺を撒《ま》くために人々の間を縫って逃げた子供だったが、見失うギリギリのところで見つけることができた。

ペイシャの森での生活のお陰で、以前よりも細かい箇所まで視線がいくようになっている気がするな。

思わぬところでの自分の成長を感じつつ、全力で子供の後を追った。

子供にしてはなかなかの逃げ足だし、人の隙間を縫う走りは熟練を感じるが、身体スペックは遥《はる》かに俺の方が上。

人を押しのけるように走り、子供が路地裏へと曲がろうとした瞬間をとっ捕まえた。

「ふぅー、捕まえた。人の親切心をつけ狙うとはとんでもない子供だな」

「……えっ。やっ！　離してっ！」

発した声で分かったのだが、どうやら女のようだ。

まさか捕まるとは思っていなかったのか、酷《ひど》く焦り震えた声音で喚《わめ》いている。

「おいっ、喚くな。――殴るぞ」

ドスを利かせた声で脅すと、女は両手で自分の口を押さえて頷《うなず》いた。

そこでようやく顔が見えたのだが、年齢は俺と同じ――十五歳くらいだろうか。

背丈的にてっきり子供かと思っていたが、確かに女だったら平均的な身長だ。

顔は幼さが見えながらも整っていて、涙目なせいでなんだかこっちが悪いことをしている気分になるが、今回の件に関してはこの女が全部悪い。

こんな子供を殴るつもりはないが、事情を全て聞くために俺は黙った女を連れて、女が逃げ込もうとしていた人目につかない路地の奥へと連れていった。

「それで？　なんで俺から盗もうとしたんだ？」

路地の奥に座らせ、俺はそれを見下ろす形で質問をした。

くすんだ赤髪の女はいまだに口を両手で押さえたまま、目を泳がせながらもごもごと何かを喋《しゃべ》っている。

「口を押さえていたら分からないだろ」

「わ、喚いたら殴るって……」

「喋らなきゃ殴る」

「ひっ、……理由はないです。無理やり理由をつけるとしたら、生きていくためです……かね？」

殴るという脅しが効いたのか、声を震わせながら喋り始めた女。

なるほどな。生きていく上で盗みを働かなくてはいけない環境にいるってわけか。

それならボロボロの服に身を包んだ俺を狙わず、大通りにいる裕福そうな奴を狙えばいいのにと思わなくもないが……。

『ゴールドポーン』を追い出されてから、気落ちしてとぼとぼと歩いていたし、恰好《かっこう》の獲物に見えたのだろう。

「生きていくために盗みを働いているってわけか。手慣れた感じを見るに、今回が初めての盗みじゃないよな？　親とかはいないのか」

「いないです」

「それじゃ仲間は？」

「…………………い、いないです」

親の存在を聞いた時は即答したが、仲間の存在を聞いた瞬間に目を泳がせ、しばらくの沈黙の後に小さな声で否定の言葉を発した。

……さすがに嘘《うそ》が下手すぎるだろ。

仲間とグルで仕掛けてきたのだったら、その仲間の奴にもキッチリと文句を言ってやりたいし、問い詰めて吐かせるか。

「今、嘘ついたな？」

「…………ついてないです」

「その反応が嘘だって言ってるようなもんなんだよ。別に言わなくてもいいけど、言わないならこのまま兵士のところに突き出しに行くからな」

「そ、それだけはやめてください！」

悲鳴交じりの声でそう訴えかけてきた女。

俺も兵士には会いたくないため突きつけるつもりは微塵《みじん》もないが、脅しとしての効果は絶大だったようだ。

「だったら嘘をつかずに本当のことを話せ」

「…………仲間はいます。廃屋で一緒に暮らしてる人です」

「何人いるんだ？」

「私も含めて二人だけです」

「なるほど。そいつと一緒に盗みを働いているってわけか」

「は、はい」

嘘をついていないか疑いたくなるが、この反応からして本当のことを言っていると思う。

ということは、その同居人と二人で仕組んで俺から盗みを働いたってことか。

「その同居人ってのはどこにいるんだ？　近くにいるんだろ？」

俺がそう尋ねると、女はゆっくりと奥の家を指さした。

なるほど。

路地裏のあの家がアジトで、あそこまで逃げ切れれば完全に撒けたってわけなのか。

「よし。俺をそこに連れていけ。……心配するな。そっちが何もしてこなければ、危害を加えるつもりはない」

「ほ、本当ですか？」

「ああ。嘘じゃない」

俺もやることがたくさんあるのに、かなり面倒なことに巻き込まれてしまったな。

二度と俺には関わらないと誓わせ、この女を解放してもいいのだが……。

主犯がもう一人いるのなら、そいつにもしっかり釘《くぎ》を刺しておかないといけない。

面倒くさいが、なあなあで済ませたことで、また狙われたらたまったものじゃないからな。

女は俺を疑っている様子を見せつつも、従わざるを得ない状況のため、渋々ながらアジトらしき家へと先導し始めた。

中に入った途端、大勢に襲われる——なんて可能性もあるため、俺も全力で警戒しつつ家の中へとついていく。

「ヘスター、随分と遅かったじゃねぇか！　捕まったんじゃないかと心配したんだぞ！」

家に入るなり、俺と同い年くらいの男が凄《すご》い勢いで駆け寄ってきた。

金髪で精悍《せいかん》な男で、こちらも女と同じく髪色がくすんでいる。

男は喋り終わった後に、女の後ろに俺がいることに気がついたようで、目を丸くさせて固まった。

「…………捕まっちゃった」

「つ、捕まっちゃったじゃねぇよ！　な、なんでここに連れてくるんだ！」

「だ、だって……。連れていかないと痛めつけるって……」

男はかなり焦った様子で慌てふためき、腰に下げている短剣に手を伸ばそうとした。

「おい。攻撃してきたら容赦はしないぞ」

「ラ、ラルフ！　武器をしまって！」

俺の脅しと女の説得もあり、抜きかけた短剣を再び鞘《さや》へと納める。

身のこなし的に武術や剣術に覚えがありそうだったが、なんというか体のバランスが非常に悪く、俺の相手ではないのはすぐに分かった。

斬りかかられていても対処可能だと思うが、俺としても穏便に済ませられるならそれが一番いい。

「な、何の用だよ！　金ならないぞ！　金があるんなら、盗みなんてやらねぇからな！」

「忠告しに来ただけだ。次、また俺から盗みを働こうとすれば容赦はしないってことをな」

「…………え？　そ、それだけなのか？」

拍子抜けしたような顔で、間を空けてからそう呟《つぶや》いた男。

……確かに盗みを働かれたのだし、兵士の元へ突き出さない代わりに何かしらの対価を貰《もら》ってもいいのか？

「確かに忠告だけじゃもったいないないか」

俺がそう呟くと、余計なことを言ったという表情で顔を歪《ゆが》ませた男。

ただ対価を貰うといっても俺から盗みを働くくらいだし、本当に何も持ってなさそうだからな。

物ではない対価……そこまで考えたところで、いいことを思いついた。

「見逃す対価として情報を教えてくれ。実はレアルザッドに来たばかりで、この街について詳しくないんだ。この裏通りは余計に分かりづらいし、街の案内を頼みたい」

「そ、それだけでいいなら別にいいけど……」

「赤髪の女の方もいいか？」

「え、私もですか？」

「当たり前だろ。お前が実行犯なんだしな」

もちろんながら乗り気ではないようだが、俺は半ば無理やり二人に街案内をさせることに決めた。

つい先ほど、俺から盗みを働こうとした奴と行動を共にするなんておかしな思考だと自分でも思うが、何も分からない街での情報は何よりも貴重だ。

親切心を逆手に大事なものを盗まれかけ、かなり怒りが募っていたが、これはこれでかなりラッキーだったかもしれない。

いい案内役を手に入れることができた俺は、二人を連れて再び裏通りへと出た。

「それで街の何を案内すればいいんだ？」

「安い宿舎とおすすめの料理店などがあれば教えてくれ。……それと、お前たちは盗んだ物はどこで売り捌《さば》いているんだ？」

「知り合いの質屋。『七福屋』っていう質屋が裏通りにあって、そこなら盗品も買い取ってくれる」

「へー。やっぱり盗品も買い取ってくれる店があるんだな。……そこも後で案内してくれ」

そう伝えると、二人は俺を振り返り疑惑の眼差《まなざ》しを向けてきた。

俺が何か良からぬことをしようとしていると感じたようだ。

「心配するな。別に何かするとかじゃない。俺も盗品を売りたいだけなんだ」

「…………は？　お前も盗みを働いていたのか？　それでよく俺たちを叱れたな！」

「俺は一度だけだ。それに盗みを働いたのも親からだしな」

「親からだろうと窃盗は窃盗だろ！　俺たちと一緒じゃねぇか！」

「ああ、そうだ。だから、こうして道案内だけで許してやるって言ってるだろ？　それに俺から盗んだら許さないって言っただけで、またお前たちが窃盗を繰り返そうがどうでもいい」

「それじゃ本当に兵士に突き出したり、『七福屋』で騒ぎを起こすってことはないんだな⁉」

「街を案内さえしてくれれば何もしないって言ってるだろ？　お前たち、名前はなんていうんだ？」

「教えるわけないだろ！」

「教える気がないならいい。……さっき話してるのを聞いたからな。女がヘスターでお前がラルフだろ。同じ盗人《ぬすっと》同士、短い間だが仲良くいこう」

「な、なんで名前がバレてんだ⁉　とにかく俺は仲良くする気なんてねぇからな！」

俺は突っかかってくるラルフをあしらいながら、案内されるがままに裏通りを巡っていく。

幼少期からこの年になるまで裏通りで暮らしてきたという言葉通り、さすがに様々なお店を知っているようで、期待以上の良いお店を複数軒紹介してもらった。

今の俺の身分からしてみれば、表通りの煌びやかなお店よりも肌に合っていて、質の問題はあるだろうが金額だけ見ても相当安い。

栄えている街と同じ、それも近い位置にあるとは思えないほど正反対の通りだが、俺のようなはぐれ者にとっては非常にありがたい場所だな。


「二人共、助かった。案内ありがとう」

「好きで案内したわけじゃないけどな」

「それでも助かったことには変わりない。しばらくの間、レアルザッドを拠点とするつもりだから、紹介してもらった店でまた会うとは思うがその時はよろしく頼む」

一通りの店紹介をしてもらったため、俺が素直に礼を伝えると心底嫌そうな表情で見てきた二人。ヘスターに至っては全然喋らないし、盗みを働いてきたのはそっちだというのに随分と嫌われたものだ。

「それじゃ、俺たちはここで帰るぜ」

「ちょっと待て。まだ一番肝心な場所を紹介してもらってない」

「………名前は教えたんだし、自分で行けるだろ」

「裏通りは看板がないから分からないし、それに『七福屋』に関してはお前たちの紹介も欲しい。警戒されたら嫌だからな」

「ちっ。分かったよ。……この場所で案内は最後だからな」

「ああ。頼む」

渋々ながらも案内を始めてくれた二人についていき、『七福屋』を目指す。

例の盗品を捌いているという質屋だ。

これだけを聞くと、ただの質屋ではないことは分かるが、一体どんな人が店主をやっているのだろうか。

裏通りの奥の更に裏路地にある、小さなボロ小屋。

二人の足が止まったため、どうやらここが『七福屋』なのだろう。

二人の後を追い、俺もそのボロ小屋の中へと入る。

中は薄暗く、人の気配がまるでない。

ただそんな様子でもやはり質屋なようで、商品らしきものが小さなお店に所狭しと並んでいた。

鞄に時計に書物。武器に防具に魔道具と、実に一貫性のないアイテムの数々。

初めて目にするアイテムに目移りしながら見ていると、奥から何やら物音が聞こえてきた。

その物音のする方向を見ると、杖《つえ》をついたおじいさんがゆっくりとこちらへと歩いてくるのが見える。

恐らくだが、この人が『七福屋』の店主なのだろう。

「おお、ラルフとヘスターじゃないか。……知らない人もいるようじゃが、今日はどうしたのかね？」

「…………こいつは今日知り合った人で、何やら買い取ってほしいものがあるみたいなんだ。買い取ってやってくれないか？」

「今日知り合った人？　……別に構わないが、その買い取ってほしいものってのは危ないものなのかい？」

二人に話しかけていたおじいさんは、俺へと視線を移して質問してきた。

危ないもの……か。盗品だし危ないものといえば危ないものだが、物自体は別に危ないものではない。

俺がどう答えようか迷っていると、見かねたラルフが代わりに返答をしてくれた。

「盗品らしい。物はアクセサリーで、親から盗んできたものらしいから危なくはないと思う」

「そうかい。盗品ということならば、二割は手数料として取らせてもらうが買い取らせてもらうよ。

まず……君の名前はなんていうんだい？」

「クリスだ」

「クリス。良い名前じゃのう。ワシはルゲンツという。よろしく頼むよ」

店主のおじいさん、もといルゲンツは笑顔で手を差し出してきた。

俺はその手を軽く握り、ルゲンツと軽い握手を交わす。

「これで顔見知りとなったわけじゃが……早速で悪いが物を見せてもらってもいいかのう？」

ルゲンツに促されたため、俺は小さな鞄から取り出して机の上へと置く。

ペイシャの森での生活の中でも、傷や汚れがつかないようにしていたし、大丈夫なはずだけど少し緊張するな。

「ほほう。なかなか良さそうな物じゃないか。それでは鑑定するから、店内の商品でも見ながら少し待っていてくれるかのう」

俺の出した懐中時計とアクセサリーを、手持ち眼鏡のようなものでじっくりと見ながら、自分の世界へと入っていったルゲンツ。

そんな様子を横目に、俺は店内の商品を見させてもらうことにした。

様々な種類のアイテムが置かれているだけに、色々と目移りするのだが……やはり一番気になるのは武器だ。

せっかくだし安くて使えそうな剣がないか探してみるが、最低価格で金貨五枚と、俺の手持ちではどう足掻《あが》いても購入できない代物ばかり。

質屋ということもあり、どうやら安価な武器は取り扱っていないようだな。

ただどれも質は高いようで、剣以外はあまり詳しくない俺でも良いものと分かるほどの武器がずらりと並んでいて、ただ見ているだけでも楽しい。

店内に置かれた全ての武器防具を一通り見終え、手持ち無沙汰となった俺は、武器の次に気になった書物を見に向かう。

剣術と同じように読み書きも小さい頃から教えられてきたため、ある程度の本は読むことができ、家に置かれていた英雄伝は何度も繰り返し読んでいたぐらいには俺は読書が好きだ。

何か面白そうな書物がないか見ていると、一つの自伝が俺の目に留まる。

『植物学者オットーの放浪記』。

全くもって聞いたこともない人物だし、植物学者の本というのもあまり面白そうではない。

……それなのに、なぜか俺の目がこの本から離れない。

安かったら買おう。

そう考えて、手に取り値段を確認すると……なんと先ほど見た武器と同等の金貨三枚という破格の値段。

古い本は流通数が少なく希少らしいのだが、それにしても高すぎる。

安かったら買おうと思って手に取ったのだが、ここまで高いとなると逆に何か訳があるのではと俺の興味がぐんぐんと湧いてきてしまった。

「文字、読めるの？」

急に背後から声を掛けられ、体がビクッと跳ね上がる。

即座に後ろを振り返ると、話しかけてきたのはヘスターだった。

本に気を取られすぎて、真後ろに立たれたことに気がつかなかったな。

油断しすぎたと心の中で反省しつつ、俺はヘスターの問いに返答する。

「ああ。小さい頃から教わったからな。お前は読めないのか？」

「うん。あの………ううん。なんでもないです」

何か言いたげにしていたが、口ごもると勝手に諦めて俺の前から去っていった。

何を言おうとしていたのか気になるが、こっちから聞きに行くほどのことでもないため、俺は気を取り直して手に取った本に再び意識を向ける。

本は綺麗に封がされており、中が少しも覗けない状態。

読み取れる情報は、植物学者であるオットーという人物の自伝ということだけ。

かなり気になりはするが、手持ちと値段を考えると手を出せるものではないな。

後で時間があればルゲンツに聞いてみようか。

自分の中で諦めがついたところで、ちょうど鑑定が終わったらしくルゲンツに呼ばれた。

「待たせてすまんかったな。鑑定が終わったから、査定額に不満がなければ買い取らせてほしい」

査定額に不満……。

それぞれに何やら印がつけられた紙が置かれているが、どれほどの値がついたのかまでは見ただけでは判別できない。

多分、分かる人には分かる印なんだろう。

「査定額というのは、この印が示しているのか？　すまないが印の見方が分からない」

「おお、それはすまなかったの。それでは申し訳ないが、口頭にて査定額を伝えさせてもらうぞ。

まずはアクセサリー各種。このイヤリングが銀貨二枚で指輪が銀貨四枚。そしてネックレスが金貨三枚」

「金貨三枚⁉」

「小さいながらも、サファイアがはめ込まれておるからな」

予想以上の高値に思わず声を上げてしまった。

このアクセサリーは母さんの宝物だったのではと、心臓がバクバク跳ね上がるが……。

母さんは昔からクラウスに付きっきりで、俺は見向きもされてこなかった。

クラウスがスパーリング家の次期当主となった時も、一番喜んでいたのは誰でもない母さん。

俺はクラウスに殺されかけたことを思い浮かべ、怒りで罪悪感を無理やり鎮めた。

「金貨三枚って凄いな⁉　数年に一回ぐらいしかそんな買い取り額出たことないぞ！」

「これこれ、ラルフ。盗み聞きするな」

「いや、こいつが大声を上げたから嫌でも聞こえてきたんだよ。……もしかして、お前の家って金持ちなのか？」

「まだ商談中だから割り込んでくるなと言っておるだろ。話は後でやってくれないか。……それで最後にこの懐中時計なのだが、これは金貨一枚ってところだの」

「時計は金貨一枚なのか……」

金貨一枚か。父さんの懐中時計に関しては、俺が想定していたよりも大分安かった。

俺は時計の価値に詳しいわけではないのだが、父さんが大事にしていたためてっきり高価な代物だと思っていた。

まさか母さんのネックレスの方が高値だとはな……。

「それでどうするんだ？　全て買い取りで大丈夫なのかい？」

「えー……。その懐中時計以外は買い取りをお願いしたい」

「あい分かった。それでは、これが金貨三枚と銀貨六枚。それから買い取りなしの懐中時計だよ」

今はお金が何よりも必要で、懐中時計なんて持っていても何の役にも立たないのだが……。

値段が値段ということもあって、つい買い取りを断ってしまった。

盗みを働いた罪悪感が拭《ぬぐ》いきれていないのか、それとも小さい頃から植え付けられた父さんの呪縛にまだ縛られているのか。

正確な理由は自分でも定かではないが、お金と懐中時計を受け取り雑に鞄へと押し込んだ。

「ありがとう。本当に助かった」

「盗品ってことで何割か安く提示させてもらってるからの。こちらも利が大きいから気にしないでいい。それで、他には何かあるかな？」

「何もな……」

そこまで言いかけたところで、先ほど気になった本のことを思い出す。

母さんのネックレスが俺の予想を大幅に超えて高値がついたことで、完全に頭から吹っ飛んでいた。

「実は、さっき商品を見ていて気になったものがある。『植物学者オットーの放浪記』って本なんだが、あれはどんな本なんだ？」

「ほほう。随分と珍しい本に目をつけたの。実はあの本、ワシも気になったものでな。内容にも惹《ひ》かれてあの値段で置いているのだが、もう数年は手に取られすらしておらんのだよ」

「ああ……そうなのか。値段が値段なだけに、何か凄いことをした人の本だと思ったんだが、別にそういうわけではないのか」

「まぁ、そうだのう。オットーの名が有名じゃないことから分かる通り、特別凄いことを成し遂げたって人ではない。……ただ、本の内容そのものは見る人が見ればどんな伝記よりも凄いと、ワシは思っておるよ」

意味深で妙に俺の心をくすぐる言葉を告げ、にっこりと笑ったルゲンツ。

興味が湧いて仕方がないが、それでも金貨三枚は手が出せない値段。

今回売って手に入れたお金を含めて、合計で俺の手元には金貨四枚しかない。

金銭を手に入れるためにここに物を売りに来たのに、本を買ってしまったら本末転倒どころの騒ぎじゃない。

「正直、かなり興味深いんだが……手持ちに余裕がないから、今回は見送らせてもらう。次来た時にまだ売れ残っていたら購入させてもらうよ」

「興味深い……。それなら、後払いで購入するっていうのはどうだね？　お金を払わずに持っていっていいから、お金が手に入ったらキッチリと払いに来る。どうだい？」

正気の沙汰とは思えない提案に、俺は目を丸くしてルゲンツを見つめる。

ボケてしまったのかと思ったのだが、表情は先ほどまでと変わらず微笑《ほほえ》んでいて、真っすぐな瞳で俺を見ていた。

「そっちはそれでいいのか？　一生支払いに来ないかもしれないし、自分で言うのもあれだが……

俺は盗品を売りに来た客だぞ？」

「ほっほっほ。誰彼構わずこんな提案しているわけじゃないから安心してええ。そもそもさっきも言った通り、この本はもう数年も売れていないし値段もワシの言い値。タダで持ってかれても大して困らん」

「だが……」

「お主がお金を持ってきてくれさえすれば、ワシとしてもいつまで経っても売れない本を売ることができるという、大きな利点があるんじゃよ。……それに、万が一払いに来なければ、ラルフから頂こうと思っておるからの」

「はぁ!?　俺が払えるわけないだろ！」

急に巻き添えを食らったラルフは、大きな声を上げた。

そんな様子を見て、ルゲンツは面白そうに高笑いをしている。

「どうじゃ？　ワシのためと思って買ってくれんか？」

「…………ルゲンツがいいのであれば、俺としては提案を断る理由がない」

「おい、ちょっと待て！　俺は絶対に払わないからな！」

「ほっほっほ。では持ってくるからちょっと待っていてくれ」

ルゲンツの一押しが決め手となり、俺はありがたく提案を受けることに決めた。

ラルフはその後も必死に抵抗していたが、結局、本は俺に手渡された。

「お金に余裕ができたら、キッチリと払いに来る。買い取りしてもらった上に後払いまで本当に恩に着る」

「構わん構わん。ただ、お金はワシが生きているうちに頼むよ」

「ああ。必ず」

「おいっ！　この取引に俺は関係ないからな！　本当に払わないぞ！」

俺はルゲンツとガッシリ握手を交わしてから、売り払ったお金と古くて大きめの本を抱え、『七福屋』を後にした。

盗品を買い取ってくれただけでなく、俺なんかを信用し本を後払いで売ってくれた優しい店主のいる質屋。

盗品を売りに来ることはもうないだろうが、売れそうなものが手に入ったらここを贔屓《ひいき》にさせてもらうことを決め、絶対にこの本の金は払いに来ると心に誓った。

「今日は案内ありがとな。お陰で予想していたよりも金が手に入った」

「金貨三枚だもんな。数ヶ月分の金を一気に手に入れるとは運が良い奴だ」

「どうだ。この後、さっき教えてもらった料理店に行く予定なんだが奢《おご》るぞ？」

「えっ、いいの？」

「ちょっ、馬鹿！　今日は盗みに失敗した上に、案内までさせられたから一銭も稼げてないんだぞ。せめて何か売れそうなものを拾いに行かなきゃ駄目だ！」

「私は売れそうなものを今から拾いに行くよりも、奢ってもらった方が確実だし楽だと思うけど……」

そう言葉を漏らしたヘスター。

ラルフは俺からいち早く離れたいがために拒否してきたと思ったのだが、ヘスターの言葉に目を

丸くし、納得するように数回頷いた。

「た、確かに奢ってもらえるなら今日の飯代を稼がなくていいのか……。で、でも、盗もうとした俺たちに奢るのなんておかしいだろ！」

「別におかしくない。良い店を紹介してもらった礼だからな。『七福屋』の店主……ルゲンツさんに感謝すればいい」

「奢ってもらおうよ。私たちお金ないんだし」

そのヘスターの言葉が決め手となり、ラルフは俺から奢ってもらうことに決めたようだ。

臨時収入が入っただけで、俺もお金に余裕があるわけではないんだが……。

ここ一ヶ月間一人で森の中に居たこともあり、盗人であろうが誰かと話しているのは心地いい。

それにこの二人は裏通りでは顔が知れているようだし、親しくなるに越したことはないからな。

そんなこんなで、俺たちは三人で、安くて美味《おい》しいと評判の定食店へと向かった。


「本当に美味しそうに食べるよな。全く同じもの食べてるのに、お前の料理の方が美味しそうに見える」

「さっき軽く話したけど、森の中じゃ味付けのないオーク肉ばかり食べていたからな。あの肉も本当に旨《うま》かったけど、ちゃんとした味付けがされてるだけで涙が出そうになるくらい美味しく感じる」

「羨《うらや》ましい体だな。……それにしても、何も持たずによく森で一ヶ月も過ごせたなお前」

「ああ。最初の数日間は、飢えないようにそこらにあるものを手当たり次第食べたからな。文字通り泥水だって啜《すす》ったし、生き残るためになんでもした」

運ばれてくる料理を味わいつつ、ペイシャの森での話を聞かせる。

最初の数日間を思い出すと、今食べている料理がより美味しく感じられていい。

「手当たり次第って……。それ、毒を持った植物とか食ってたら死んでただろ」

「そこの心配はなかった。何せ、俺のスキルは【毒耐性】だからな」

「……簡単に自分のスキルを話していいのか？」

「別に構わない。あってもなくても変わらないようなスキルだしな」

「ずっと思ってるけど軽い奴だな。――っていうか、知り合いに【毒耐性】持ちの奴が数人いるけど、どんな毒も効かないなんてことはないぞ。ちょっとお腹を壊しにくかったり、酒が人並み以上に強いぐらいなはずだ」

「そうなのか？　怪しげな木の実やキノコ、腐りきった肉なんかも食べたがなんともなかったけどな」

俺がそう話すと、二人は何かを察したようで目を合わせて頷き合った。

「だ、だから、私がアリルの玉をぶつけても平然と追いかけてこられたんだ！　てっきり外したのかと思っちゃってた」

「アリルの玉って赤いアレか？　しっかり俺の目に直撃したぞ」

「嘘だろ……？　アリルの玉は、一日は痺《しび》れが取れない強力な痺れ玉だぞ。効かないなんて聞いたことがない」

「お前らとんでもないものを使ってるんだな。俺じゃなかったら失明しているんじゃないのか？」

驚くべき事実を話す二人にドン引きしつつも、俺のスキルがただの【毒耐性】でないことが分かった。

もしかしたら一般的なスキルじゃなく、有用でレアなスキルなのではと淡い期待をしてしまう。

「アリルの玉すら効かないってことは、【毒耐性】じゃなくて【毒無効】みたいなスキルなのかもな！

……まぁ、どっちにしろあんまり使いどころはなさそうだけど」

「森の中で生き延びられたし、お前たちから物を盗まれずに済んだだけでも使えるスキルだろ」

そう反論するが、確かに使いどころは限られている。

【毒耐性】だろうが【毒無効】だろうが、どちらにせよ用途は局所的すぎるよな。

「どうだかな。……それで、これからお前はどうする予定なんだ？」

「とりあえず冒険者にでもなる予定だ。剣術には多少だけど覚えがあるからな。食っていけるだけのお金は稼げるはずだ」

「冒険者か。まぁホームレスが辿り着くのは、冒険者か犯罪者ぐらいだもんな」

「お前たちの方はどうするんだ？　いつまでも盗みで食っていく気なのか？」

俺のそんな質問に食べる手を止め、俯《うつむ》いたのはヘスター。

余計なお世話かもしれないが、こんな生活がいつまでも続けられるとは到底思えない。

「俺はそのつもりだ。冒険者になれるほどの力を持っていないのなら、犯罪に手を染めるしか食っていけないからな」

「捕まえたのが俺じゃなかったら、今頃お前ら牢屋《ろうや》の中だぞ。別の生き方を考えた方がいいと思うけどな」

その俺の一言で場は静まり返り、そこから一切の会話もなく、俺たちは黙々とご飯を食べ進めた。

「ごちそうさま。ありがとな、奢ってくれて」

「ありがとうございました」

「こちらこそ、街を案内してくれて助かった。俺から盗みを働こうとしたことも含め、これで貸し借りなしだから俺からもう何かを要求するってことはない。まぁでも、街で会った時は声ぐらいは掛けるからよろしく。同い年同士だし仲良くやろう」

こうして半日、街を案内してくれた二人と定食店の前で別れ、俺は表通りを目指して歩く。

盗みをしなくてはいけない理由があるだけで、性格自体は決して歪んでいるわけではなかったな。

俺から言わせてもらえば、傍《はた》から見れば真っ当であろう親父《おやじ》とクラウスの方が、よっぽどひん曲がっている。

家族を思い出すと怒りで頭が痛くなってくるため、思考するのを無理やりやめて、今日泊まる宿について考えることにした。

ラルフから教えてもらったのは、裏通りにある『鳩屋《はとや》』という宿と、工業地区にある『シャングリラホテル』という宿の二つ。

『鳩屋』はシャワー、トイレが完備されていることに加えて、質の高い布団があるレアルザッドで一番コスパの良い宿。

『シャングリラホテル』は『鳩屋』に比べて質こそ大きく落ちるものの、値段はレアルザッドで一番安い宿らしい。

質を取るか安さを取るかの選択なのだが、『シャングリラホテル』に関しては、冒険者ギルドもある工業地帯に店を構えているため、俺のように金のない駆け出し冒険者が一番利用する宿でもあるらしい。

できるかどうかは分からないが、冒険者として横の繋《つな》がりを作れるかもしれないということを考え、俺は『シャングリラホテル』に泊まることに決めた。

商業地区の表通りへと戻ってきた俺は、そのままどこのお店にも寄らずに東へと抜け、工業地区に入る。

商業地区と比べると人も少なく、工場が所狭しと立ち並んでおり無機質な印象を受ける工業地区。

そのまま更に進んでいくと、様々な職のギルドのある活気溢れるギルド通りへと出た。

その中でも冒険者ギルドの付近は人で溢れかえっており、商業地区以上の賑わいを見せている。

ただ冒険者ということもあって、体格が良く人相の悪い人が大半を占めており、お世辞にも居心地がいい場所とは言えない。

明日はこの冒険者たちの中に飛び込まなくてはいけないと考えると少し憂鬱《ゆううつ》になるが、とりあえず今は宿のことだけを考える。

冒険者ギルドを通り過ぎ、少し歩いたところに一軒の古びた建物が見えてきた。

特徴的な緑の屋根であることから、あそこがラルフから教わった『シャングリラホテル』で間違いないだろう。

築数十年、下手すれば百年以上経っているであろう木造の宿で、ここまでの名前負けは生まれて初めて目にするレベル。

建てた当初は名前にふさわしい宿だったのかもしれないが、年数が経ちすぎて見るも無残な姿となってしまっている。

ただ、岩の隙間で虫と同居していた俺から言わせてもらえば、建物の体《てい》を成している時点で十分だ。

建て付けの悪い扉を押し開け、俺は『シャングリラホテル』の中へと入った。

外観とは違い内装は綺麗——なんていうこともなく、内装もしっかりと年季が入っていて、よく言えば味のある、悪く言えばボロい宿。

そんなボロい建物をキョロキョロと様子見しながら進み、受付の前へと立つ。

「いらっしゃい。泊まりか？」

しゃがれた声でそう声を掛けてきた、母さんくらいの年齢の女性。

一瞬男の人かと思ったほど、ハスキーな上にガラガラ声だ。

「ああ。この街に来たばかりで宿を探しているのだが、一泊いくらからか教えてもらってもいいか？」

「……普通の一泊二食付きなら銀貨一枚。素泊まりなら銅貨五枚。相部屋の素泊まりなら銅貨二枚だ」

「銅貨二枚？　さすがに安すぎやしないか？」

あまりの安さに声を荒らげてしまった。

一泊銅貨二枚で泊まれるのであれば、手持ちのお金だけで半年は何もせずとも暮らしていくことができるほどの安さだ。

「レアルザッドで一番の格安宿と自負しているからね。三人一部屋になるという理由から銅貨二枚。一見破格に見えるが、部屋は大きくないからプライバシーはほぼないのがデメリットだ」

「なるほどな。狭い部屋に見知らぬ三人で泊まらなければならないから、銅貨二枚というわけなのか」

「別に知り合いがいりゃ、知り合いの三人で一緒に泊まってもらっても構わないんだけど。まあ、大抵の人は知らない者同士で泊まってるよ」

驚愕《きょうがく》の安さには、それだけの理由があるということか。

恐らく相部屋となるのは冒険者だろうし、仮に筋骨隆々で上背のあるおじさん二人と相部屋になったらたまったものじゃない。

金に困っている今、銅貨二枚という破格の金額は捨てがたい気持ちがあるが、慣れるまでは銅貨五枚払ってでも一人部屋を使うべきだな。

泊まりながら相部屋に探りを入れ、もし大丈夫な人たちだと判断できれば相部屋に切り替えればいい。

「とりあえずは素泊まりの一人部屋でお願いしたい」

「あいよ。それじゃ部屋番号は一二二号室。これが部屋の鍵だ」

「ありがとう。六日分の銀貨三枚を先に払っておく」

「はい、確かに銀貨三枚受け取った。延長する時は、またここにお金を持ってきてくれ。基本、夜の八時までに払いに来なかったら、強制退去だから気をつけてくれよ」

「分かった。それではよろしく頼む」

受付の女性に軽く頭を下げ、俺は渡された鍵の部屋へと向かう。

正面が一〇一号室で、左に行けば俺の部屋の番号が近づいてくる。

部屋の番号を一つ一つ確認しながら、俺の部屋である一二二号室まで歩いた。

少し回しづらい鍵をカチャカチャと何度か回して解錠し、扉を開けて本日泊まる部屋の中へと入る。

ベッドとランプだけが乱雑に置かれた、正方形の狭い簡素な部屋。

折りたたまれている布団は、カビているのか何やら変な色をしていた。

「十分すぎるな」

ペイシャの森での生活を経験していなければ文句も垂れていただろうが、枝と葉っぱで作ったベッドよりかは何倍もいい。

最低の生活を味わったお陰で、当たり前のことに感謝できる体になれたようだ。

俺は部屋に入って早々にへたれたカチカチの布団に寝転ぶと、先ほど『七福屋』で後払いで譲ってもらった本を広げて読み始める。

明日のことを考えなければいけないのは分かっているのだが、今日はひたすら公道を歩き、初めて訪れた見知らぬ街でひったくりにまであった。

疲労がピークに達しており、思考することすら体が拒否している。

ただ、せめて何かをやらなければいけないという思いから、俺は本に手を伸ばして読み始めたのだ。

俺は昔から本を読んで、その物語の主人公になったつもりで没入するのが好きだった。

現実では成し遂げられないようなことも、物語の主人公に重ね合わせることで何でもできたから。

今回読んでいる本である『植物学者オットーの放浪記』も、オットー目線で様々な旅が繰り広げられているため、過度な思考をせずとも本の世界に没入することができた。

部屋に備え付けてあるランプで照らし、ページを捲《めく》っては自分をオットーに重ね合わせて物語を読み進めていく。

『植物学者オットーの放浪記』は、俺が今まで読んできた伝記――ドラゴンを倒したり魔王を倒したりとは違った切り口で、旅の目的が新種で有用な効能の植物を見つけることだった。

一見、地味な内容のようにも思えるのだが、ついこの間までペイシャの森で様々な植物と接してきた俺にはタイムリーな内容だった。

普通の伝記では曖昧に描かれていることが多い地名や名称もこの自伝ではしっかりと記載されている上に、植物学者ということもあり、植物に関する豊富な知識による解説も分かりやすく面白い。

本では新種として書かれている植物も、今現在では俺でも知っているようなものもあるため、歴史の一端を垣間見ている気がしてワクワクする内容に仕上がっている。

そんな『植物学者オットーの放浪記』だが、俺が一番惹かれたのはオットーですら解明できなかった新種の植物についての記載。

植物を探して色々なところを放浪する中で、解明できた新種の植物以上に未知の植物があったと書かれている。

採取地ごとに解明できなかった植物の数とその特徴も記載されているのだが、そのほとんどが人体にとって危険な植物。

つまりは、毒または猛毒を持つ植物。

オットーは、毒草には高い潜在能力が秘められていることを確信していたものの、人体に有害であるために手出しできなかったことを酷く悔やむ描写がいくつもあった。

その事実に、オットーになりきって物語を楽しんでいた俺は一気に現実へと呼び戻される感覚に陥る。

オットーですら解明することができず、そして今現在でも毒を持っているからこそ、効能が分かっていない植物がいくつもあるのだ。

オットーが悔やむような潜在能力を秘めている有毒植物が、本当にこの世にあるのだとすれば……。

【毒耐性】を持つ俺ならその有毒植物を突き止め、【剣神】であるクラウスに一泡吹かすことのできる力を身につけることが可能かもしれない。

自分ではいくら考えても使いどころを見いだせなかった【毒耐性】のスキルが、今まさに黄金《こがね》色の輝きを放ったように俺は感じた。

俺は興奮冷めやらぬまま分厚い本を最後まで読み切り、体に籠《こも》った熱を吐き出すように大きく深呼吸をする。

気がつけば窓から光が差していた。思考しつつ本を読み切ったことで夜が明けてしまったようだ。

昨日はハードな一日だったのにもかかわらず、徹夜で本を読みふけってしまったわけだが、希望が見えたことによる興奮のせいか疲労も眠気も吹き飛んでいる。

ただ、さすがに少しくらいは眠らないと倒れてしまうため、高鳴る鼓動を無理やり鎮めながら、俺はひとまず浅い眠りについた。

第三章　冒険者業

翌日……といっても二時間ほどしか眠っていないが、ほどほどに疲労も取れた気がするため早速街へと繰り出す。

何をするにしても、まずはお金がなくては何もできない。

盗品を売り捌《さば》いたお陰で、手持ちは金貨三枚と銀貨四枚に銅貨が数十枚と一見潤っているように感じるが、未知の毒草を探しに行くには全くといっていいほど足らない。

そこら辺のものを食べれば飢えは凌《しの》げるといっても、ペイシャの森での生活のようなことは極力避けたいし、今は本の借金までしているからな。

それと装備を整えることは急務だし、植物に関しての知識もある程度つけなければならない。

更に一日過ごすごとに、宿泊費の銅貨五枚と食費の銅貨五枚の計銀貨一枚を消費するとして、十日で金貨一枚を消費してしまうことを考えると……。

金を稼がなくては、まともな生活を送ることさえできないのだ。

【農民】というハズレスキルを引いた俺でも、強くなれるための僅《わず》かな可能性は見えたものの、その僅かな可能性を追うために結局は冒険者となって小銭稼ぎから始めなければならない。

……ただ、生きるために漠然と冒険者をやることを考えていた少し前と違い、やらなければいけないことが明確化されたことでやる気がまるで違ってくる。

俺は人相の悪い冒険者たちの間を突っ切り、冒険者ギルドの中へと入った。

中は驚くほど広く、受付のようなものがいくつもある。

その種類だけでも依頼用、受注用、買い取り用、相談用の四つもあり、冒険者の数に負けじとギルド職員の数も多い。

受付嬢は女性しかいないが、奥で働いているギルド職員はほとんど男性で、それも筋骨隆々の強《こわ》面《もて》もチラホラと見える。

冒険者に舐《な》められないために、武力も兼ね備えているといったところだろう。

朝だからか、昨日遠目に見た時よりも冒険者が少ないこともあって、並ぶことなく相談用の受付の前に立つと、美人の受付嬢が笑顔を見せて即座に対応を始めてくれた。

「いらっしゃいませ。こちらは相談用の受付となりますが、よろしかったでしょうか？」

「相談……。冒険者になりたいんだが、手続きはここで大丈夫か？」

「はい。冒険者登録でしたら、こちらの受付で手続きさせていただきます。登録料として銀貨一枚頂きますが大丈夫でしょうか？」

「ああ。大丈夫だ」

俺は鞄《かばん》から銀貨一枚を取り出し、受付嬢に手渡す。

軽く表裏を確認して偽物ではないことを確認できたのか、再び笑顔を作ってから一枚のカードを机の上に置いた。

「こちら冒険者カードとなります。個人情報を魔法で登録致しますので、口頭で貴方《あなた》様の情報を教えてください」

「クリス・スパ……いや、名前はクリスで頼む。年齢は十六」

「お名前がクリス様で、ご年齢が十六歳ですね。登録ギルドがレアルザッドっと——はい。無事に登録完了致しました。クエストに関しての記録や教会での能力判別、それから身分証としても使用しますので、絶対になくさないように注意してください」

そう念押ししてから、冒険者カードを手渡してきた受付嬢。

俺はなくさないよう、大事にカードを鞄の中にしまう。

「これでクリス様は冒険者となりましたので、クエストの受注やギルドでの買い取りを行うことができます。他に何か質問などはございますか？」

「クエストっていうのは、どんなものでも受けられるのか？」

「いえ。ギルドに依頼されたクエストは、ギルドで難易度順に分けられています。最初は難易度がルーキーのもののみを受けることができまして、クエスト達成率と達成数に応じて冒険者ランクが上がりますので、ランクが上がるに応じて受けられるクエストが増えていきます」

「そのランクというのは何があるんだ？」

「最初はルーキーから始まり、ブロンズ、シルバー、ゴールド、プラチナ、ミスリル、ダイアモンドと続いていきます。その上にもオリハルコン、ヒヒイロカネとあるのですが……こちらは数も少ないので、あまり気になさらなくて大丈夫だと思います」

「なるほど。ついでになんだが、各ランクに必要な能力というのは出されているのか？」

「スキルや適性職業に大きく依存しますし、クエスト達成率や達成数で決まるので正確なことは言えないのですが……。おおよその適性能力はルーキーがステータスオール10、ブロンズが20、シルバーが40と、倍々に増えていくと言われています」

なるほどな。

ゴールドだったら能力値がオール80、ダイアモンドだったら適性はオール６４０くらいになっていくのか。

俺の現在の能力値も、能力がどのように分類されているのかも分からないが、おおよその目安は分かった。

「説明ありがとう。他の質問なんだが――」

それから俺は、受付嬢に冒険者についての知らない情報を尋ねまくった。

最初は笑顔で受け答えしてくれていた受付嬢も、次第に早く終われとばかりに表情が引き攣《つ》り始めたのだが、俺は納得するまで情報を聞き出した。

情報はお金と同じくらい重要なもの。

質問してくれと向こうから言ってきたのだから、一切の遠慮なんかせずに聞き出すのが、嫌われはするだろうが賢いやり方だ。

「……ふぅー。他には何か質問ありますか？」

「いや、もう気になることは粗方聞いた」

「そうですか。それでは冒険者として頑張ってください」

「ああ、ありがとう」

最後は一切の笑顔もなく、俺を送り出した受付嬢。

軽くお礼と会釈だけしてから受付を後にし、そのままの足でクエスト受注用の受付を目指した。

さっきの受付嬢の話では、ルーキーのクエストであれば一人でもこなせる難易度のようなので、当面はパーティを組まずに一人で冒険者をやっていくことに決めた。

パーティを組むと報酬もパーティで分け合わなくてはいけないみたいだし、小銭を稼ぐという面では一人の方が効率が良い。

もちろん将来的に見るのであれば、パーティを組んでクエストを多くこなし、冒険者ランクを上げて高報酬のクエストを受けるのが手っ取り早いのだが……。

ある程度のお金が貯《た》まり次第レアルザッドを出て、未知の有毒植物を探しに行く予定の俺は、パーティを組んでしまうと色々と面倒くさい。

地道にコツコツとクエストをこなしていき、地に足を着けて今の俺の実力も推し量っていこうと思う。

そんなことを考えながら列の最後尾に並び、自分の番が回ってくるのを待つ。

「いらっしゃいませ。こちらはクエスト受注用の受付ですが大丈夫でしょうか？」

「ああ。クエストを受注したい」

マニュアルがキッチリと定められているのか、別人なのだが先ほどの受付嬢と喋《しゃべ》っているような感覚。

気性が荒い冒険者と円滑に取引するためには、受付嬢による愛想のいい接客が有効ということなんだろうな。

「それでは冒険者カードを拝見させていただいてもよろしいでしょうか？」

俺は先ほど大事に鞄へとしまった冒険者カードを取り出し、受付嬢に手渡した。

「えーっと、クリス様ですね。冒険者ランクはルーキーで依頼達成はなし。初めてのクエスト受注でしょうか？」

「ああ。だが、説明は全て受けたから大丈夫だ」

「それでは詳しい説明は省かせていただきます。早速なのですが、クリス様が受けることのできるクエストの紹介をさせていただきたいのですが、希望のクエストの種類はございますでしょうか？」

「魔物の討伐でお願いしたい」

「かしこまりました。今受けることのできる討伐クエストは、西の田園のゴブリン退治、南西の林のゴブリン退治、それから北西の廃道のゴブリン退治があります」

「全てゴブリン退治なのか？」

「そうですね。ルーキーで受けられる討伐クエストは、ゴブリンとコボルトの二種類のみです。今はコボルトの討伐依頼がないので、ゴブリンだけとなってますね。ゴブリン退治が嫌なようでしたら、初めてのクエストですし採取クエストがよいと思いますがいかがでしょうか？」

やはりルーキーでは、最下級の魔物の討伐しか受注できないのか。

ペイシャの森でオークを討伐できた俺からすれば、ゴブリンでは実力を測る物差しにならないのだが、こればかりは仕方がない。

採取クエストも気にはなるが、まずは討伐クエストからやりたいな。

「ゴブリン退治で大丈夫だ。北西の廃道のゴブリン退治で頼む」

「分かりました。それでは廃道のゴブリン退治をお願いします。五匹を狩っていただき、報酬は銀貨一枚となります。依頼は五匹となっていますが討伐数に制限はなく、一匹追加で狩るごとに銅貨二枚をお渡し致します」

「数はどうやって判別するんだ？」

「討伐数は左耳の数で判別しますので、倒した後は忘れずに左耳を切って持ってきてください」

「分かった」

「それでは冒険者カードをお返し致します。ご武運をお祈りしております」

こうして俺は冒険者となり、初めてのクエストを受注した。

受付嬢の話によれば、ゴブリンを一匹討伐するごとに銅貨二枚がもらえるようだな。

どれだけの数がいてどれだけの数を討伐できるのかは、まだオークしか魔物を仕留めたことのない俺には見当もつかないが、最低でも十匹は狩らないとお金は貯まっていかない。

ルーキークラスにいる限り、お金には相当シビアにならないと食べていくことすらかなり厳しくなりそうだ。

盗品を売って得た金があるとはいえ、なるべく節約して生活することを心に決め、今回の目標を十匹に定めて自分に気合いを入れてから、俺は冒険者ギルドを後にした。

冒険者ギルドを出ると、一度表通りの武器店に行って装備を購入してから、レアルザッドの街を出た。

ちなみに装備は最低限のものだけで、革の鎧《よろい》に革の盾。

それから武器店の掘り出し物置き場に乱雑に置かれていた、少し錆《さ》びた鉄製の剣を購入した。

これだけでも、合計で銀貨九枚かかってしまっている。

やはり剣は粗悪品でも銀貨六枚と値段が高く、使い古された懐中時計なんかじゃなくて、家に何本もあった剣を盗んでくれればよかったと少し後悔したが、今更考えても仕方がない。

レアルザッドから公道を北へ進み、今はもう使われていない廃道が見えたところで、ゴブリンを探しながら進んでいく。

廃道——一応〝道〟という文字がついているが、雑草が生い茂り人ひとり分の幅もないような獣《けもの》道《みち》のような場所。

受付嬢が挙げた三つの候補から、名称から考えて一番視界が開けているだろうと思い選んだのだが、やはりゴブリンが現れるということもあって視界も悪ければ人気《ひとけ》もない。

話によればゴブリン以外の魔物も現れるようだし、ここからはペイシャの森で生活していた時のように全神経を集中させて進んでいく。

風で草木が擦《こす》れる音と、生き物が通ることで草木が擦れる音。

最初は聞き分けがつかずに全ての物音に体をビクつかせていたが、森での極限生活の中で体がいや応なしに覚えた。

オークを見つけ出した時のように、風で草木が擦れる音は全て遮断し、生き物が通る音にだけ集中して廃道を歩く。

——見つけた。

ペイシャの森では一日歩いても見つからないことがあったが、廃道を進み始めてたった十分。

右斜め前方に、何かが歩くような音が聞こえた。

向こうはこちらに気がついていないのか、無警戒で草を掻《か》き分けながら歩いているのが分かる。

オークの時は失敗したが、今回は確実に不意打ちを決める。

足音を立てないように気をつけ、生い茂る雑草に触れないように半身《はんみ》の状態で、見つけた何物かとの距離を詰めていく。

俺の背丈よりも伸びている雑草のせいで、視界に捉えることはできていないが、音から判断するにすぐ目の前まで近づけた。

これ以上は雑草を掻き分けなければいけないため、音をさせずに近づくことはできないことから、ここからは一気に攻撃を仕掛ける。

幸いにもまだ向こうは俺の存在に気がついていないため、不意を突く絶好の機会。

耳を澄まし、位置を推し量りながら、俺は一呼吸おいてから一気に飛び掛かった。

雑草を掻き分けながら突き進み、標的を視認。

極端に猫背で土に汚れた緑色の肌をした小さい人型の魔物。

そう、今回のクエストの討伐対象であるゴブリンだ。

オークと比べて反応がかなり鈍く、俺が視界に捉えてから更にワンテンポ遅れて俺の方へ向いた。

慌てて手に持つ木の棒を構えようとしたが――遅すぎる。

袈裟《けさ》斬《ぎ》りで左肩から腰にかけて斬り裂く。

更に流れのまま、トドメを刺すために心臓目掛けて突きへと移行したのだが……。

俺の放った袈裟斬りは、ゴブリンを斜めに一刀両断。

トドメの突きを放つ必要もなく、ゴブリンは地に伏せて動かなくなった。

「……やっぱりおかしい」

体を真っ二つにされ、動かなくなったゴブリンを見て俺は小さく呟《つぶや》く。

オークの一件は何かの手違いかと思ったが、やはり異常なほどに俺には力がついている。

ゴブリンは最下級の魔物。

更に手製の武器から、錆びてはいるもののちゃんとした剣に替えたとはいえ、何の手ごたえもなく両断するなんて芸当はありえない。

剣先から滴る紫色の血液を見ながら、思わずその場で立ち尽くして頭を悩ませた。

………毒を持つ未知の植物。

そうだ。――毒を持っていそうな植物を、俺はペイシャの森で好んで食していた。

昨日、本を読んだ時はピンときていなかったが、今ようやく点と点が線で繋《つな》がった。

ペイシャの森で生きるために貪《むさぼ》り食っていたあの植物の中に、恐らく身体強化の作用がある未知の植物が交じっていたのだろう。

ゴブリンの無残な死骸を見ながら、俺は思わず口角が上がる。

やはりオットーの仮説は間違っておらず、毒を持つ植物の中にはまだ解明できていない強力な作用があるものが存在するのだ。

まだ絶対とは言い切れないが、俺の求める植物がペイシャの森に存在することも分かった。

今すぐにでもペイシャの森に戻りたい気持ちに駆られるが、今はまだ足元を固める時。

両断されているゴブリンに近づき、左耳を剝ぎ取って革袋に詰めてから、俺は新たなゴブリンを探すために廃道へと戻った。

冒険者になり、初めてのゴブリン狩りの日から約二ヶ月が経過した。

生活に関してはレアルザッドに来た日からほとんど何も変わっておらず、唯一変わったことといえば――。


「クリスさん、おはようございます。ご飯の準備が出来てますよ」

「ありがとう」

「俺たちはもう出るから戸締まりよろしくな」

「ああ」


あの盗人《ぬすっと》二人組と、『シャングリラホテル』で一緒に住み始めたことぐらいだ。

俺に捕まったことで盗人として生きていくことに限界を感じたのか、一ヶ月ほど前に俺を訪ねてきた。

共同生活をしてくれないかというお願いで、俺も出費はできる限り抑えたいということもあって承諾したというわけだ。

二人も俺と同じように冒険者になったようで、今日も朝からクエストをこなしに行っている。

俺の方はというと、この二ヶ月間のゴブリン狩りで金貨三枚を貯めることができた。

朝から晩までゴブリンを狩るだけの日々だったが、衣住食が整っているということもあり、特に苦労を感じることなく二ヶ月間を過ごせている。

そして無事に先日、ルーキーからブロンズランクへと昇格し、冒険者としてようやく一歩を踏み出せたところなのだが……俺は明日からペイシャの森に向かうつもりでいる。

俺の目標は冒険者として生きていくことではなく、【剣神】であるクラウスに復讐《ふくしゅう》を果たすこと。

冒険者はあくまでそのための手段であり、少しでも早く強くならなくてはいけない。

ヘスターが用意してくれた朝飯を食べながら、明日の出発に向けて必要なものを頭の中で整理していく。

朝飯を食べ終えた俺は、裏通りへと出てきた。

二ヶ月ぶりのまともな買い出しでテンションが上がっているが、今回買うものは決めてあるし、依然として手持ちの金は心もとないまま。

買い物を楽しめるような余裕は一切ないため、ラルフから教えてもらった店を淡々と回っていく。

大きめの鞄に保存食と水、それから着替えを複数着に念のための低級回復薬を一本だけ購入。

完璧な装備とまではいかないが、旅をする上で最低限の持ち物は揃《そろ》えた。

ずっと使っていた小さな鞄に代わり、かなりの容量がある背負う形の鞄を購入したことで、大量の植物を持ち帰ることも可能だ。

中古品で揃えたことで、少し古臭さはあるものの値段も最低限に抑えられたし、満足のいく買い物ができた俺は裏通りを後にする。

昼食を終えてから、今日最後に向かうのは教会。

ペイシャの森に行く前に、俺の今現在の能力を正確に把握しておきたい。

受付嬢が以前言っていた通り、教会に行けば現在の能力を数値化した情報を冒険者カードに記載してもらえる。

能力の判別には金貨一枚という高額な金を払わなくてはいけないが、自分の能力という何よりも知らなくてはいけない情報を得られるのであれば許容できる出費。

ペイシャの森に行く前と、ペイシャの森に行ってから植物を貪り食べた後の能力変化で、俺の仮説が合っているのかどうかの判別がつく。

今の手持ちの額では、どの植物を食べれば能力が上がるのかまでは測れないが、今は潜在能力を引き上げる植物が実在するのかどうかだけでも分かれば十分だ。

そう決めた俺は、レアルザッドで一番大きな建物である教会へと向かった。

神聖な雰囲気が漂う、レアルザッドの一等地に立っている教会。

俺が『天恵の儀』を受けた教会とは、大きさからしてまるで違う教会に若干気圧《けお》されながらも、大きく重たい扉を開けて中へと入った。

そういう設計なのか、はたまた教会という場所だからなのか。

教会の中はいい具合に日光が差し込んでおり、煌《きら》びやかな照明があるわけでもないのにキラキラと輝いて見える。

礼拝しているのか、かなりの数の人が神父のいる方向を見て手を合わせている中を、俺は通り抜けるように歩いて講壇の前に立った。

この教会の神父は枯れ木のようなおじいさんではなく、金髪碧眼《へきがん》の若く顔立ちの良い男性。

「こんにちは。いかがいたしましたか？」

「能力判別をしてもらいにきた」

「冒険者の方ですね。能力判別はここではなく、右後ろの部屋で行っています。そちらに入ってください」

「分かった。ありがとう」

微笑《ほほえ》みながら教えてくれた神父に礼を伝えてから、教えてもらった部屋へと入る。

狭く暗く埃《ほこり》っぽい、先ほどの煌びやかな礼拝堂とは別の建物のような部屋。

その狭い部屋の真ん中には、『天恵の儀』を受けた時にも見た青く大きな水晶と小さなベルが置かれていた。

俺は小さなベルを軽く鳴らし、水晶を眺めながら人が来るのを静かに待つ。

「お待たせ致しました。能力判別でよろしかったでしょうか」

「あれ？　さっきの神父」

「すみません。今ちょうど人がいなくて、結局私が請け負うことになりました。私はここの教会で神父をしておりますグラハムと申します」

「グラハム神父ね。丁寧な挨拶ありがとう。……それで、礼拝の方はいいのか？」

「ええ。能力判別だけでしたらすぐに終わりますので。懺悔《ざんげ》まで聞くとなりますと、礼拝堂を抜けていられないのですが……懺悔の方はされませんよね？」

「ああ。能力判別だけ頼む」

懺悔。

この言葉を聞いて、盗みを働いたことが一瞬頭を過《よぎ》ったが、悔い改めるつもりは一切ない。

すぐに気を取り直し、能力判別だけをお願いする。

「分かりました。お布施として金貨一枚頂きます」

俺は鞄から金貨を一枚取り出し、金髪の神父に手渡した。

「確かに金貨一枚頂きました。それでは冒険者カードを渡してもらってよろしいでしょうか」

「ああ」

「この水晶を見つめていてください。すぐに終わります」

グラハム神父はそう言うと、両手を水晶にかざした。

その瞬間、水晶が青白く輝き、すぐに光は落ち着きを取り戻す。

「終わりました。こちら冒険者カードとなります」

「それで能力ってどこで分かるんだ？」

「カードの裏面を見てください。空欄だったと思いますが、そこに記載されているはずです。それでは礼拝がありますので、私はこれで失礼します」

「ああ、ありがとう。助かった」

頭を下げて出ていったグラハム神父に礼を伝えて見送った。

それから俺は再び椅子に座り直し、冒険者カードの裏面を見て自分の能力を確認する。

クリス
適性職業：農民
体力　：10（＋6）
筋力　：5（＋8）
耐久力：7（＋2）
魔法力：1
敏捷性《びんしょう》：4

『特殊スキル』

【毒無効】

『通常スキル』

なし

そこまで細分化されているわけではないが、分かりやすく俺の能力が数値化されたものが記載されていた。

能力はほとんどが一桁で、全体的にパッとしない数値。

オークやゴブリンを倒した手ごたえ的に、もっと図抜けた数値なのではと思っていたが、受付嬢の話に当てはめるなら……ルーキーの適性にはギリ達していない数値だろうか。

剣術等の技量に関しての記載はないため、これが俺の実力の全てというわけではないが、今現在の俺の身体能力としてはちゃんとした数値だと思う。

若干がっかりしたような、伸びしろがまだまだあると分かって嬉《うれ》しいような、少し複雑な心境の中、記載された能力の中で気になった点について思考する。

プラスの表記で別枠に書かれた数字。

俺の考えが正しければ、俺の本来の能力の下にプラスで書かれているのが俺自身だけでは決して身につけることのできなかった能力だろう。

つまりは強化ポーションや魔道具、それから……未知の植物由来の身体能力の底上げによるもの。

今は俺にとって都合のいい解釈をしているが、有毒植物を摂取して数値が上がっていくのが分かれば、この仮説が正しかったと確信に変わる。

とりあえずプラス表記の数値も合わせれば、俺はルーキーとブロンズの中間くらいの適性能力と言えるだろう。

それと、スキル欄には【毒耐性】じゃなくて【毒無効】と書かれている。

ラルフが言っていた通り、【毒耐性】より強いスキルであったようだ。

あの老人の神父が伝え間違えたのか、はたまた別の要因があったのか分からないが、これもプラス材料。

あとは他の人の能力数値も見てみたいが、俺の冒険者の知り合いはいまだに盗人二人組しかいないからな。

あの二人も能力判別してくれれば助かるんだが、冒険者になりたてでは金貨一枚なんて払えないだろうし、俺もあいつらの能力を見るがために金貨一枚なんて今は払えない。

自分の能力が分かっただけよかったと思い、そろそろ宿へ帰ろうか。

明日は朝一でレアルザッドを発《た》つし、今日は早めに寝ておこう。

第四章 植物採取

翌日。

準備は昨日のうちに済ませておいたため、俺は全てのものが入った鞄《かばん》を背負って部屋の外を出ようとした。

「……あれ？　クリスさん、もう行くんですか？」

「起こしたか？　すまん」

「いえ、大丈夫です。気をつけてくださいね」

「ああ。用事でしばらく帰らないから、ラルフにも伝えておいてくれ。ここの金は俺がいない間の分も払ってあるから大丈夫だ」

「そうなんですね。ラルフに伝えておきます」

「頼む」

起こしてしまったヘスターにそう告げてから、『シャングリラホテル』を後にした。

外はまだ日が昇っておらず、いつもは騒々しい街も閑散としている中、俺は街の外を目指して歩く。

外に出る際は身体検査がいらないため、そのまま門を通り抜けてペイシャの森を目指す。

レアルザッドに来てからまだ二ヶ月ほどしか経《た》っていないが、ボロボロの姿で必死にここまでやってきたのを懐かしく感じながら、俺は公道をひたすら歩き続けた。

――見えてきた。俺が一ヶ月間、身を隠すために潜伏していたペイシャの森。

まだ森の入り口が見えてきただけで、穏やかな自然しか感じられないのだが、それでも動悸《どうき》が速くなり今にも心臓が飛び出そうなほど緊張している。

森を出ようとしていた頃は、いい経験ができたなぐらいにしか感じていなかったが、脳から変な成分が出て感覚が麻痺《まひ》していただけなのか、今思い返すとただただ恐怖でしかない。

食料も水も寝る場所さえなく、常に危険に晒《さら》されていたんだから当たり前といえば当たり前なんだけどな。

今回はキッチリと準備をしてきたと恐怖心を鎮め、俺は二ヶ月ぶりのペイシャの森へと足を踏み入れた。

程よく風が吹き、自然の匂いに心が安らぎを感じるのも最初だけ。

ペイシャの森の本当の入り口とも言える、森の中ほどの綺麗《きれい》な泉が見えてきた。

ここから先、一切の水場がないことは俺が一番理解しているため、念入りに水分補給と水分の確保を行う。

今回は長く滞在する予定ではないんだが、それでも何が起こるか分からないのが森の怖いところだからな。

泉で一休みした後、いよいよペイシャの森の奥地へと入る。

木々が生い茂る薄暗い森の中を進んでいき、うっすらとした記憶と方角を頼りに、以前拠点としたあの岩の隙間《すきま》を目指す。

道なんてものはなく、進んでも進んでも似たような景色なため、日が暮れるまでに辿《たど》り着けばいいという考えだったのだが……。

「あの大樹は見覚えがあるぞ。ということは、ここから右に進んでいけば――あった」

泉から歩き始めて約三時間。

あまりにもあっさりと、俺が拠点に使っていた岩の隙間を見つけることができた。

「もう二度と来ることはないと思っていたんだけどな。二ヶ月で戻ってきてしまった」

人が絶対にいないと分かっているからこそ、大きめの声量での独り言が漏れてしまう。

感傷に浸りながら岩の隙間に入り、ひとまず大きな鞄を下ろす。

あの気持ちの悪い虫は繁殖しておらず、苔《こけ》もそこまで生えていない。

軽く整備すれば、暮らしていた時ぐらいにはすぐに戻すことができそうだ。

数日間は滞在する予定のため、拠点を作り直して夜に備えようと思う。

まずは葉を掻《か》き集めて床に敷き、今回は持参した安い寝袋をその上に置く。

それから保存食と泉で汲《く》んだ水を取り出し、通気性の良い籠《かご》も設置して拠点は完成。

突き詰めればもっと快適にできそうだが、今回はこんなものでいいだろう。

キャンプしに来たわけでなく、今回は植物を採取しにやってきたわけだしな。

せっかく予定よりも早く辿り着けたし、日が落ちて真っ暗になる前にできる限り植物は集めておきたい。

この二ヶ月で道具店や薬舗、治療師ギルドなどで集めた情報をもとに、見たことがない、且《か》つ毒々しい植物を中心に集めていこうと思っている。

採取の支度を整えた俺は、早速拠点を出て森へと入った。

オークを狩る前は毎日のように植物を採取して食べていたといっても、この辺り一帯にはまだまだ植物がたくさん自生している。

魔物や動物にもほとんど食べられることがなかったためか、知識のある今見てみると、レアザッドで食用や医療用としても売られている植物が、至るところに生えている。

惹《ひ》かれる思いはあるが今回は知っている植物は無視し、見るからに毒々しい見たことのない植物を採っては鞄へと入れていく。

以前食べた植物を中心に採れれば、もっと手っ取り早いんだろうが、生きることに必死すぎて全く覚えていないんだよな。

キノコやらも食べた記憶はあるんだが、オークの肉の衝撃でほとんど記憶から消えている。

いくら記憶を辿ってもぼんやりとしか思い出せず、結局手当たり次第に取り、本日の採取は終了。

拠点へと戻った俺は、早速採取した植物を取り出して持参した紙に記録していく。

お金に余裕があれば一種類食べるごとに能力判別を行い、その結果を記録していきたいのだが、今の手持ちの金では到底無理な話。

今回はどんな植物を食べたかだけを記録し、能力判別で能力が上昇していなければ今回食べた植物は今後無視。

能力が上昇していれば、次回は今回食べた植物の半分の種類を食べて能力判別を行い、徐々に絞っていこうと考えている。

採取した植物の特徴と勝手に付けた名前を記載したところで、いよいよ植物を食べていく作業に入る。

味がいまいちなことだけは記憶にあるため、食べるのはあまり気乗りはしないが、トレーニングの一環だと割り切って口に入れては飲み込んでいく。

まず手に取ったのは怪しげなキノコ。

キノコ類は意外と味が悪くなかった記憶がある。

見た目は真っ白な笠《かさ》に、おびただしい赤い斑点のある危険なにおいしかしないキノコ。

食べやすいように軽く火で炙《あぶ》ってから……俺は一気に口の中へと放り込んだ。

味はやはり植物と比べると、旨味《うまみ》も見え隠れしていて幾分かマシ。

口に残る嫌なしょっぱさとザラザラとした舌触りが気持ち悪いが、苦味を全面的に押し出してくる植物よりはいいな。

その後、取ってきた二種類のキノコを苦もなく食べ終え、残るは植物のみ。

嫌なものは後回しにしてしまったわけだが、気合いを入れて一種類目の植物を口へと入れた。

大きな口のような感じの植物で、虫の触角のようなものが無数に生えているため見た目が非常に悪い。

一瞬躊躇《ためら》ったが、意を決して咀嚼《そしゃく》してみると……非常に嫌な食感と共に口の中で弾《はじ》けるような感じがあった。

酸っぱくて臭い何かが口の中に広がり、脳裏に過《よぎ》ったのは何かの虫を一緒に食べたという感覚。

肉体が体内に入れるのを拒み無意識に嘔吐《えず》いたが、両手で口を押さえて無理やり飲み込んだ。

植物自体も苦味が強くて最悪だったが、その後の酸っぱさと臭みが非常に不愉快だったな。

今のは食虫植物で妙な酸っぱさは消化しきれていない虫という可能性も考えられ、テンションはガタ落ちしつつも次なる植物を口へと入れていく。

前回のようにお腹が極限まで空《す》いていない状態のため、食べ進めるペースは遅くなったものの、今日採取した八種類の有毒植物をなんとか全て食べ終えた。

食べ終えた後も胃からむせ返るような苦味がこみ上げ、改めて有毒植物は食べ物ではないと確信したな。

持参してきた乾燥果物で口直ししつつ、植物について記入した紙を眺める。

今回の遠征の目標は、三十種類の有毒植物を摂取すること。

そして、今回の遠征で摂取した有毒植物は全てレアルザッドに持ち帰るつもりだ。

今日食べた八種類の植物の余りも、先ほど設置した通気性の良い籠に入れて天日干しして長持ちするようにした。

入門検査で引っかからないかという懸念はあるものの、なんとかしてレアルザッドには持ち帰る予定。

この努力が実を結んでくれと願いつつ、俺は天日干しの作業を行ってから寝袋に入って眠りについた。


ペイシャの森に入って、五日が経過。

相変わらず森の奥地には魔物は現れず、特に事件らしい事件もないまま、一昨日に無事三十種類の有毒植物を採取し終えた。

昨日は天日干しさせるのに一日使い、今日はいよいよペイシャの森を後にする。

森に入る前は不安と緊張で体が震えていたが、やはりこの森は静かで過ごしやすいことが実感できた。

森への恐怖心も今回の遠征で払拭《ふっしょく》でき、次回はもっと気楽に——なんならちょっとした骨休めのような気分で来られそうだ。

一つ問題があるとすれば、毎食のように糞不味《くそまず》い植物を食べなきゃいけないことだが、それが目的で来ているため目を瞑《つぶ》らなくていけない。

ペイシャの森での六日間を振り返りながら、拠点を片付けて天日干しした有毒植物を鞄の中に入れていく。

乾燥させたらかなり嵩《かさ》が減り、三十種類且つ三本ずつ採取したのだが、鞄の奥底に入れておけば門兵にバレずに持ち運べそうだ。

最後に荷物をまとめて準備完了。

拠点に一礼してから、俺はペイシャの森の奥地を後にした。

帰りは少し迷ったせいで、半日かかってペイシャの森を脱出。

それから公道を歩いて、一週間ぶりにレアルザッドへと戻ってきた。

森の泉で体は洗ってきたし、服もボロボロじゃないから今回は見た目では怪しまれないはず。

俺は入門検査待ちの列に素知らぬ顔で並ぶ。

動揺を見せたり怪しい動きさえしなければ、ここの検査は比較的緩いため通れるはずだ。

「身分証はあるか？」

「ああ。冒険者カードがある」

「出してくれ。それと、鞄の中を開けて中を見せてくれ」

冒険者カードを兵士に手渡し、もう一人の兵士に背負っていた鞄を開けて見せる。

想定していた通り、鞄の中を軽く探っただけで荷物検査は終了。

冒険者カードも偽造のものではないため、俺はあっさりとレアルザッドへと入ることができた。

ペイシャの森の自然の音しか聞こえない空間もよかったが、活気に溢《あふ》れた街もいい。

溢れかえるような人を見ながら、俺は『シャングリラホテル』に帰る前に教会に寄ることにした。

もちろん、目的は能力判別を行ってもらうため。

能力判別だけで二ヶ月で稼いだ金貨三枚のうちの二枚を使うことになるわけだが、これからもっと多くの金貨を能力判別に使うと思う。

もったいないという気持ちはあるものの、決してケチってはいけない場面のため、惜しまずに金を払っていくつもりだ。

教会に入ると今日は礼拝が行われていないようで、この前と違って人が少なく閑散としていた。

人のいない教会を進み、前回能力判別を行ってもらった部屋に入り、そこに置かれているベルを鳴らす。

しばらくして奥の扉から神父が姿を見せたのだが、前回と同じ金髪碧眼《へきがん》の顔立ちの良い――グラハム神父だった。

「あれ……？　ついこの間、鑑定を行った方ですよね？」

「ああ。今回もよろしく頼む」

「二度目も変わらず金貨一枚かかるのですがいいのですか？　数日程度では能力に差異はないと思

いますが……」

「大丈夫だ」

「……理解しているのでしたら結構です。金貨一枚頂きますね」

俺は鞄から金貨を一枚取り出し、冒険者カードと共にグラハム神父に手渡した。

「確かに受け取りました。それでは鑑定致しますので、少しお待ちください」

前回同様、水晶が発光し能力判別が終わった。

これだけのことなら、なんとか自力で行うことができないか観察していたが、原理がいまいち分からない。

水晶が特別なものなのか、それともグラハム神父に備わっている力なのか。

どちらにしても、俺には行うことができないということだけが分かる。

「無事に終わりました。それでは私は失礼致します」

「ありがとう。助かった」

深々とお辞儀をしてから部屋を出ていったグラハム神父にお礼を伝え、俺は早速能力値の確認を行う。

これで能力が上がっていなければ、今回持ち帰ってきた植物はゴミと化するのだが。はたして……。

クリス
適性職業：農民

体力　：10（＋7）
筋力　：5（＋8）
耐久力　：7（＋3）
魔法力　：1
敏捷《びんしょう》性　：4

『特殊スキル』

【毒無効】

『通常スキル』

なし

やはり、微妙にだがプラス表記されている能力値が上昇している。

体力と耐久力が1ずつだけだが、ペイシャの森で摂取した植物の中に潜在能力を引き上げるものがあったという何よりの証拠。

それに数値だけ見れば微々たるもののように感じるが、この作業をあと十数回繰り返せば、単純に考えて今の倍の力が手に入るということ。

少しずるいようにも思うが、手段なんてこの際どうでもいい。

力をつけるためなら、できることは全てやるつもりだ。

ペイシャの森での成果があったことで気分も良くなり、露店で三人分の串焼きを買ってから、一週間ぶりの宿へと戻ってきた。

部屋の扉を開けると、ラルフとヘスターが座って話し込んでいて、俺の顔を見るなりラルフが凄《すご》い剣幕で突っかかってきた。

「おいっ！　何の連絡もなく、一週間も戻らないとかおかしいだろ！」

「……？　ヘスターに伝えておいたはずだが」

「ヘスターからは聞いたが、俺には何も言っていかなかっただろ！　それにヘスターが起きてなかったら、何も言わずに行くつもりだったんだろ？」

「戻ってきたんだからいいだろ。疲れてるから、まずは座らせてくれ」

顔の真ん前で怒るラルフを押してどかし、俺は床に座り込む。

「それでどこに行ってたんだ？　……まさか、この部屋を出るとか言い出さないよな⁉」

「言わねぇよ。とりあえずこれでも食って落ち着け」

俺は来る前に買った串焼きを俺の分だけ取ってから、ラルフに残りが入った袋を投げ渡す。

ろくなものを食っていなかったのか、串焼きを見るなり目を輝かせ、さっきまでの怒りはどこへやら、串焼きを貪《むさぼ》り食い始めた。

「クリスさん。ありがとうございます」

「気にするな。冒険者で稼げるようになったら、俺にも何か奢《おご》ってくれ」

「ぞんで！　どごにいっでだんだ？」

「飲み込んでからにしろよ。汚ねぇな」

「そんで、どこに行ってたんだよ！」

俺の行動がそんなに気になるのか、串焼きで誤魔化してもなお、質問を続けてくるラルフ。

説明するのが面倒だし、植物の精査に入りたいから放っておいてほしいんだが、説明しないとずっと聞いてきそうだからな。

「ペイシャの森って場所だ。俺が身を隠してた森の話をしただろ？　あの森に行ってたんだよ」

「へー、森か……森ならよかった！　でも、その森でなんでまた一週間も過ごしてたんだよ！」

「ちょっと気になることがあってな。それよりお前たち、冒険者の方はどうなんだ？」

話を逸《そ》らすべく二人の活動の進捗《しんちょく》について聞いたのだが、串焼きを食って笑顔になっていた表情が一気にどんよりと曇り始めた。

これは、もっと面倒くさい方向に逸らしてしまったかもしれない。

直感的にそう感じたが、時すでに遅かった。

「こっちは全然駄目だ。なんとか毎日二人で五匹のゴブリンを狩って銀貨一枚を稼いでいるが、この宿代で銅貨四枚、飯代で銅貨六枚消えるから、その日暮らしで八方塞《ふさ》がりになってる。どっちかが怪我《けが》を負ったり、ゴブリンを五匹狩れなかった時点で食っていけなくなる状況だ」

「そうか。苦労してるみたいだな。頑張れよ」

「……………なあ、俺たちと――」

「嫌だ。無理だ。そんな余裕はない」

「おい！　まだ全部言ってないだろうが！」

表情や雰囲気、俺がいなくなったと知って異様に焦っていたことから、今ラルフが言わんとすることをなんとなく察し、即座に断りを入れた。

恐らく、〝俺たちと一緒にパーティを組んでくれ〟とかそんなのだろう。

「俺たちと一緒にパーティを組んでくれ」

俺が予想していた言葉を一言一句外さずに言ってきたため、思わず鼻で笑ってしまう。

そんな俺の態度にムカッときたのか、また突っかかろうとしてきたが、ラルフはグッと拳《こぶし》を握り締めて堪《こら》えた。

「返事は変わらない。無理だ。俺にそんな余裕はない」

「嘘《うそ》をつくな！　一週間も冒険者業をやらずに生活できているし、俺たちに串焼きを奢る余裕もあるだろ？　助けてくれ！」

「それは俺が頑張った成果だろ。奢ってもらっといてそんな物言いなら返してもらうぞ」

「…………そ、それはすまなかった」

本当に返せる余裕がないようで、いつもとは違いすぐにしおらしくなったラルフ。

確かに、二人で日が昇ってから落ちるまでゴブリンを追い続け、貰《もら》える対価は銀貨一枚のみ。

分配して一日一人銅貨五枚と考えると、少しでも歯車が狂った時点で飢え死には免れないだろうな。

既に一緒に暮らしている仲だし、同情しないと言えば嘘になるが……俺も誰かを助けていられるほど余裕があるわけではない。

彼らに利用価値があるのであれば、考えないこともないんだがな。

「なぁ、お前たちの『天恵の儀』の結果はどうだったんだ？」

「『天恵の儀』の結果？　そんなの教えられるわけないだろ。手を晒すってことだぞ」

「別にいいだろ。俺だってお前らに教えたし、仮に殺すつもりなら寝ている時にいつでも殺せる」

「私は適性職業が【魔法使い】で、スキルは【魔力回復】でした」

「おいっ、ヘスター！」

「クリスさんになら喋《しゃべ》っても大丈夫だよ」

ヘスターの適性職業は【魔法使い】なのか。

基本戦闘職の一つで、その中では一番珍しい職業だ。

ただ、適性職業が魔法使いと出ても、魔法使いになるのは相当大変だったはず。

魔力を自由に扱う魔力操作を完璧に行わなくてはならず、更に魔法を唱えられるようになるには魔術学校に通うか、魔導書を手に入れて独学で身につけなければならない。

魔導書によっては古代文字を読めなければいけない場合もあるし、基礎魔術の魔導書に関しては市場に流通してはいるものの、『植物学者オットーの放浪記』とは比べ物にならないほど高額。

それに魔術学校に通えるのは、一流の貴族か『天恵の儀』で上級魔法職を授かった者のみだ。

一般的に基本戦闘職の中では、一番のハズレ職と言われている職業だな。

【魔法使い】か……。【農民】の俺よりかは全然マシだが、不遇職を授かったんだな」

「そうですね。でも、伸びしろは大きいと思ってます。盗みを始めたのも魔導書を買うためで、私はまだ魔法使いを諦めていません」

「――ああ。それで、『七福屋』で俺が本を見ていた時、文字を読めるかどうか聞いてきたのか」

「か、かなり前のことなのに覚えていたんですね」

「気になるくらい歯切れが悪かったからな」

「すみません。今更のお願いになりますが……。もし万が一、私が魔導書を手に入れることができたら、文字を教えてくれませんか？」

「ああ。構わない」

「ありがとうございます！」

確かに不遇職と言われているが、魔法を身につけることさえできれば、【魔法使い】は上級戦闘職にも引けを取らない。

ヘスターはもしかしたら、今後化ける可能性があるかもしれないな。

「それで、ラルフの『天恵の儀』の結果はどうだったんだ？」

「俺は教えないって言ってるだろ」

「ラルフは適性職業が【聖騎士】です。スキルは【神の加護】【神撃】【守護者の咆哮《ほうこう》】」

「おいっ、なに勝手に話してんだ！　ヘスター！」

「【聖騎士】だと……？　なんで【聖騎士】でこんなとこにいるんだ？」

上級戦闘職の【聖騎士】。

『天恵の儀』で【聖騎士】と出た時点で、王直属の近衛兵団に入隊することができ、授かった時点で勝ち組が確定する戦闘職だ。

近衛兵にならずとも、冒険者になればトップクランから即勧誘され、トップクランに加入しなくとも勝手に人が集まってくる。

どう考えても【聖騎士】が、除《の》け者が集まる裏通りで盗人《ぬすっと》をする人生にはなり得ないはずなのだが。

「ラルフは小さい時に大怪我を負ったんです。その時の膝の怪我で、今も痛みでまともに動けないんですよ」

「……色々と繋《つな》がってきた。だから盗みの際はヘスターが実行犯で、ラルフが廃屋で待機していたわけか。短剣を抜こうとした際の動きも、滑らかなのに異様にバランスが悪かったのは、膝をかばっていたからだな」

「くそっ、ヘスターのせいで全部バレちまった」

「『天恵の儀』で戦闘職を授かった者同士のパーティで、ゴブリンに躓《つまず》いているのなんてお前たちぐらいだろうよ。よくもまぁ、ここまで不運が重なったな」

「不運なのはとっくの昔に受け入れている。生まれてすぐに親からも見捨てられ、俺たちは本当に運がない者同士、二人合わせて一人前で生きてきたんだからな」

ラルフはいつになく、弱々しく吐き捨てるようにそう呟《つぶや》いた。

確かに小さい頃に負った膝の怪我により、体を自在に動かすことができないのは、この厳しい世の中を生きていく上で大変なのは俺でも分かる。

俺は十六となるこの年まで不自由なく生きてこられたし、健康な状態で剣術や算術に読み書きまで習った。

二人にあーだこーだと言える立場では、決してないのだろうが——。

「ラルフは、膝さえ良くなれば全てが好転するんだろ？」

「ああ。だが、町医者に診てもらったが完治不能と明言された。俺は一生このまま動けずに終わる」

「町医者に言われた程度で諦めたのか？」

「最初は諦めなかったさ！　『天恵の儀』を受けるずっと前から、俺は足を治す方法を探し続けていた。……だけど、治す方法なんてなかったんだ！」

「親に捨てられ、金も知識も人脈もない子供が探して見つからなかっただけで、なんで治す方法なんてないと断言できるのか俺には分からない」

「そ、それは……」

「とりあえず、ラルフもヘスターも素質はあると見た。『天恵の儀』によって親から見捨てられた俺が、『天恵の儀』の結果で判断するのもちゃんちゃらおかしいが、俺はお前たち二人とパーティを組んでもいいと思った」

俺に言われた言葉に引っかかっているのか、ラルフは苦い顔をしたままだ。

逆にヘスターは嬉《うれ》しそうに表情を明るくさせた。

「ただ、今のままじゃ組む気にはならない。さっきも言ったが、俺もやらなければいけないことがあるからな。そんな中で、ゴブリンすらまともに狩れない奴らにかまけている時間はない」

「……どっちなんだよ」

「最低限、ゴブリンを楽に狩れるぐらいの強さを身につけられれば、パーティを組んでもいいと言ってるんだよ」

「ゴブリンをまともに狩れないから、パーティを組んでくれってお願いしたんだろうが！　それじゃ本末転倒じゃ――」

「分かりました！　私とラルフで、ゴブリンを楽に狩れるようにします！」

「おいっ！　ヘスター！」

「決まりだな。二人がゴブリンを楽に狩れるようになったら、パーティについてしっかりと話をしよう」

二人を憐《あわ》れに思い、擁護してやる気は更々ない。

俺もまだルーキーから抜けたばかりのブロンズ冒険者で、クラウスを超えるための努力を惜しむつもりもないからな。

ただ、二人に見えた一筋の可能性。

その可能性に賭けて、パーティを組むのはアリだと俺は思った。……もちろんクラウスを超えるために。

俺は二人に背を向けて、自分の作業へと戻る。

レアルザッドに戻ってきたばかりだが、やらなければいけない作業は山ほどある。

話し合いで消費した時間を取り戻すため、まずは乾燥させた有毒植物の仕分けから始めた。

第五章　パーティ結成

翌日。

結局、昨日は夜遅くまで作業を行ったせいで、若干寝不足の状態で目が覚めた。

二度寝したい欲に襲われるが、二ヶ月間ゴブリンを狩り続けて貯《た》めた金貨三枚のうち二枚は能力判別で消えており、残り一枚はペイシャの森への旅の資金で消えた。

盗品のアクセサリーを売った金はギリギリまで手を出す気はないし、今日から冒険者業を再開しなければ金が底をつく。

両手で頬《ほお》を思い切り叩《たた》き、物理的に目を覚まして布団から這《は》い出た。

部屋を見渡すと既に二人の姿はなく、朝一で出かけたようだ。

一人だと広く感じる部屋で若干の寂しさを覚えつつ、準備を整えてから俺も宿を後にした。

冒険者ギルドに着き、クエスト受注受付へ直行。

今日からはブロンズランクのクエストを受けることができるため、ゴブリン狩りの生活からはおさらばできるのだが……。

ブロンズランクに上がっても、ルーキーランクのクエストは受注することができるため、まだゴブリン狩りを続けようと思えば続けることができる。

もちろんブロンズランクのクエストの方が高報酬なのだが、俺はこの二ヶ月間でゴブリン狩りに関しては、プロと言えるぐらいに練度が高まっている。

低報酬でも数を狩れるゴブリン狩りの方が、ブロンズランクのクエストよりも稼げるかもしれないという考えが頭を過《よぎ》ったが、どちらにせよ今日くらいはブロンズランクのクエストを受けるべきだな。

万が一、お金を稼ぐのに非効率という結論に至れば、明日からはまたゴブリン狩りに勤《いそ》しめばいいだけ。

受付の列に並んでいる間に、俺はそう結論づけた。

「いらっしゃいませ。こちらはクエスト受注用の受付ですが大丈夫でしょうか？」

「ああ。クエストを受注したい」

「それでは、冒険者カードを拝見させていただいてもよろしいですか？」

受付嬢といつものやり取りを行い、冒険者カードを手渡す。

「クリス様ですね。えーっと冒険者ランクは……前回でルーキーからブロンズにランクアップされたんですね。おめでとうございます」

「ありがとう」

「今回からブロンズランクのクエストも受注できるようになります。それでは本日はいかが致しますか？」

「ブロンズランクの討伐クエストを受けたい。どんなものがあるんだ？」

「ブロンズランクになりますと、一気に種類が増えまして……。もう少し絞らせていただきたいのですが、討伐数が多いのと少ないのとではどちらがよろしいでしょうか？」

「少ないので頼む」

「それでしたら、はぐれ牛鳥《うしどり》の討伐。ベビーリザードの討伐。東の廃村に出現するバブルウィスプの討伐。ミツリア川下流に出現するヘドロスライムの討伐。この四つが一匹のみの討伐でクエスト達成になります」

はぐれ牛鳥、ベビーリザード、バブルウィスプ、ヘドロスライムか。

どれも聞いたことがない魔物だが、名前から大体の想像はつく。

倒しやすそうなのははぐれ牛鳥だが、気になる点が一つだけある。

「場所の指定がされているのと、されていないものの違いはなんだ？」

「指定がされていないものは、その魔物の素材が欲しい人からの依頼となっております。ですので、倒した死骸もしくは指定された部位を持ってきていただき、初めてクエスト達成となります」

「なるほど。場所が指定されている魔物は、素材ではなく魔物自体が害となっているから討伐してくれって依頼なのか」

「はい。そういうことですね。基本的には場所の指定がない依頼の方が、高額な報酬となっているケースが多いと思っていただいて大丈夫です」

指定のないものは、魔物の情報を集めてから探し出して討伐し、指定された部位の剥《は》ぎ取りか死骸自体を持ち帰らなければならないというわけか。

手間のかかる分、高額の報酬となっている場合が多い——と。

どうするか悩むが、パーティを組まずに一人で行うことを考えると、場所の指定がある依頼でなければ一日でこなすことは不可能な気がする。

まぁただ、報酬によってだな。

指定なしの依頼が指定ありの依頼よりも二倍以上高額であれば、指定ありの依頼を二日かけて行った方が効率が良い。

「その中で一番高額な依頼ってどれなんだ？」

「一番高額なのは、はぐれ牛鳥のクエストですね。精肉店からの依頼でして、胴体部分の納品です。報酬は金貨一枚でして、状態やサイズによっては金貨三枚までお支払いするそうです」

「量や物によっては金貨三枚まで上がるのか。この中で一番安い報酬のも教えてくれ」

「報酬が低いものですと、ヘドロスライムとバブルウィスプが共に銀貨四枚で一番安いですね」

はぐれ牛鳥の報酬が高いのはもちろんだが、一番安い依頼でも一匹狩るだけでゴブリン二十四分か。

やはりブロンズランクの依頼は高報酬のようだ。

それでどれを選ぶかなのだが、値段で選ぶならはぐれ牛鳥一択なんだけど、高いには高いなりの理由があるはずだ。

依頼を受けたはいいものの、一週間経《た》っても狩れなかったら先に金が底をついてしまう。

今すぐにお金が欲しいことも考えると、指定ありの依頼を受けるのが一番だな。

「それならヘドロスライムの討伐依頼を受けたい」

「分かりました。それではミツリア川下流のヘドロスライム退治をお願いします。一匹狩っていただき、報酬は銀貨四枚となります。討伐数の上限は三匹でして、一匹追加で狩るごとに銀貨四枚をお支払い致します」

「分かった。それではよろしく頼む」

俺が立ち上がり、受付から去ろうとした瞬間。

受付嬢は立ち上がった俺を慌てて引き留めた。

「ちょっとお待ちいただいてもよろしいですか？」

「ん？　まだ何かあるのか？」

「クエスト依頼の内容なのですが、ブロンズランクに上がると受けられる依頼の種類が多くなり、口頭で説明するのが難しくなっております。ですので、今出されているクエスト依頼はあちらの掲示板に貼り出されているんです」

「へー。あの人集《ひとだか》りは、クエストを見ている人たちだったんだな」

「はい、そうです。右の掲示板から順にブロンズ、シルバー、ゴールド——とランク分けされた依頼が貼り出されていますので、受付に来る前に見て吟味していただき、受けたい依頼の紙を取ってお持ちいただければ、スムーズに受注できますのでよければお使いください」

「そうだったのか。丁寧にありがとう」

「いえいえ。ご自身でお探しになるのが面倒であれば、今回のようにご希望の条件からお探し致しますので、お好きな方法をお選びくださいね」

「分かった。次回からは掲示板から依頼を選ばせてもらう」

「よろしくお願い致します。それではご武運をお祈りしております」

なるほどな。

基本的には、掲示板で依頼を選んで受付で受理してもらうって形なのか。

いちいち聞いてたら時間ばかり取られるし、次回からは掲示板で依頼内容と報酬を吟味しようか。

そんなことを考えながら、俺は冒険者ギルドを後にした。

さて、ここからどうするかなのだが……。

とりあえず過剰な準備はせずに、ゴブリン狩りに行っていた時と同じ装備で向かおうと思う。

丁寧にやるのであればヘドロスライムの情報を集め、対策を考えて準備を行うのが正解なのだろうが、そこまでやるのであれば指定なしの依頼を受けた方がいい。

舐《な》めてかかるわけではないが、今回はやり方を変えずに討伐に向かう。

ミツリア川の位置だけ正確に確認してから、俺はレアルザッドを後にした。

街を出て、南にしばらく歩くと大きめの川が見えてくる。

これがミツリア川で、川沿いに下っていけばヘドロスライムと遭遇できるだろう。

比較的大きな川だからヘドロスライムは一匹だけじゃないだろうし、ヘドロスライム以外の魔物も潜んでいるはずだ。

警戒しながら土手を歩いていると、水際に大量の虫型魔物が蠢《うごめ》いているのが見えた。

何かの死骸に群がっているようで、食い荒らしているのが分かる。

恐らくあの虫型魔物の依頼も出ているのだろうが、俺では狩ることができないタイプの魔物だな。

対人相手には自信があるが、ああいった小型の魔物にはどう対処していいか分からない。

鈍器で叩き潰《つぶ》すか、スキルや魔法を使えば簡単に狩れるのだろうが、あの数を剣で一匹一匹倒すのは無謀。

ブロンズのクエストをこなしていくのであれば、クエスト内容を精査して得意分野で勝負できるクエストを選んでいかなければならない。

大量の虫型魔物を横目に、俺は改めて知識の有用さを考えさせられた。

それから土手を二十分ほど歩いていると、本流から分かれている支流の先に濁った黒い水の塊のようなものが動いているのが見えた。

形状は定まっておらず、パッと見では生物とは思えないのだが、あれがヘドロスライムだろう。

スライムは核の周りにドロドロとした液体を纏《まと》っている魔物で、通常のスライムはその纏っている液体を飛ばして攻撃を仕掛けてくる。

ヘドロスライムは見た感じでは、核を纏う液体がヘドロになっているようだ。

このミツリア川自体も生活排水が流れ込んでいるため汚いのだが、あのヘドロスライムはこの川の汚い部分を濃縮させた存在。

まだ距離は大分離れているのだが、吐き気を催すような酷《ひど》い臭いがここまで漂ってきている。

バブルウィスプは物体のないアンデッド系の魔物だと想像していたため、消去法でこのヘドロスライムを選んだのだが……こりゃ失敗だったかもしれないな。

上手《うま》く倒せたとしても、あのヘドロを完璧に躱《かわ》すことは不可能だし、臭いがついたままレアルザッドに戻らなければいけない可能性が出てきた。

武器や防具にしても、下手すれば臭いが付着し廃棄しなければいけない可能性もあるし、このまま引き返したい欲に駆られる。

ただクエスト失敗のデメリットは大きいし、手持ちの金を考えると帰ることはできない。

「…………ふぅー」

深いため息と共に覚悟を決め、俺はヘドロスライムに向かって歩きだす。

自在に動く球状の魔物。

どっちが前か後ろかも分からない相手に不意打ちなんてできないため、堂々と正面から向かう。

近づくにつれて酷くなる臭いに顔を歪《ゆが》ませながらも、集中だけは途切れさせることなく、剣を引き抜き構える。

ヘドロスライムも近づく俺に気がついたのか、川から這い上がり地を這うように俺の方へとゆっくり近づいてきた。

全長は俺と同じくらいで、近くで見るとデカいな。

核が纏っている液体は黒紫色に変色しているが、核本体は真っ黒のため視認することができる。

核が移動すると、それを追うようにヘドロがついてくるような感じだ。

静止している時は核が中心に埋もれてしまうため、前方に移動するタイミングに合わせ突きを放つのがベスト。

もし核を視認することができなければ、ヘドロにまみれることを覚悟していたが、見えるのならば突きで一撃で仕留めてやる。

そう意気込み、俺は突きを行うタイミングを計る。

三……二……一。

ヘドロスライムが間合いに入り、核が前へ動いたタイミングに合わせ、俺は一気に突きを放った。

ブレも一切なく、完璧な一撃。放った瞬間はそう確信していたのだが……。

ヘドロの中に何か物体が交ざっていたのか、剣先が微妙にズレて核を捉えきることができなかった。

核に触れた感触はあるが、壊しきれていない。即座に剣をヘドロから引き抜き、逃げの一手に移る。

ヘドロスライムも逃げようとする俺に対し、体を震わせるようにしてヘドロを飛ばしてきたが、俺は死に物狂いでそのヘドロを回避。

先ほどと同じように、タイミングを計って突きを放つのは不可能と判断した俺は、腕を引き絞って強引に突きを放ちにかかる。

核は球状のヘドロの中心にあるが、腕をヘドロに突っ込む勢いで核目掛けて突きを放つ。

無理な体勢に加え、ヘドロに威力を吸収されたため、一撃目よりも手ごたえはなかったのだが……。

一撃目で核は半壊していたのか、剣が核に触れた瞬間に砕けた感触があった。

俺はすぐにその場から離れ、ヘドロスライムの様子を窺《うかが》う。

核が壊れたせいで形を保てなくなったのか、球《きゅう》を成していたヘドロスライムは溶けるかのように、ただのヘドロとなってしまった。

討伐したという証《あかし》のため、ただのヘドロとなったヘドロスライムの残骸から核の破片だけ取り出し、俺はすぐに川へ腕と剣を洗いに向かう。

袖の部分はヘドロが染み込んでしまっているため、破って捨ててから入念に洗い落とした。

ある程度手が綺麗《きれい》になったところで、続いて剣も洗っていく。

柄《つか》の部分までどっぷりとヘドロがかかっているため、こちらも入念に洗ってから刃物油を差して応急処置は完了。

安い剣だが値段を考えるとまだ捨てられないため、武器店で手入れをしてもらった方がいいだろう。

大して戦闘は行っていないが、ドッと疲労が押し寄せてくる。

……これで報酬が銀貨四枚は割に合わないな。

剣の手入れで銅貨五枚は飛び、破いたインナーを新調するために更に銅貨五枚が飛ぶ。

実質報酬が銀貨三枚で、ヘドロの臭いが体に染みつくんだもんな。

まだ午前中と時間だけは短く済んでいるが、もう二度とヘドロスライムの依頼は受けないと俺は心に決めた。

気落ちしかけている自分を奮い立たせてから、俺はレアルザッドへと帰還した。


ヘドロスライムの討伐から、約一ヶ月が経過した。

ヘドロスライムの失敗から学んで依頼をしっかり選んだこともあり、ブロンズランクのクエストでも苦戦することなく、順調にこなせていっている。

一日のルーティンとしては、朝に依頼を吟味して受注。

すぐに指定された場所に向かい、遅くとも昼過ぎぐらいには討伐を完了し、夕方には依頼完了報告と翌日の準備が終わっているという感じだ。

余った時間は剣を振ったり、薬舗や治療師ギルドで植物に関する知識を深めたりと、かなり有意義な日々を送れている。

お金も一日最低で銀貨四枚は稼げ、多い日には銀貨八枚を稼げたということもあって、生活費を差っ引いて金貨を十二枚ほど貯めることができた。

一ヶ月間休みなく働いていたとはいえ、正直ここまで稼げるとは思っていなかったな。

命の危険と隣り合わせの職業だし、怪我《けが》を負っても自己負担なため、リスクを考えればもしかしたら安い報酬なのかもしれないが、今の俺にとってはありがたすぎるほどに高収入だと思ってしまう。

兎《と》にも角《かく》にも、これで『七福屋』に金を支払うこともできるし、しばらくの間は冒険者業を休んで有毒植物の識別に打ち込むことができる。

とりあえず今日は、これから『七福屋』へと行ってから、保存しておいた有毒植物の半分を食し、教会で一ヶ月ぶりの能力判別を行おうと思う。

今日の予定をザッとおさらいしたところで、俺は宿を後にした。

最初に訪れた時は治安が悪く見え、物騒に思えた裏通りももう慣れ、軽い足取りで『七福屋』へと向かう。

『七福屋』には度々訪れており、ルゲンツさんとはかなり仲良くなった。

「おお、クリスじゃないか。今日も武器を見に来たのかい？」

「いや、今日は本の金を支払いに来た。随分と待たせてしまってすまなかったな」

「もう支払えるのか？　貯まってからすぐに払えとは言っておらんし、払える分だけをちまちまと払ってくれればええよ」

「冒険者業の方が順調で、余裕を持って支払えるから大丈夫だ。本当に助かった」

俺は頭を深々と下げてから、ルゲンツさんに金貨三枚を手渡す。

あのタイミングで後払いにしてくれていなければ、『植物学者オットーの放浪記』を購入していなければ有毒植物についての気づきもなかった。

購入していた可能性は限りなく低かっただろうし、ただ生きるためだけに冒険者をし、ひっそりと死んでいったと思う。

自分に可能性を見いだせず、ただ生きるためだけに冒険者をし、ひっそりと死んでいったと思う。

逃げられるのも覚悟の上で、俺に後払いで売ってくれたルゲンツさんには頭が上がらない。

「そうかい。それなら受け取らせてもらうよ。ありがとうね」

「礼を言うのは俺の方だ。ありがとう」

「それで、本はどうじゃった？　興味深い内容だったろう」

「……ああ。興味深いという言葉だけで片付けられないほど、今までの人生の中で一番有意義な情報だった」

「ふぉっふぉっふぉ。そこまで役に立ったのなら、本の作者も浮かばれるだろう」

ルゲンツさんはまるで自らが書いたかのように、自慢げにそして嬉《うれ》しそうに笑った。

「それで、今日は本の支払いに来てくれただけなのか？」

「いや、実は一つ聞きたいことがある。この店に魔導書は置いていないか？」

「魔導書……。確かまだあったはずじゃが、ちょっとそこで待っていてくれ」

ルゲンツさんはそう言うと、店頭ではなく店の奥に向かい、探し始めた様子。

ヘスター用に魔導書を置いてないか聞いてみたのだが、あの様子だともしかしたらあるのかもしれない。

「おおっ！　やっぱりあったわい。ほれ、かなり古いものだが魔導書じゃ」

「これが魔導書なのか。やはり普通の本とは違って、見るからに豪華な装飾が施されているんだな」

ルゲンツさんが持ってきた本は、古さが窺えるものの金やら銀やらで装飾されており、ただの本とは違うのが一目で分かった。

値段次第で買ってもいいと考えていたが、これはまだ手が出せない逸品に感じる。

「何せ魔導書だからのう。ヘスターからどうしても取り置きしてほしいって頼まれたもんで、店の奥にしまっといたまんまじゃったわ」

「ヘスターに頼まれて——か。ヘスターには後払いを提案しなかったのか？」

「ふぉっふぉっふぉ。前も言ったと思うが、お主なら大丈夫と判断して提案したのじゃよ。ヘスターに渡したらそれこそ逃げられるわい」

「知り合って長いと勝手に思っていたが、随分と信用ないんだな」

「知り合って長いからこそだのぅ。とまぁ、ヘスターのことは置いておいて買ってくれるんかい？」

「値段はいくらなんだ？」

「白金貨二枚ってところじゃな」

その馬鹿げた値段に思わず笑ってしまう。

金貨一枚もする能力判別にポンポンと金を使っている俺が言うのもアレだが、さすがに高すぎる。

白金貨一枚で金貨十枚だから、俺が二ヶ月間休まずに冒険者として働いてようやく買える値段だ。

それも中古品で、裏通りに流れてきた汚れたものでこの値段だからな。

綺麗なものならどれぐらいするのか、正直想像もつかない。

「さすがに手が出ないな。高いとは想像していたが、そんなに高いとは思ってもみなかった」

「ワシも買い取るかどうか、一日悩んだくらいじゃからな。結局売れ残っとるわけだし、まあ裏通りに来る人は買わんわな」

「もしかしたら買いに来るかもしれないから、その時はよろしく頼む」

「購入の意思があるんか？　値段が値段じゃから、前金はいくらか貰《もら》いたいが……お主ならまた後払いでもええぞ」

「いいのか⁉　……いや、でもな」

白金貨二枚のものを後払いでいいという魅力的な提案に、俺は思わず食いつきかけたが、さすがに値段が値段だ。

後払いは言わば借金だし、魔導書の用途はヘスターに魔法を覚えさせるため。

今は魔法の使えない魔法使いという長所が皆無な状態だが、魔法さえ覚えられればある程度の活躍はできると踏んでいた。

ゴブリンを余裕で狩れるようになれればパーティを組むわけだし、一刻も早く魔法を覚えて一人前になってもらうのは、俺にとっても大きなプラスになる。

……ただ、だからといって俺がヘスターのために借金を負うのはあり得ないな。

俺は他人を簡単に信用しないと決めているし、魔法を覚えた瞬間に逃げられる可能性も考えたら大きな借金はできない。

「本当にありがたい提案だが、今回は額が額だけに遠慮させてもらう」

「そうかい、それは残念だのう。まあ、いつでも言ってくれれば売るからの」

「ああ。感謝する」

こうして俺はルゲンツさんとの話を終え、『七福屋』を後にした。

俺はヘスターの方が先にものになると思っていたが、怪我の具合によってはラルフの方が早くものになるかもしれない。

パーティを組むと決まったら、まず先にラルフを治療師ギルドに行かせると決め、俺は『シャングリラホテル』へと戻った。

『シャングリラホテル』で乾燥させた三十種類の有毒植物のうち、半分の十五種類だけ食べたあと、一ヶ月ぶりの教会へと向かう。

乾燥させた有毒植物が思いのほか不味《まず》く、俺は不味さによる体調の悪さを感じながらも必死に歩く。

植物の食べ方については、色々と工夫を凝らさないと駄目かもしれないな。

乾燥させることにより、長持ちはするものの苦味が凝縮されてとても食べられたものではない。

とにかく体内に入れさえすればいいのだから、すり潰して飲みやすくするのもよさそうだし、何かに包んで飲み込んでしまうのもよさそう。

植物の食べ方についても研究するとして、まずは教会で能力判別だ。

一ヶ月の魔物討伐で単純に成長しているのかも気になるし、今日食べた有毒植物の効果も気になる。

ペイシャの森から帰還したばかりの前回は、体力と耐久力共に1ずつ上がっていたため、今回体力と耐久力が1ずつ上がっていれば、残してある半分の有毒植物は身体能力を向上させる効能がないと判別できる。

逆に今回何も上がっていなければ、残りの半分の中に体力と耐久力を上げる効能を持つ植物があるということになるのだが、一番面倒くさいのは体力と耐久力のどちらか片方だけが上がるパターン。

これぱかりは運を天に任せるしかないため、どちらかに偏っていることを祈りつつ、俺は教会の扉を押し開いた。

今日は礼拝が行われているようで、初めて来た時と同じように教会の中にはかなりの人がいる。

俺はその人たちの間を縫って、例の部屋を目指す。

講壇では先日のようにグラハム神父が礼拝を行っており、俺の顔を見るなり驚いた表情を見せた。

前回も口頭で注意してくれたぐらいだし、こんな高頻度で能力判別に訪れる人はいないのだろう。

俺のやっていることを知らなければ、ただ教会に金を捨てに来ているようにしか思えないだろうしな。

軽く会釈だけして講壇の横を抜け、俺は水晶の部屋に入り、ベルを鳴らしてから座って待つ。

いつもは少し待たないと来ないのだが、今日はベルを鳴らしてからすぐに部屋に駆け込む形で、礼拝を行っていたグラハム神父が入ってきた。

「今日もよろしく頼む」

「能力判別でしょうか……？　前回からまだそれほど経っていませんが、本当に大丈夫なのでしょうか？」

「前回も言ったと思うが、能力が何も上がってなくとも文句は言わない」

俺を見る目が完全におかしな奴を見る目になっているが、この神父に何を思われようがどうでもいい。

実際に何の能力も上がっていなかったとしても、成果としては十分すぎるほどに得られるわけだからな。

「……分かりました。金貨を一枚と冒険者カードをお願いします」

「ああ」

俺は鞄《かばん》から、金貨一枚と冒険者カードを取り出して手渡す。

毎度思うが、本当に金貨一枚は破格の値段だな。

魔力をごっそりと使うのか、それとも希少だからこその値段なのか。

どうにか自分でもできないかを、どうしても考えてしまうな。

「無事に終わりました。能力に変化がなかったとしても、能力判別が失敗しているわけではありませんので、その辺りのご理解お願いします」

「大丈夫だ。そう同じことを何度も言わなくても分かっているよ」

「しつこくて申し訳ございません。それでは失礼致します」

グラハム神父は深く頭を下げると、部屋から出ていった。

同じ確認が多すぎる気がするが、おかしい行動をしている自覚はあるため、不快な態度は見せずに対応する。

神父が部屋を出ていったのを確認してから、俺は冒険者カードの能力値を確認した。

今回は体力と筋力の通常の数値が1だけ上がっていて、プラス値の変化はない。

この能力上昇は恐らく、一ヶ月の魔物討伐の頑張りによる自分自身の成長だろう。

一ヶ月間様々な魔物を狩り続けて、植物を食べたのと同じ数値しか上がらないというのは、俺自身の潜在能力の低さを表しているのだと思うと悲しみを覚える。

ただ逆に言えば、有毒植物はそんな俺でも強くなれる可能性を秘めているということだ。

魔物との戦いは戦闘経験を積むことだけを目的とし、そっちでの能力向上についてはないものと思うようにしていこう。

そして今回の結果から分かったのは、今回食した有毒植物には能力を向上させる植物は交じっていなかったということ。

怖いのは、乾燥させたせいで効能が消えた可能性もあるということなのだが、そこの可能性については考えても無駄なため排除し、次は残りの十五種類の半分を食してからまた能力判別を行おうと思う。

体力と耐久力を上昇させる植物を割り出すことができれば、次回ペイシャの森に行く際は効率を大幅に上昇させることができる。

能力は上がっていなかったものの、全てが順調にいっていることに満足感を覚えながら、俺は教会を後にした。

いつもの露店で串焼きを三人分買ってから、俺は宿へと戻ってきた。

部屋に入るなり目に飛び込んできたのは、ヘスターとラルフの二人が正座でこちらを向いている姿。

「お前ら、何してるんだ？」

「ヘスターにやれって――いで！　何すんだよ！」

「ラルフは黙ってて！　クリスさん、私たちゴブリンを余裕を持って狩れるようになりました。ですので、パーティを組んでください！」

最初は常にヘトヘトだった二人が最近は余裕を持って過ごしているし、何やら作戦会議なんかも毎日行っていたから、そろそろなのではと思っていたがやはりきたか。

タイミングとしては、俺も一段落ついているところだし、悪くはないんだが……。

俺が想定していたよりも、かなり早かったな。

「……そうか。まぁ約束だしな。分かった」

「本当ですか！　ありがとうございます」

「ただ、パーティを組む前に確認させてもらいたい。明日、ゴブリンを狩るところに同行させてもらうぞ」

「もちろんです。これからよろしくお願いします。……ほら、ラルフも！」

「…………お願いします」

今の俺も結局はブロンズランク止まりだし、お願いまでされるような図抜けた実力を持っているわけではないと思うのだが、ヘスターがなんでここまで必死なのか少し疑問だな。

ゴブリンを楽に狩れるようになれば、パーティの件はやっぱやめとくってなるんじゃないかと思っていたが……。

これぱかりは俺がいくら考えても分からないな。

明日の結果次第ではあるが、この二人を冒険者の道に引きずり込んだのは俺だし、二人の潜在能力を考えれば俺としてもパーティを組むのは、まぁ悪い話ではない。

「とりあえず串焼きを買ってきたから食え」

「おおっ！　串焼きは嬉しいぜ」

「いつもありがとうございます」

二人に串焼きを渡してから、俺は気を取り直して作業に取り掛かる。

今日食べた有毒植物の欄に、潜在能力を上昇させる効能なしと記入してから、混在しないように分けていく。

これで次回からは、この十五種類の植物に関しては完全に無視することができる。

金はかかるし地道な作業だが、強くなるための準備と考えれば一切の苦労も感じないな。

「なぁ、ずっと変な枯れ草いじってるけど、何やってるんだ？」

「パーティを組んでから教えてやる」

「変な薬の材料じゃないだろうな？　一つ食わせてくれよ」

「食ったら死ぬぞ」

串焼きを食べて機嫌が良くなったラルフが、俺が床に広げていた有毒植物を手に取ろうとしたのを制止する。

どれくらいの毒なのかも、はたまた本当に毒があるのかも分からないが、常人が食べたら死ぬ可能性は大いにあり得るからな。

「……死ぬってなんだよ。クリス、お前この部屋に何を持ち込んでるんだよ」

「俺も詳しいことは分からん。ただ、食わなきゃ大丈夫だ」

「お前、この草を売ってるから金に余裕あるのか？　これ、暗殺に使う草だろ」

「本当に馬鹿だな。誰が一介の下っ端冒険者から暗殺の道具を買うんだよ。そもそも暗殺なんて頻繁に行われることじゃないだろ」

「じゃあそれは何なんだよ」

「俺が食べるやつだよ。【毒無効】持ちだって言っただろ」

【毒無効】のスキルを持ってるからといって、わざわざ毒のある枯れ草を食う必要ないだろ。

……その草、美味《おい》しいのか？」

「いや、眩暈《めまい》がするくらい不味い」

そんな俺の言葉に、ラルフの目は変な奴を見る目に変わったが、俺は無視して作業を再開する。

パーティを組んだら、俺のやっていることを全て理解させるし、今はどう思われようがどうでもいい。

しばらくしてから始まった、ヘスターとラルフの明日の作戦会議を聞きながら、俺は夜遅くまで作業を続けた。


「クリスさん、起きてください」

ヘスターに起こされ、俺は目が覚める。

まだ日が昇ったばかりぐらいだと思うのだが、そういえばこの二人は毎日俺が起きる頃にはもういなくなっていたな。

大きく一つあくびをしてから、俺は無理やり布団から這い出た。

「おはようございます。もう狩りに行きますので、クリスさんも準備お願いします」

「ああ」

ヘスターに促され、俺はすぐに準備を整える。

今回はメインがヘスターとラルフだし、剣と水だけの軽装で向かうことに決めた。

ゴブリン狩りだし、危険に晒《さら》される可能性は限りなく低いだろう。

準備が整ったところで、宿を出て目的地を目指す。

ラルフは宿の外で待っており、もう既に冒険者ギルドでクエストを受注してきたようだ。

二人で盗人《ぬすっと》をやっていただけあって段取りが良く、スムーズに事が進んでいく。

一人だと全てを自分だけでやらなくてはいけないし、こうスムーズにはいかない。

意外な部分でパーティのメリットを感じつつ、依頼現場である南西の林を目指す。

「なんでいつもこんなに早くに出てるんだ？」

「単純に俺のせいで移動に時間がかかるんだ」

「……ああ。膝を怪我しているんだっけか」

「そうだ。目的地に着くまでにも時間がかかるし、ゴブリン狩りにもそれで時間を要してしまう」

それでゴブリン狩りですら、切羽詰まっていたってわけか。

まずはヘスターの魔法習得からだと思っていたが、やはりラルフの怪我をどうにかしないといけないな。

「おぶってやろうか？　他にやらなくてはいけないことがあるし、時間はなるべくかけたくない」

「やめろ！　一人で歩ける」

「ペースが少しでも遅くなったら担ぐからな」

それから剣を杖代《つえ》わりにしながら、ラルフは必死に早く歩こうと頑張っていたのだが、数十分して痛みが酷くなったのか額に汗が滲《にじ》んできた。

ヘスターもその様子を心配そうに見つめている。急《せ》かしたのが申し訳なくなってきたな。

「遅い。約束した通り、俺の背中におぶされ」

「大丈夫だ。速度はまだ上げられる」

「見てられないんだよ。早く背中におぶされ。連携を取る気がないなら、パーティの件は白紙にするぞ」

そう脅したことでようやく諦めたのか、嫌々ながらもラルフは俺の背中におぶさった。

体重が俺の倍以上もあるオークを運んだだけあり、ラルフ程度の重さじゃ何も感じないな。

ラルフのペースに合わせていた時の倍ほどのペースで進むことができ、間もなく目的地である南西の林へと着いた。

「悪かったな。担がせちまって」

「ここからは見ているだけだし構わない。それより早くゴブリン狩りに取り掛かってくれ」

「分かってるよ」

歩くことすらままならないラルフと、魔法の使えない魔法使いのヘスターがどうゴブリンを狩るのか。

正直、全く予想できないため、楽しみなところである。

「ラルフ。いつも通りね」

「ああ、任せろ」

軽く声を掛け合い準備が整ったのか、二人がゆっくりと動き出した。

隣り合って歩くのではなくヘスターが少し先を歩き、数メートル空けてラルフがついていくといった形。

俺はそのラルフから更に数メートル空けて、二人の後を追う。

変な隊列を作り、林の中をゆっくりと慎重に歩くこと三十分。

ヘスターがゴブリンを見つけたのか、ハンドサインで合図を送ってから身を屈《かが》ませた。

ラルフはというと剣を引き抜き、その場で立ち尽くしている。

身を屈ませているヘスターはゆっくりとゴブリンに近づいていき、手に持っていた木の棒で思い切り頭をひっぱたくと、すぐさま引き返して逃げ出した。

頭を叩かれたゴブリンは相手が一人且《か》つ女だと分かったからか、逃げたヘスターを下卑た笑いを見せながら追ってきた。

ヘスターはそのままラルフを抜き去る形で駆け抜け、追ってきたゴブリンとラルフが正面から対《たい》峙《じ》する。

ゴブリンはヘスターを追っていて、ラルフはゴブリンだけを見定めていた。

その差もあったのか、一撃目でゴブリンの胸を深く裂き、抗《あらが》い反撃してきたゴブリンを終始圧倒し、ラルフは楽々とゴブリンを仕留めることに成功した。

「クリスさん、どうでしたか？　少し不格好ですが、〝楽に〟ゴブリンを狩れています」

「ラルフの動きの鈍さを最大限に活《い》かす戦法か。確かに楽にゴブリンを狩れていたな。……分かった。パーティを組もうか」

「やったー！　ラルフ、合格だってさ！」

「……俺はゴブリンを狩れるようになったし、別にパーティを組まなくたって――」

「またくだらないこと言って！　一生、ルーキー冒険者としてゴブリンを狩り続ける人生がいいの？」

「…………………冗談だよ！　クリス、これからよろしく頼む」

ゴブリンを狩り終え、ゆっくりと戻ってきたラルフとも挨拶を終え、俺たちは正式にパーティを組むことが決定した。

基本的には慣れ合いではなく、互いの利益のために利用し合う関係を築きたいと思っている。

まぁ、今の二人の実力では利用できるところが一切ないから、しばらくは俺が補助することになるだろうな。

それでも潜在能力で言えば、二人共俺よりも圧倒的なものを持っている。

いずれクラウスと戦うことを見据え、今のうちに俺が手伝うのは悪くない判断だと思う。

「ああ、二人共よろしく頼む。それじゃ、俺は先に帰るぞ。詳しい話は夜『シャングリラホテル』でしよう」

「分かりました。それではまた夜お願いします」

パーティを組んだのだし、ゴブリン狩りを手伝うことも考えたのだが……それよりも、やるべきことがたくさんある。

パーティを組んだことでやるべきことの数も増えたし、俺は俺にしかできないことをやる方がいい。

俺は二人を林に残し、一足先にレアルザッドへと戻ることにした。

二人を林へと残し、レアルザッドへと戻ってきた俺は、残っている十五種類のうち八種類の有毒植物を食べてから、教会で能力判別を行った。

結果はどの数値も上がっておらず、残りの七種類の中に潜在能力を引き上げる有毒植物が二種類交ざっているか、乾燥させたことで効能がなくなってしまったかのどちらかに絞られた。

単純な確率だけで考えると、効能が消えてしまった可能性の方が高いと思うのだが、これまでのお金や努力が水の泡と消えるため、できれば残りの七種類に効能が残っていてほしいところ。

それからパーティ結成記念ということで、商業地区で少し豪勢に食べ物を買い漁《あさ》り、一足先に宿に戻って有毒植物の結果を書き記しながら、俺は二人の帰りを待った。

「クリスさん、戻りました」

「ほら、今日は俺たちが串焼きを買ってきてやったぞ!」

……考えていることは同じなのか、どうやら二人も帰り際に食べ物を買ってきたらしい。

それにしても串焼きか。

二人にしてはかなり奮発したのだろうが、俺の買ってきたものと比べると大分見劣りしてしまう。

二人を立てるために買ってきたものを出すかどうか迷ったが、冷えたら不味くなるし串焼きでは物足りないし、まぁいいか。

「おかえり。俺も色々と買ってきてあるぞ。一応、パーティ結成の記念日だからな」

「なんだよー。じゃあ俺たちが買う必要なかったじゃねぇか。……まぁでも、串焼きは何本あっても嬉しいか」

「俺が買ったのは串焼きじゃないけどな」

「――っ！　おおっ！　ヘスター見てみろ、ちゃんとした肉だ！　それと、これは『正華饅頭《まんじゅう》』の豚まん！　あと、『マルエラ』の魚の造りに『まるは食堂』の炊き込みご飯まである！　クリス、どんだけ買ってきたんだよ！」

出会ってから一番の喜びを見せているラルフ。

串焼きを食っている様子から察していたが、俺と同じくらいラルフも食べることが好きなようだ。

「やっぱり長年レアルザッドで暮らしてるだけあって詳しいんだな」

「当たり前だろ！　表通りの有名店ばっかだぞ！　ずっと指を咥《くわ》えて眺めてた料理がここに並んでいやがる……！」

「本当に凄《すご》い！　……けど、私たちは串焼きだけなのがちょっと申し訳なくなるね」

「確かに……。串焼きしか買ってないが、俺たちもこれ食っていいのか？」

「お前らには何の期待もしてないから安心していい。飯を食いながら、今後について話していこうか」

広げた料理を三人でつまみながら、このパーティの今後についてを話していく。

まず一番重要なのは、目的をしっかりと定めること。

俺の目的は定まっているけど、この二人がどうしたいのかを聞いておかなければ、この先どこかで揉《も》める可能性が出てくるからな。

「まずはこのパーティの目的を決めたい。『三人で冒険者をやる』みたいな曖昧な目標じゃなく、しっかりとした目的をな」

「目的……？　いっぱい食えるようにしていくとかじゃ駄目なのか？」

「現状でいっぱい食えてるだろ。もっとしっかりとした目的だ」

「私は魔法使いになりたいです。そのためにお金を稼ぎたいんですけど、個人の目的だから駄目ですかね？」

「いや、個人の目的でもいいぞ。ただ、魔法使いになってどうするんだ？　魔法使いになったら、ヘスターはこのパーティを抜けるのか？」

「うーん……。曖昧にしか考えていなかったので難しいですね。抜けるつもりは決してないんですけど……」

「分かんねぇ。言い出しっぺのクリスから話してくれよ」

「まぁそうだな。——俺の目的は弟に復讐《ふくしゅう》を果たすこと。できれば、それをこのパーティに属しながら成し遂げたいと思ってる」

俺がそう発した瞬間、二人の飯を食べる手が止まり、室内が静寂に包まれる。

復讐の提案だし、まあこんな空気になるとは思っていた。

だからこそ、最後に言いたかったのだが……仕方ない。

「…………はぁ？　復讐——って殺すってことだよな？　殺すのがパーティの目的？　それなら一人で勝手にやればいいだろ！」

「一人でやれる相手ならこんな話はしない」

「だ、だって……相手は弟なんだろ？」

「ああ。ただ、最強に近い人間だと俺は思ってる」

「最強の弟さんってどういうことなのですか？　正直、私も話についていけていないです」

二人は口をあんぐりと開け、動揺を隠せない様子。

パーティ結成の宴会が、いきなりお通夜のような感じになってしまったな。

「前に軽くだが、ここに来る前に俺が森で暮らしていたことは話したよな？」

「ああ。食べられそうな物は全て食べ、なんとか生き長らえてたって話だよな？」

「そうだ。そこに至るまでの経緯を今から話す」

それから俺は、二人に俺が家を追い出されるまでの話を事細かに聞かせた。

生まれてからずっと厳しく指導され、『天恵の儀』で父親から受けた失望、罵倒。

そして、【剣神】を授かったクラウスに逆恨みされて殺されかけた話。

「なるほどな。それで、盗みを働いてからペイシャの森に逃げたのか」

「ああ。小さい時に親に捨てられたお前らに比べれば、俺の動機なんて小さく見えるかもしれないが、たまたま尻もちをついていなければあの時殺されていた。その時のことを考えると、俺はどうしてもクラウスを許すことはできない」

「私は……本当に両親との記憶がありませんので、両親に対する感情すら持ち合わせていません。クリスさんの感情は分かりませんが、確かに殺されかけた相手に復讐したいと思う気持ちは正しいのかもしれません」

「話を聞いて俺は納得したな。俺の場合はもういないが、義父は本気で殺してやろうと思っていたし」

「ラルフは、足の怪我も義父のせいだもんね」

「……まぁ俺の話はいいや。とりあえず動機については納得できたかな。殺しを手伝う気は更々ないけど」

「それで構わない。パーティを組んだ以上、殺し以外の手伝いはしてもらうけどな」

とりあえず理解してもらうことができたのはよかった。

この条件さえ呑み込んでくれれば、俺にはこいつらとパーティを組むメリットが生まれる。

「ああ、なるほど。全て納得いった。夜な夜な弄《いじ》ってた枯れ草は弟を殺すための毒だったんだな」

「いや？　あれは本当に俺が食べるためのものだ。数百年に一度の逸材と言われている【剣神】を毒殺できるとは思ってないし、たとえできたとしてもそんな殺し方は選ばない」

「じゃあ、あの枯れ草は本当に何なんだよ！」

「あの枯れ草は、潜在能力を引き上げる効能を持つ毒草だよ。あれを食うことによって、俺の肉体は徐々にだが強くなっていることに気がついた」

「そんな植物が存在するのか……？　聞いたことねぇぞ」

「そりゃ毒草を食える人間じゃなければ、発見することができないからな。植物の効能に気づいているのは、過言ではなく全世界で俺ぐらいだろ」

「スケールが大きすぎてついていけねぇよ」

「まあ、いずれ分かればいい。それより二人の目的を話せ」

話はようやく戻り、二人の目的を聞き出す。

俺のクラウスへの復讐を手伝わせるのであれば、この二人の目的も手伝うのが筋だ。

「私は魔法使いになって、ラルフとクリスさんの役に立つのが目的です。……これじゃ駄目ですかね？」

「ヘスターがいいならいいんじゃないか？　とりあえずは今のところの目的って感じだな。ラルフは？」

「俺は…………。俺は、誰もが認める最強の冒険者になりたい！」

「ふっ、ラルフらしくていいな」

「馬鹿にすんな！」

「馬鹿にしてねぇよ。……でも、そうなると俺と同じ目的ってことでいいのか？」

「…………は？」

「俺の弟のクラウスは、世間が言うには数百年ぶりに現れた逸材だ。今でこそまだ名前は轟《とどろ》いていないが、すぐに頭角を現してくるだろう。勇者、英雄と祭り上げられるのが目に見えている」

「クリスは自分の弟が最強の英雄になると思ってるのか。恨んでいる割には、随分と買っているんだな」

「まぁ確かに、そうなってほしいっていう願望は強いかもしれないな。これから復讐するって相手だ。そこらのB級冒険者じゃやりがいがない」

「なんだ。やっぱ願望かよ」

確かにやるからには、クラウスには頂点まで昇り詰めてくれなきゃ困る。

俺が身命を賭して復讐をするんだからな。

「俺の願望はあるが、長い歴史の中で五人しか発現していない【剣神】を授かり、これから王都で最高峰の指導をされるのは間違いない。クラウスが何もしない選択を取らない限りは、高確率で頂点に近づく存在になるだろうよ」

「それじゃあ……俺もクリスの弟を超えるのが目的ってことになるのか？」

「あいつが頂点に昇り詰めるのなら、そうなるだろうな」

「クリスさんは弟さんへの復讐。ラルフはクリスさんの弟を超える力をつける。そして私は二人の目的を達成させる。全員の目的が一致したってことでいいんですかね？」

回りまわってという感じだが、ヘスターの言う通り三人の目的は合致した。

まともに歩くことすらままならない【聖騎士】に、魔法の使えない【魔法使い】。

そして毒だけは効かない【農民】という、現状では考えうる最弱のパーティだが……狙うは数百年に一人の英雄。

傍《はた》から見たら無謀としか言えないことだが、俺は落ちこぼれの大逆襲って感じで嫌いじゃない。

どちらにせよ、やれるかどうかじゃなくやるしかないのだ。

「そうだな。俺に合わせてもらった感じはするが、三人の目的が一致した。このパーティの最終目標は【剣神】であるクラウスを超えること。異論はないか？」

「ない！」

「私もないです！」

――こうして変な繋《つな》がりによる、最弱パーティが生まれたのであった。

「なぁ、今勢いで異論はないって言ったけどよ。俺とヘスターはまだルーキー冒険者だぜ？　大丈夫なのか？」

「最終的に超えればいいんだから大丈夫だ。それに、最初は誰だってルーキーだろ」

「そうだよ。それにクリスさんがいれば、ルーキーからはすぐに脱却できます」

「いや。期待されているところ悪いが、俺はお前らのクエストの手伝いをする気はないぞ」

「……え？」

「何度も言っているが、俺にはやらなければならないことが山ほどあるんだ。二人は引き続き、ゴブリン狩りを続けてルーキーからの脱却を目指してくれ」

今日の戦いぶりを見て分かったが、今の二人をルーキーから引き上げたところで、ブロンズランクのクエストをこなせるとは到底思えない。

俺が今現在、ブロンズランクのクエストをこなせない状況であれば、二人を引き上げて手伝わせるという方法もあるのだろうが……。

俺は問題なく依頼をこなせているし、ラルフの足の怪我を考えると手伝わせた方が余計に時間を食うのが目に見えているからな。

「それじゃ、パーティを組んだ意味がないじゃねぇか！」

「意味なくはないだろ。まずはお前の怪我を治すか、ヘスターが魔法を習得してからじゃないと話にならない。俺もそのための手伝いは全力でするつもりだ」

「それまでは各々活動するってことですか？」

「俺はそう考えてる。ただ、とりあえず明日は、ラルフと一緒にレアルザッドにある治療院と治療師ギルドに行って診てもらうつもりでいる。本当に治らない怪我なのかどうかを調べるためにもな」

「俺、治療師ギルドで診てもらう金なんて持ってないぞ？」

「その分は俺が出す。だから、文句を言わずに二人も稼げるだけの金は稼いでくれ」

そんな俺の言葉に、うるうるとした目で見てくるラルフ。

怒鳴ったり感激したり、本当に忙しい奴だな。

「クリス……。俺のためにありがとな」

「さっきも言った通り、俺のためでもあるから気にしなくていい。気持ち悪いからいちいち泣くな」

「気持ち悪いってなんだよ。感謝してるだけだろ！」

涙が引っ込み、怒鳴るラルフを俺は鼻で笑う。

「あの……明日、私はどうしたらいいですか？」

「さすがに一人でゴブリン狩りは厳しいよな。――ああ、そうだ。『はぐれ牛鳥』っていう魔物について調べてくれないか？　出没する場所、見た目の特徴、何が弱点かまで調べてくれたらありがたい。情報次第で金はキッチリ払う」

「分かりました。明日は『はぐれ牛鳥』について調べてきます。あと、お金はいりません。ラルフの検査代を払ってもらいますし！」

「いや、金銭面に関してもこれまでと変えるつもりはないから払わせてもらう。三人で受け持った仕事はキッチリ三等分。宿代や食費もキッチリ割り勘。まぁ俺に関しては、たまに奢《おご》ったりするだろうけどな」

金銭面に関しては申し訳ないが、こうしないと俺が能力判別をしてもらう金を捻出できなくなる。金で揉めるのも馬鹿らしいし、今のうちにこうしてキッチリと決めておいた方がいいのも事実。

「分かりました。それではありがたく頂きます」

「ああ。ヘスター、よろしく頼む」

「なぁ、俺は明日どうしたらいいんだ？」

「朝から治療師ギルドに向かうつもりだから、準備だけしておいてくれ。朝一じゃ開いていないから〝朝〟だぞ」

「念押さなくても分かってる。それじゃ準備だけしておけばいいんだな」

明日の予定を話したところでパーティ結成の宴会はお開きとなり、各々眠りについた。

ちゃんとしたパーティとして始動するのは、恐らくシルバーランクに上がってからだと思うが、密《ひそ》かにワクワクしている自分がいる。

俺も将来弱点を克服したこの二人に実力で追い抜かれないよう、有毒植物に関しての研究を進めていき、明後日《あさって》はまたペイシャの森に籠《こも》りたいと考えている。

自分の中で今後の方針を色々と考えながら、俺も深い眠りについたのだった。

第六章　森のヌシ

パーティ結成の宴会を行った翌朝。

目を覚ますと、ラルフが既に準備を整えて待っていた。

俺を起こしはしてこなかったが、見るからにそわそわしており落ち着きがない。

出るのは朝一じゃないと、昨日あれほど念押ししたのにな。

「おはよう。準備終えるの早すぎだろ。朝一じゃ開いてないって言っただろ？」

「目が覚めちまったんだから仕方がないだろ。それよりも早く行かないか？」

「今から支度するから焦るな。……ヘスターはもう出ていったのか？」

部屋にはそわそわしているラルフだけで、ヘスターの姿はもうない。

今日はゴブリン狩りがないというのに、二人とも動き出しが早すぎる。

「ああ。さっき情報収集に行くって言って出ていったよ。俺もヘスターも、日課になっていた早起きのせいで目が覚めちまうんだ」

「そういうことか。今日ぐらいはゆっくり過ごせるはずなんだが、体がそれを許さないんだな」

「そういうことだ。だから、早く行こう！」

「分かったってのかっての」

ラルフに急《せ》かされながら準備を整え、俺とラルフは商業地区にある治療師ギルドへと向かった。

工業地区のギルド通りにあれば宿を出てすぐに行けるのだが、需要の関係か治療師ギルドだけは商業地区にある。

治療院や薬舗なんかも商業地区にあるため、結局は向かうことになるから遅かれ早かれなんだけどな。

そんなことを考えながら治療師ギルドにやってきた俺たちは、早速中に入って受付を行う。

「おはようございます。本日はどう致しましたか？」

「怪我《けが》の具合を診てもらいたくて来た。古傷なのだが、診てもらうことはできるか？」

「外傷の古傷ということでよろしいでしょうか？」

「ああ」

「かしこまりました。それでは身分証を確認させていただいてもよろしいでしょうか」

俺はラルフに肘打ちをし、冒険者カードを出すように促す。

慌てた様子のラルフが受付嬢に手渡し、受付嬢は紙にラルフの情報を手際よく記載していった。

「身分証のご提示ありがとうございました。それでは順番になりましたら五番の番号でお呼び致しますので、席に座ってお待ちください」

開店直後だからか人は少なく、早めに診察を受けることができそうだ。

宿ではワクワクしているような素振りを見せていたラルフだが、治療師ギルドに入ってからは緊張して硬くなっている。

診察次第で今後の運命が決まるといっても過言ではないし、緊張するのも無理はないか。

適当に話しかけて緊張をほぐしてやろうかな——そう考えた矢先、話しかける前に五番の番号が呼ばれてしまった。

「ラルフ、行くぞ」

「も、もう……か？　早くないか？」

「早いに越したことないだろ」

ラルフの背中を軽く押し、案内に従って一つの部屋へと入る。

中には五十代くらいの男の治療師が座っており、先ほど受付嬢が書いた用紙を眺めていた。

「おはようございます。本日は外傷を診てもらいたいということで大丈夫ですかな？」

「ああ、よろしく頼む」

「えー、どちらが診てもらいたいのかね？」

「……あ、ぼ、僕です」

「怪我の部分を見せてくれるかな？」

緊張しているラルフは、ぎこちない動きでズボンの裾を膝上まで捲《まく》り、治療師に外傷部分を見せた。

俺も初めて見たのだが、ラルフの左膝は皿の外側に一本深い古傷が残っていて、異様に腫れあがっているようにも見える。

「うーん……。確かにこれは酷《ひど》いね。いつ頃の怪我かな？」

「七年前くらいの怪我です。高いところから着地をした際に、ブチッといきました」

「ちょっと触ってもいいかな？」

「ど、どうぞ」

治療師はラルフの膝を触ると、軽く色々な方向に曲げて痛みの出方を確認し始めた。

「こりゃあ、靭帯《じんたい》がぶっつりいっちゃってるね。放置しすぎて半月板も損傷してしまってる」

「や、やっぱり完治は無理なのでしょうか？」

「いや、無理ではないよ。膝を切り開いて靭帯を移植、縫合する手術を行い、半月板部分には代わりとなるメタルスライムの油を入れれば治る」

「本当に怪我が治るんですか⁉」

「嘘《うそ》はつかないよ。でも、かなりの額の手術費用と、メタルスライムの油に関しては自前で用意してもらわなければならない」

「金額はどれくらいなんだ？」

「手術費用は白金貨二十枚。別でメタルスライムの油ってところだね」

「白金貨二十枚⁉」

さすがに高すぎる。ラルフが崩れ落ちるのも納得する値段だ。

俺が先月貯《た》めたのが金貨十二枚だから、一年半以上何も使わずに貯めてようやく到達する額。

これに加えて、メタルスライムの油ってアイテムも用意しなければいけないのは、あまりにも先が見えない。

「高すぎる。他に手はないのか？」

「如何《いかん》せん、傷を放置しすぎているからね……。傷を負ったばかりならポーションでなんとかできたかもしれないけど、その後も無理に足を使ってる形跡がある。膝がガクンと崩れることはなかったかい？」

「……よくあった」

「やっぱりそうだよね。この治療師ギルドで一番安く済ませるのなら、再建手術しかないよ」

「この治療師ギルドで……？　ここ以外なら安くできるところがあるのか？」

「まぁ、治療院とかだともっとかかるだろうね。……ただねぇ」

「ただ？　なんだ？」

そこまで言って口を噤《つぐ》んだ治療師。

俺がその先を言うように急かすと、ようやく口を開いた。

「……ブラッドという人を調べてみたらいいよ。治療師ギルドに属する治療師が喋《しゃべ》れるのはここまでだね」

「――そうか。診察と貴重な情報ありがとう。本当に助かった」

「いやいや、助けになれずにすまないね。痛み止めなら処方できるがどうするかい？」

「…………いらない」

俺はすっかりしょげてしまったラルフを引き連れ、治療師に頭を下げてから治療師ギルドを後にした。

話しぶり的には、ラルフの怪我を完治させるのはかなり厳しそうだな。

普段の痛がり方から重傷だとは思っていたが、まさか白金貨二十枚もかかるとは思わなかった。

とりあえず、さっきの治療師が話してくれた〝ブラッド〟という人物を捜しはするが、基本的にはヘスターを魔法使いとして育てることが先決になりそうだ。

「おい、あからさまに気落ちするな。ブラッドとかいう人を捜すぞ」

「……俺はもういい。だから言っただろ。俺の怪我は完治しないって」

「完治しないとは言われてないだろ。最悪、白金貨二十枚貯めれば治せる」

「どこにそんな金があんだよ。俺の今の手持ち知ってるか？　銀貨二枚だよ。銀貨二枚！　金貨二十枚でも無理なのに、白金貨二十枚なんて支払えるわけがねぇ！」

「だったらなんだ？　お前は諦めるのか？　意思がない奴とは俺は一緒にいる気はない。昨日パーティを組んだばかりだが、解散したって俺は構わないからな」

「…………諦めてねぇよ。少しぐらい愚痴らせてくれたっていいだろ」

「愚痴ってどうにかなるなら愚痴ればいい。愚痴ってもどうにもならないから、その僅《わず》かな時間を使って少しでも可能性を追うんだろ。諦めてないならブラッドを捜すぞ」

俯《うつむ》き愚痴るラルフに活を入れつつ、ブラッドを捜すことに決めた。

詳しいことは教えてもらえなかったため、ブラッドがどんな人間なのか分からない。

二手に分かれてとにかく手当たり次第に治療院を回り、ブラッドの情報を集めていくことに決めた。

治療師ギルドを出てからラルフと別れ、数時間かけてブラッドと呼ばれる人物を捜した。

別れる前に回ると決めた治療院は全て回り終えたため、俺は再集合場所へと向かう。

俺が手に入れたブラッドなる人物に関する情報は三つ。

一つ目は、どの治療師も顔をしかめるほどの厄介者だということ。

二つ目は、どうやら凄腕《すごうで》の治療師らしいということ。

三つ目は、とうの昔に落ちぶれていて現在の行方が定かではないということ。

詰まるところ大した情報はなく、現在の居場所を聞き出すことはできなかった。

俺とは別の治療院を当たっているラルフに期待するしかないのだが、別れた時のあの様子では正直期待はできない。

再集合場所に指定した行きつけの定食店に入ると、既にラルフの姿があった。

まだ何も頼んでいないのか、水の入ったコップだけが置かれており、ラルフは下を向いたまま入ってきた俺に気づく様子はない。

「ラルフ、待たせたか？」

「ん？　ああ、クリス。別に待ってないぞ」

明らかにテンションが低く、ラルフの方も手掛かりを掴《つか》むことができなかったことを察する。

「こっちは大した収穫はなかった。そっちは？」

「ブラッドの情報だよな？　あったぜ」

「そうだよな。振り出しに……ん？　手掛かりを見つけたのか？」

「ああ。今は王都にいるらしい」

「なんでその情報を手に入れたのに、あからさまにテンションが低いんだよ」

別れた時も大分低かったが、今は更にテンションが低くなっている気がする。

諦めないと宣言させたつもりなんだが……もしかしてブラッドは既に亡くなってるとかか？

「調べた限り、とんでもない奴だったからだよ」

「詳しく聞かせろ」

「ブラッドは昔、治療師ギルドで図抜けて一番の腕を持っていたらしい。その腕で稼げると判断したブラッドは治療院ではなく、流浪《るろう》の治療師として破格の高値で治療を行っていたんだとよ」

「難しい病気や怪我の治療を、高額の金銭を受け取って治療していたってことか」

「ああ、そうだ。最初はどうしても治したい患者が駆け込んでいたようだが、次第に医療や医学の発展でブラッドの知識は古いものとなっていき、今じゃ王都の裏通り的な場所で貧民相手に少ない金銭を貰《もら》ってなんとか生活しているらしい」

俺はその情報に小さくガッツポーズをする。

あの治療師は本当に良い情報をくれたんだな。

「まぁ自業自得だよな。やってきたことが全て自分に降りかかってきたって感じだ。てことで、ブラッドは期待外れってわけだよ」

「……お前は本当に馬鹿なんだな。落ちぶれきっているからいいんだろうが。これはもしかしたらもしかするかもしれないぞ」

「な、何をそんなにテンション上がってるんだよ！」

「お前には説明するだけ無駄だ。とりあえず飯食え。気分が良いから昼飯代も俺が出してやる」

「なんだよそれ！　早く言えよ！」

かなり期待できる情報を手に入れたことで、俺たちは定食店で飯を済ませてから解散の運びとなった。

説明を面倒くさがったためラルフは最後までテンションだだ下がりだったが、俺が何を言いたかったかというと、落ちぶれたブラッドなら破格の安価で手術を行ってくれる可能性が出てきたということだ。

その交渉をするためにも、ブラッドに会いに一度王都へと行かなければならないのだが……。

王都にはクラウスがいる可能性が高いし、可能性は限りなく低いだろうが鉢合わせる可能性を考えたら、ブラッドに関する正確な情報を掴むまで俺は王都に近づきたくない。

それに俺は有毒植物の研究に、金稼ぎも並行してやらなければならないからな。

となると、ラルフかヘスターを王都に行かせるのがベストなんだろうが、怪我の状態を見せるには張本人であるラルフが適任。

ただアホすぎるため、ラルフでは交渉なんて以《もっ》てのほかだ。

……仕方ない。遠征費は俺が捻出して二人に行かせるか。

ヘスターなら上手《うま》く交渉もしてくれるだろうし、アホのラルフの世話役も担ってくれる。

俺は頭の中で諸々《もろもろ》の計算をしつつ、『シャングリラホテル』へと戻った。

宿に戻ってから未識別の有毒植物を三種類食べ、俺は教会へと足を運んでいた。

既に日が落ち始めており、教会が開いているかどうか微妙な時間となってしまっている。

中からは人の気配がしないが、俺はゆっくりと扉を開けて、教会の中へと入った。

昼間も差し込む日光が幻想的なのだが、夕方だと更に綺麗《きれい》に目に映る。

夜の星の光が差し込む教会も見てみたい気持ちになりつつ、俺は無人の教会を進んで右奥のいつもの部屋へと入る。

……勝手に入ってきてしまったが、鍵が開いていたし大丈夫だよな？

恐る恐る備え付けのベルを鳴らすと、しばらくして奥の扉からグラハム神父が入ってきた。

「またいらしてくれたんですね。今日も能力判別でよろしいでしょうか？」

「ああ、よろしく頼む」

さすがにもう慣れたのか、大きな反応を見せることもなく対応してくれたグラハム神父。

俺ももう手慣れた手つきで、グラハム神父から催促される前に冒険者カードと金貨一枚を手渡した。

「確かに金貨一枚頂きました。それでは始めさせていただきます」

グラハム神父が水晶に手を当て、いつものように一瞬だけ水晶が光り輝く。

「終わりました。ご確認お願い致します」

「ありがとう」

グラハム神父から冒険者カードを受け取り、俺は早速能力値を確認する。

クリス
適性職業：農民
体力　：11（＋8）
筋力　：6（＋8）
耐久力：7（＋4）
魔法力：1
敏捷性《びんしょう》：4
『特殊スキル』
【毒無効】

『通常スキル』

なし

よしっ！　俺は目の前のグラハム神父に見えないように、小さくガッツポーズをする。

よかった。プラスの能力値が二つとも上昇している。

これで今回食べた三種類の植物の中に、体力と耐久力を上昇させる植物が交ざっていることになるな。

体力を上昇させる植物と耐久力を上昇させる植物の二種類か、それとも両方上昇させる一種類かは分からないが、これで一気に効率が上がる。

もう判別しなくとも、十分絞り込むことができたのだが……ペイシャの森への出発前に、あと一回は能力判別をしようと思っている。

本来は明日出発する予定だったが、明日はラルフとヘスターを王都へと送り出し、その後に森へ籠《こも》る準備の買い出しと識別を行おう。

俺は気分良く教会を後にし、二人の待つ宿へと戻った。


「ラルフから軽く事情を聞きました。治療費の件、駄目だったんですね」

「ん？　まだ駄目と決まったわけじゃないぞ」

「でも治療費が白金貨二十枚で、最後の希望だった人もとんでもない悪人だったとか……」

部屋に入るなりヘスターが話しかけてきたのだが、やはりラルフの説明では全てが伝わりきっていない様子。

当のラルフはというと、拗《す》ねているのか分からないが寝てしまっている。

「これから治療のお願いをする相手が悪人で、落ちぶれた人間だってのは合ってる。だからこそ、手術をしてもらえる可能性があるんだ」

「…………なるほど。その悪人の方に交渉すれば、格安で請け負ってくれるかもしれないということですか」

「そういうことだ。その分のリスクもあるだろうが、話によれば腕だけは確かなようだし、これを逃す手はないと俺は思った」

「確かに、そう考えると望みは全然ありますね！　すぐに捜しに向かうんですか？」

「行きたいところなんだが、俺は極力王都には近づきたくない。ブラッドなる人物を捜して交渉するところまで、ヘスターに頼みたいんだが引き受けてくれるか？」

「もちろんです！　全てクリスさんにやってもらうわけにはいきませんから」

「それならよかった。旅費は全て俺が出すから、ラルフを連れて王都に行ってきてくれ。頼んだ」

「すみません、旅費を出していただいて……。はい、任せてください！」

ヘスターに捜索と交渉をお願いできたし、これでひとまずは安心できるだろう。

旅費も既に手渡したし、明日にはレアルザッドを発《た》つと言っていた。

交渉結果を楽しみにしつつ、俺は二人が戻るのを待とうと思う。

翌日。俺は二人に少し多めの金銭を握らせ、王都へと送り出した。

金を持ち逃げされないかの心配は若干あるものの、全ての事情はヘスターに伝えてあるため、捜索と交渉に関しての心配はいらないと思う。

俺はというと……これから約一ヶ月ぶりのペイシャの森の探索に向かう予定だ。

昨日の能力判別は前回の三種類のうち一種類の植物を食べて行い、結果は上昇なし。

更にもう一種類の植物を食べて判別してもらい、体力のみが上がったことで残りの一種類は耐久力が上がると完全に識別することができた。

この二種類の有毒植物を中心に採取しつつ、新種の植物も狙って採取していきたい。

現状では体力と耐久力が上がる植物を見つけることができているが、俺が一番欲しいのは筋力が上昇する植物。

能力値を見る限りは、確実にペイシャの森に存在するはずなため、今回の植物採取でなんとか特定したいところ。

一つ気合いを入れたところで、早速『シャングリラホテル』を後にし、ペイシャの森へと急ぐ。

現状、俺たちの部屋には誰もいない状態だが、金はしっかりと余分に払っているため、恐らく追い出される心配はない。

若干の金のもったいなさは感じるが、荷物の保管のためもあるし泊まっていた部屋を他の誰かに取られるのは嫌なため、致し方ない判断だな。

レアルザッドを離れた俺は、ペイシャの森へと辿《たど》り着いた。

自然のいい香りが胸いっぱいに広がり、常に気を張っている心が若干ながら癒《いや》される。

前回訪れた時のような恐怖心は一切なく、前回の採取で完全にトラウマは克服できたようだ。

森へと入り、まずは森の中ほどの泉へと向かう。

泉に着いたら水分補給と水分確保を行ってから、道なき道を進んでいつもの拠点を探しに行く。

そろそろ別の拠点地を探してもいいかなとも思うが、あの辺りはまだまだ植物が自生していたため、しばらくは慣れた場所で寝泊まりを行う方がいいと考えた。

完全に場所を把握しているわけではないのだが、体が感覚的に覚えているのか、またしても数時間ほどで拠点の岩と岩の隙間《すきま》に辿り着けた。

人や動物、魔物が来た形跡は一切なく、俺が去った時と同じ状態のままなのを確認してから、いつものように葉と枝を敷き詰めていき、簡易的な拠点を完成させる。

大分こなれてきた拠点作りを終えてから、俺は早速植物採取へと向かった。

優先的に狙うのは二種類で、一種目は紫色の可愛《かわい》らしい花を咲かせている、体力を上昇させることのできる植物。

見た目だけだと毒を持っているようには到底見えないのだが、ペイシャの森に初めて入った時に見つけた腐肉の主が、この植物を食べて息絶えたことが形跡から分かっているため、恐らく致死性の毒を持つ猛毒植物だと思っている。

二種類目はキノコで、こちらは耐久力が上昇するキノコ。

真っ白な笠《かさ》と柄におびただしい赤い斑点があり、見るからに毒を持っていそうな姿かたちをしている。

こちらは有毒性を確かめていないが、この見た目で毒を持っていないのはあり得ないと思うほどの色合いだし、猛毒を持っていると仮定した方がいいだろう。

俺はそれぞれに『レイゼン草』、『ゲンペイ茸《だけ》』と名付け、全てを採取しないようにだけは気をつけつつ、大量に採ることに決めた。

レイゼン草とゲンペイ茸を採取しながら、それぞれが生えていた場所を記録し、二種類の植物の自生場所を割り出しつつどんどんと採取を進める。

最終的には自家栽培にまで持っていきたいのだが、さすがに宿に泊まっているうちは毒草の栽培なんてことはできない。

畑を借りるのも手だが、栽培しているのが毒草とバレた瞬間に確実に捕まる。

となると、一軒家を買って庭にでも隠し畑でも作るしかないのだが、現状ではまだ遠い夢だ。

植物採取の遠征費、能力判別費、ラルフの治療費、ヘスターの魔導書費。

最低でもこの四つの金銭を確保した上で、更に一軒家を買う金を貯めなくてはいけない。

何をするにもとにかく金が足りない状況だな。

効率良く金を稼ぐ手段がないかを考えながら、俺は日が暮れるまで植物採取を行った。

日暮れ前に拠点へと戻ってランプに火を灯《とも》してから、紙にレイゼン草とゲンペイ茸の情報を事細かに記載していく。

それから今日食べる分以外のものを通気性の良い籠《かご》に入れ、夕食の準備へと取り掛かる。

今日の夕飯は、パンと容器に入れて持ってきたシチュー。

ゲンペイ茸は、普通に食料としても旨《うま》いためシチューの中にぶち込み、レイゼン草は……秘密兵器を使って味わうことなく食べる。

俺が取り出したのは、オブラートと呼ばれる薄く引き伸ばされた透明な紙のようなもの。

ヘスターが教えてくれたのだが、このオブラートは体内で溶けるもののようで、これにものを包んで飲み込めば、味わうことなく体の中へと入れることができるらしい。

最近売り始めたばかりらしく、全く知らないもののため少し心配であるが、俺は丸めて小さくしたレイゼン草をオブラートに包んで口に入れ、水で流し込んだ。

……………うん。

若干の異物感はあるものの、味を全く感じることのないまま飲み込むことができた。

昨日購入したのだが値段もそれほど高くないし、これなら大量のものを一気に摂取することもできるかもしれない。

パンとシチューを食べた後に、オブラートに包んだレイゼン草を飲み込む。

俺は初めて、美味《おい》しいという感想を抱いたまま、有毒植物を食べきることができた。

レイゼン草もゲンペイ茸も大量に採れたし、食べ方についても良い方法を見つけられた。

非常に満足のいく初日を終えられ、自然の音を感じながら眠りについた。


ペイシャの森に入って五日が経過。

採取は順調そのもので、俺は大量のレイゼン草とゲンペイ茸に加え、新種の毒草らしき植物を二十種類も採取することに成功。

今回も非常に順調に成果を上げられている。

この採取した新種の植物の中に、筋力を増強させるものが含まれていることを祈りつつ、それらを通気性の良い籠に入れて天日干しにした。

有毒植物が乾燥しきるまでは特にやることもないため、適当にぶらつきながら今日食べる植物を探しに行こう。

いつもと変わらないペイシャの森を散策しながら見て回る。

植物採取に夢中になっていた俺だが…………それは突如としてやってきた。

――嫌な気配が全身を襲い、ガクガクと体が震えだす。

何かは分からないが、とにかく危険な何かが物凄い速度で俺に迫ってきているのが分かった。

ひとまず一度大きく深呼吸を行い、冷静になる。

南の方角から迫ってくるのが分かったため、俺はすぐに木に登って気配をできる限り消した。

両手で口を押さえて呼吸も最小限にし、迫りくる何かを木の上から観察する。

凄《すさ》まじい勢いで木々を突き抜けて飛び出してきたのは、バカでかい熊型の魔物。

俺はペイシャの森についてレアルザッドで軽く調べたため、この熊型の魔物について一つ心当たりがあった。

ペイシャの森にはヌシが棲《す》んでおり、その森のヌシが強大な力を持ち合わせているからこそ、他の魔物が寄り付かない静かな森となっているという噂《うわさ》。

俺は長い期間滞在しながらも一度も遭遇したことがなかったから、所詮《しょせん》は噂だろうと高を括《くく》っていたが、ペイシャの森のヌシは本当に実在したのか。

確か名前は――デュークウルス。

毛むくじゃらの巨大な熊のような魔物で、視界に捉えたもの全てを獲物と認識する。

鋭い爪で抉《えぐ》り裂き、強靭《きょうじん》な顎《あご》と牙で食い殺す。

力、耐久力、敏捷性においても高い能力を持っており、獲物として認識されたら最後。

地の果てまで追いかけ、確実に殺しにくると言われている。

デュークウルスの情報自体が少ないため、この下にいる魔物が本当にデュークウルスかどうかは分からないが、一致している部分は非常に多い。

デュークウルスは俺が先ほどまでいた場所で立ち止まると、匂いを嗅ぎながらキョロキョロと何かを探し回っている。

気配でもそうだが、見た瞬間に俺が倒したオークとは比べ物にならない強さを誇っているのが分かった。

恐怖で無意識のうちに体が震えそうになるのを、心を鎮めて必死に抑え込む。


〝来るな。来るな。来るな〟


心の中で必死に唱え続けるが、デュークウルスは地面に残っているであろう匂いを嗅ぎながら、一歩また一歩と俺が身を隠している木へと近づいてきた。

さっきまで何もかも順調だったのに、なんでだ。どうしてこうなった！

いきなりの強襲に、どこにもぶつけられない怒りが心の中で爆発する。

……くそっ、このままではあと数十秒で見つかってしまう。

必死に頭をフル回転させ、どう乗り切るかを思考するが――走っても追いつかれるし、別の場所に移動してもすぐに見つかる。

どう思考しても、ここから逃げる方法が一つも思い浮かばない。

こうなれば、こっちから攻撃を仕掛けるしか――生き残る道はない。

俺は覚悟を決め、一か八かの奇襲を仕掛けることを選択した。

木から叩《たた》き落され、無防備となったところを襲われるよりは、ごく僅かながらも俺から襲い掛かった方が勝機がある。

荒くなる息を無理やり整えて剣をゆっくりと引き抜き、デュークウルスに攻撃を仕掛けるタイミングを必死に見極める。

あと二歩……あと一歩……今だッ！

木から飛び降りた俺は、迫ってきていたデュークウルス目掛けて全力で斬りかかった。

位置は完璧。デュークウルスは匂いを嗅いでいて下を向いているため、飛び降りた俺に気づいていない。

更に、高い位置からの重力を最大限利用した渾身《こんしん》の一撃。

危機的状況だからこそ、ここ一番の集中力が発揮され、完璧な一撃をデュークウルスの背中に浴びせることができた。

――はずなのだが、俺の完璧な一撃をもってしても、デュークウルスには致命傷を負わせることはできなかった。

体長五メートル、推定体重八百キログラムの化け物じみた魔物。

肉は裂けたが骨には到達せず、鮮血を噴き上げながらの強烈な拳《こぶし》が飛んできた。

俺はとっさに剣を互いの体の間に挟ませてガードをしたが、剣越しに伝わる威力によって完全に息が止まる。

体がくの字に曲がりそうになりそうなところを必死に堪《こら》え、追撃を図るデュークウルスの動きをしっかりと目で追う。

脇腹に激痛が走り、息もまともにすることができていないが、俺の心はまだ折れていない。

俺からの不意打ちを食らって背中から血を流しながらも、俺を食おうと噛《か》みつこうとしてきたデュークウルスに対し、俺は剣を手にした右腕を大きく開けた口に突っ込む。

先ほどの一撃で剣は既にボロボロだが、一瞬くらいならば開口器代わりにはなるはずだ。

上顎に突き刺すように剣を立てて噛みつきを一瞬だけ防いだ隙に、左手で腰のホルダーを弄《いじ》り先ほど採取したレイゼン草を取り出すと、デュークウルスの口の中へとぶち込んだ。

口は開きっぱなしのため、ぶち込んだレイゼン草は吐き出されることなく一直線で胃の中へと入っていった。

すぐに毒の効果が表れなければ、俺はここで殺されるのだが……。

デュークウルスは突如として体を横に揺らし始めると、何度も嘔《え》吐《ず》きながら胃の中のものを吐き出したそうに大暴れし始めた。

このままこの暴れ攻撃に巻き込まれて死んだらたまったものではないため、俺は痛みの酷い体を必死に動かして距離を取る。

少し離れた位置で地面に片膝をつきながら、デュークウルスの動向を目で追っていたのだが、何度も何度も嘔吐《おうと》していたがその場で死ぬことはなく、巨体をふらふらと揺らしながら再び俺の元へと向かってきやがった。

まだ俺を殺す気のようだが、足取りがおぼつかないことや目が真っ赤に染まっていること、更には体が激しく痙攣《けいれん》していることから、レイゼン草の毒によって瀕死《ひんし》の状態なのは一目瞭然。

かといって、俺もデュークウルスの一撃をもらったダメージが大きく、片膝をついていないと体を起こしていられないほど体中に激痛が走っている。

息もまだ荒いし、しばらく動くことができそうにない。

デュークウルスが悶《もだ》え苦しんでいる間に、低級回復薬を使って少しでも体を回復させ、攻撃できる準備を整える。

絶対に焦っては駄目だ。

デュークウルスが動くことができないこの状況はとてつもない好機にも見えるが、こちらも万全ではない。

向こうは毒に対抗する術《すべ》を持っていないのに対し、こちらは痛みを軽減する術を持っている。

充分な攻撃を行うことができるくらいまで回復を図り、反撃を貰わないように一撃で仕留めにかかる。

体を掻き毟《むし》りながら暴れるデュークウルスを見ながら、ただひたすらに片膝を地面につけて様子を窺《うかが》う俺。

全身から冷や汗を垂らしながら体の回復を待っていると、体に振りかけた回復薬がようやく効果を発揮し始めたのか、痛みが徐々にだが治まっていくのが分かった。

低級だけあって、その効果も微々たるものだが……動けるようになれば十分。

俺は歯を食いしばって立ち上がり、剣を構えたまままいまだ暴れているデュークウルスに近づいていく。

暴れながらも最低限の警戒はしているようで、痛みに悶え苦しみながらも俺と何度か目が合っている。

デュークウルスのカウンターを食らわず、息の根を完全に止める強烈な一撃を食らわせなければならない。

いくら瀕死の状態とはいえ、俺とデュークウルスでは天と地ほどの力量差がある。

重要なのはフェイントとハッタリ。

頭の中でデュークウルスを出し抜く策を考えついた俺は、一気に距離を詰めて斬りにかかる。

剣は既にボロボロ。一度でも防がれれば武器として機能しなくなるため、一撃必殺が絶対条件である。

苦しんでいるデュークウルスに剣を振り上げ、このまま反応を見せなければ斬り裂く予定だったが――警戒していると予想した通り、デュークウルスは懐に飛び込んだ俺に対しての一発を狙っている。

相手の腕の届く範囲は危険地帯。

斬りかかると見せかけ急停止し、俺は旋回してデュークウルスの背後を取りにかかる。

俺が踏み込んでいたであろう位置に大振りの左の腕が空を切り、その隙に俺は背後へと回った。

動きが鈍っていなければ簡単に対応されていたであろうが、今の状態では振り向くのですら億劫《おっくう》なはず。

……でも、デュークウルスは絶対に振り向き、右手で切り裂きにかかってくるはずだ。

親父《おやじ》の教えでは禁忌とされていた、生死を懸けて戦っている相手に頼る運任せの行動なのだが、相手はペイシャの森で長年ヌシとして君臨し続けたデュークウルス。

俺はその強さを信じ、剣を振りかぶらずに腰のホルダーへと手を突っ込んだ。

ここでデュークウルスが振り返らなければ、俺はトドメを刺す大チャンスをみすみす逃したことになるが、逆に振り返れば——。

口から血のようなものを吐きながら、振り返りざまに右の拳を振るってきたデュークウルスを見て、俺は思わず口角が上がる。

斬りかかっていないため右の拳も空を切り、背後に回って立ち止まっている俺に対して、よろめきながらも追撃の左の拳を振るってきたが、俺がホルダーに突っ込んでいた手を勢いよく前に伸ばす動作を見せた瞬間。

レイゼン草の毒を警戒して体が無意識に防御行動を取ってしまったのか、デュークウルスは反射的に両手で顔を覆うようにガードした。

もちろん俺の動きはフェイクで、手には何も持っていない。

ボロボロの剣を握り直し、両手で顔を覆っているデュークウルスの心臓目掛け、全体重を乗せるように突いた。

針のように硬い毛に筋肉の鎧《よろい》で覆われている体だったが、全体重を乗せた大振りの一撃ということもあり、ボロボロの剣は深々と心臓部を突き刺した。

衝撃に耐えられず、突き刺した後に根本からへし折れてしまったが、これだけ深くまで突くこと

ができれば問題ない。

俺はデュークウルスが動き出す前に距離を取り、ここからどう動くかを様子見する。

レイゼン草による毒に加えて、心臓部分に深々と突き刺さった刃《やいば》。

まだ息はあるようだが口と胸からは大量の血が溢《あふ》れ出ており、今すぐに息絶えてもおかしくないほどのダメージを負っているはずだ。

あとは息絶えるのを待つだけだと思ったのだが、そんな俺の予想を裏切るようにデュークウルスは一歩、また一歩と俺に向かって歩み始めた。

死んでいないといえども瀕死の状態。

適当に打撃攻撃を加えるだけで勝てる――そう確信を持っているのだが……。

死なばもろとも。

そんな確固たる覚悟がデュークウルスから感じ取れ、ダメージもあっただろうが体が硬直してしまう。

脳が距離を取れと叫んでいるが体が全く言うことを聞かず、非常に遅い歩みなはずだが俺には異様に速く感じられる。

デュークウルスは残りの生命《いのち》を振り絞るように距離を詰めてくると、射程圏内に入った瞬間に左腕を大きく振りかぶった。

今日一番、強く感じた『死』。

心臓が跳ねる音、唾を飲み込む音、滝のように流れる汗の感覚。

終わった。――そう思ったのだが、デュークウルスの振り上げた腕は俺に振り下ろされることなく、腕の重さを支えきれずにそのまま後方へと倒れ……。

デュークウルスは静かに息を引き取った。

無意識のうちに息を吸うのを忘れていたため、俺は膝に手をつきながら何度も酸素を肺へと送り込む。

確実に死んだと思ったが、なんとか生き残ることができた。

すぐにでもこの場を離れたい。

そんな気持ちでいっぱいだが、体は鉛のように重く歩くことすらままならない。

仕方なくデュークウルスの死体の傍《そば》で腰を下ろし、この間に何物にも襲われないことを全力で祈りつつ、俺は回復するまで必死に体を休めた。

しばらくのあいだ動かずに体を休めたことで痛みも大分治まり、なんとか歩くことができるくらいまで回復した。

筋肉系へのダメージは大きいが、外傷に関しては酷い傷を負っていない。

口に突っ込んだ腕も、デュークウルスの歯が若干当たって切れただけで浅い傷で済んでいる。

何の前触れもなく、死を覚悟するほどの化け物みたいな魔物に襲われた割には、俺の取った行動が全て正解を辿ったお陰で被害は最小限に抑えられたと思う。

なんとか倒すことができたが、突如として気配が現れて逃げる間もなく襲われた。

恐らく、十回戦えば九回は負けていたであろう敵。

毒で弱らせて心臓を突いてもなお、迫ってきたあの姿を思い出すだけで体が震え、克服できたはずの森への恐怖が再燃していくのが分かった。

はたしてデュークウルスは、この一匹だけなのだろうか。

そう何十匹もいるとは思えないが、一匹いるということは少なくとも数匹はいることを想定しなくてはならない。

……もし仮に仲間がいるのだとしたら、戻らないこのデュークウルスを探しにここにやってくるかもしれない。

そんな考えが頭を過《よぎ》り、俺はズキズキと疼《うず》く体を気持ちで踏ん張って動かし、すぐにここから離れるために拠点を目指してゆっくりと歩き始めた。

拠点には無事に辿り着け、すぐに中を片付けてからペイシャの森を出る準備を整える。

そこらに生えている薬草を、適当に摘んでから汁を傷に塗布したり食したりしつつ、怪我の回復を早めながら乾燥させた植物たちを鞄《かばん》に詰めていく。

デュークウルスとの激闘で剣が壊れたせいで手元にはもう武器がないため、いち早くペイシャの森から脱しなければならない。

すぐに荷物をまとめた俺は足早に拠点を後にし、いつもの泉を目指して進んだ。

それから迷うことなく泉へと戻ることができた俺は、今回は体を洗うことをせずにレアルザッドへの帰還を目指す。

汚いまま帰るのは駄目と頭では分かりつつも、正直そんなことを気にしている余裕は今はない。

とにかく早足でペイシャの森を抜けきったところで、焦りまくっていた気持ちがようやく落ち着きを取り戻し始めた。

できることならもうペイシャの森には近づきたくはないが、俺の成長のためにはまた来なくてはいけないんだよな。

レアルザッドへと続く公道を歩いていると、ぐるぐると色々なことが頭を過る。

強い恐怖心が俺を蝕《むしば》みつつも、脳裏に浮かぶのは俺に剣を振るってきたクラウスの顔。

逃げたいという思いが強くなればなるほど、ばっさりと俺を切り捨てた親父と俺を嘲笑《あざわら》い本気で殺しにきたクラウスの姿がフラッシュバックする。

そんなクラウスへの復讐《ふくしゅう》を果たすためには、俺は絶対に強くならなければならない。

そして、俺が強くなるためには有毒植物が必須。

レアルザッドから近い位置にあり、確実に潜在能力を引き上げる効能があるのはこのペイシャの森の植物である。

あのデュークウルスの仲間がいる可能性が高いが、絶対に避けては通れない場所だ。

早急に力をつけて、デュークウルスに襲われようが自力で倒せるようにしなければならない。

レイゼン草を食わせる戦い方はギャンブル性を伴うからな。

腕を噛みちぎられてもおかしくなかったし、相手の口に入れることができても吐き出されたら意味がない。

確実に仕留めるためには、正面から斬り合って倒すしかないのだ。

恐怖心は拭《ぬぐ》いきれていないが、頭の中では既にデュークウルスと次に戦う際のシミュレーションを何度も繰り返しながら、俺はレアルザッドへと続く公道を突き進む。

そんなこんなで気持ちの切り替えができたことにより、送り出した二人のことに思考が回り始めた。

王都へ向かったラルフとヘスターの方は、はたして大丈夫だっただろうか。

逃げていないかどうかの心配もあるが、交渉が上手くいったのかどうかの心配が勝《まさ》っている。

レアルザッドから王都までは、地図で見る限りは半日ほど歩けば到着する距離。

ブラッドを捜す期間を含めても何か事件に巻き込まれたりしていなければ、さすがに二人共もう戻っているはずだ。

交渉の結果を楽しみにしつつ、俺はレアルザッドに向けて歩を進めた。

第七章　魔法と魔導書

入門検査を無事に突破し、俺はそのままの足で『シャングリラホテル』を目指す。

本当は先に能力判別を行いたいところだが、もう既に日は落ちているし怪我《けが》のこともあるため別日にし、今日は二人の話をゆっくりと聞くことにしたい。

部屋に入ると、くつろいでいる二人が目に入る。

一週間前はテンションが低かったラルフも、さすがに元に戻っている様子だな。

「クリスさん、おかえりなさい――って、大丈夫ですか!?」

「鎧《よろい》がボロボロだし血もついてる……ってか、なんか色々と汚れすぎじゃないか？」

「ちょっと森で化け物みたいな魔物に襲われてな。泉で体を洗わずに逃げ帰ってきた」

「怪我は……怪我はないんですか？」

「ああ。ちょっと体は痛めたが、大した傷じゃない」

「クリスが化け物って言うくらいだし、とんでもない魔物だったのか？　もうその森には行けないじゃねぇか」

「俺の五倍は大きな魔物だったたな。ただ、全然大丈夫だ。しっかりと息の根は止めてきたし森にはまた行く」

「殺したのなら無理に止めはしないけど……絶対に死ぬんじゃないぞ！　もう俺たちは同じパーティの仲間なんだからな」

「簡単にくたばる気はないから安心してくれ。それより、串焼きを買ってきたからとりあえず食え」

「……ん？　おおっ！　串焼き買ってきてくれたのか！」

俺を心配そうに見つめる二人に、串焼きを手渡す。

少し前までの心配そうな表情もどこへやら、ラルフは満面の笑みで串焼きにかぶりつき始めた。

面倒くさい時もあるが、本当に扱いが楽でいいな。

串焼きに夢中なラルフを横目に、俺はヘスターに王都でのことを聞くことにした。

「ヘスター。そっちはどうだったんだ？　無事にブラッドとは会えたのか？」

「はい。ブラッドさんとは会うことができました。闇市場と呼ばれる場所で暮らしていて、かなりお金には困っている様子でした」

「交渉の方はしたのか？」

「交渉もしっかりとしてきましたよ。最初は白金貨十五枚で請け負うと言ってきたのですが、断り続けていたら結局は、向こうから白金貨五枚でさせてくれとお願いされました」

「白金貨五枚か！　これならなんとか目途《めど》を立てることができるぞ」

白金貨二十枚は途方もなかったが、白金貨五枚ならば頑張れば貯《た》めることができる額。

懸念があるとすれば、落ちぶれた治療師に頼むため失敗の確率が高いことだが、このリスクは取らざるを得ない。

「私としては、白金貨五枚でも十分すぎるほど高いと思ってしまうのですが……。いいのでしょうか？」

「いいも何も、足を治すことを前提でお前たちと組んだんだからな。ヘスターにも何としてでも魔法を覚えてもらうからな」

「…………はい。クリスさん、ありがとうございます！」

「あと、ずっと思っていたんだが、そろそろ敬語やめてもいいんだぞ。俺たちは同い年だし対等なパーティを組んだんだからな」

「いいえ、敬語は続けさせていただきます」

ヘスターだけはいまだに堅苦しい印象だったため提案したのだが、あまりにもあっさりと断られてしまった。

俺としても別にどっちでもいいため、ヘスターが敬語の方がいいと言うなら好きにさせよう。

「それで、グリズの方はどうだっだんだ？」

「口に入れたまま喋《しゃべ》るな」

「……んぐっ。クリスの方はどうだったんだよ！　化け物魔物を倒して終わりじゃないだろ？」

「ああ、かなりの収穫だったぞ。襲われたのは帰ろうとしていた前日だし、成果の方はばっちりと上げてきた」

「そうなのか。……ということは、既に俺らよりも強いのにまた先を行かれるのかよ」

「そこは素直に喜べ。俺が強くならなきゃ、お前らをどうにかする金を稼げないんだからな」

「分かってるよ。気持ちの問題だ、気持ちの」

ラルフ的には複雑な心境なのか、なんとも言えない表情を浮かべている。

目の前の餌には喜ぶが、元々俺が全てを肩代わりすることをよしとしていない性格だ。

同年代として、俺には負けていられないみたいな気持ちがあるのだろう。

「あ、そうだ。ヘスター、あのオブラートってやつ、めちゃくちゃ良かったぞ。教えてくれてありがとな」

「本当ですか。役立ったみたいでよかったです」

「あれさえあれば、毒草を食べるペースを上げることができる。よくあんなものを知っていたな」

「『七福屋』のおじいさんから教えてもらったんですよ」

ルゲンツさんは本当に博識だな。

質屋を営むってことは、知識が豊富でないといけないにしても博識だと思う。

「あの……話が変わるんですが、明日からはどう行動したらいいですか？」

「特に頼みたいことがないから、ゴブリン狩りを続けて金稼ぎだな。情報を集めてほしくなったら声を掛ける」

「分かりました。情報ならいつでも集めますので、困ったら声を掛けてください」

「ああ、助かる」

そんなこんなで二人と会話をしつつ、採取してきたレイゼン草とゲンペイ茸《だけ》を食してから、俺は明日に備えて布団に入った。

明日から俺も冒険者業を再開するつもりでいて、初めての指定なしの依頼を受ける予定。

狙いは、ヘスターに情報を集めてもらっていたはぐれ牛鳥《うしどり》。

居場所の目星は既につけることができているため、数日以内には問題なく狩れると踏んでいる。

ただ、またデュークウルスのような奴に襲われる可能性もあるため、絶対に油断だけはしない。

襲われた時のことを頭の中で思い出し、今回行ったパターン以外の戦闘パターンを考えながら俺は眠りについた。

翌日。

目が覚めてから脇腹の状態を確認し、大丈夫と判断した俺は、冒険者ギルドにクエストを受注しに向かう。

はぐれ牛鳥は需要が高いのか、今日も依頼掲示板に貼り出されていた。

受付で受注作業をしてもらい、武器店の掘り出し物置き場で錆《さ》びた鉄剣を買い直してから、はぐれ牛鳥を探しにレアルザッドを後にする。

ヘスターの情報によれば、はぐれ牛鳥が一番目撃されている場所は東に抜けると見えてくる広い平原。

ここが一番の狩り場と呼ばれているらしいのだが、ヘスター曰《いわ》く視界がいい場所だから多く見かけられているだけで数が多いわけではないらしい。

はぐれ牛鳥を狙うライバルも多いことから、俺には東の平原ではなく別の場所を勧めてくれた。

その場所とは……俺が最初にゴブリン狩りを行った北西の廃道を進んだ先にある、山岳地帯へと続く岩場。

人自体が寄り付かない場所らしく、目撃情報や討伐情報は少ないのだが、この場所でのみ狩りを行っている人が少数いて、ヘスターが探し出してくれた。

俺は道中で襲ってきたゴブリンを適当に狩りながら進んでいき、廃道を抜けた先の岩場に辿《たど》り着いた。

見た感じでは魔物の気配はないが、とりあえず気配を探りながら進んでみるか。

道もなく足場の悪い岩場を進みながら、とにかく魔物の気配を追って先へと進んでいく。

空を自由に飛び回る鳥しかいない中、数時間岩場を探し続けていると……斜め前方に牛のような魔物が、岩場に僅《わず》かに生えている草を食べているのが見えた。

もしかして、アレがはぐれ牛鳥か？

遠くて正確には判別できないが、特徴的には聞いた情報とかなり一致している気がする。

警戒心が強いと聞いたため、岩に身を隠しながら気づかれないようにゆっくりと距離を詰めていく。


——やはり、はぐれ牛鳥で間違いない。

牛と鳥を混ぜたような魔物で、俺は食べたことがないが食用として広く流通している、一般人にも馴《な》染《じ》みのある魔物。

羽は生えているが空は飛べず、ジャンプ能力が若干強化されている程度。

ただ、甘く見ていると巨体によるボディプレスでやられ、ボディプレスを警戒し距離を取ると、頭に生えた角による突進攻撃が襲ってくる。

倒す際は、突進攻撃すら届かない位置から遠距離攻撃を加えるか、至近距離でボディプレスに気をつけながら立ち回るのが一般的らしい。

ヘスターの情報を頭の中で整理しつつ、はぐれ牛鳥が呑気《のんき》に草を食べている真裏まで来た。

気づいている様子はないため、完全に無防備状態。

剣を引き抜き、心の中で発した合図と共に斬りにかかる。

狙うは――足だ。動きを完全に封じるため、後ろ足を狙って剣を振り下ろす。

剣を振り下ろしきる前に、襲ってきた俺に気づいたようだが遅い。

はぐれ牛鳥の左後ろ足を深く斬り裂くと、鮮血が飛び散った。

すぐさま俺は収剣し、はぐれ牛鳥用に購入した石のハンマーに持ち替える。

ハンマーといっても無駄にデカいやつではなく、メイスに近い細長いハンマー。

血を大量に流してしまうような殺し方だと大幅に値落ちするらしく、頭を殴打して気絶させてから処理を行うのが良いやり方と聞いている。

足を斬り裂かれ、動きの鈍くなったはぐれ牛鳥は、よろけながらも反撃を図っているのが分かった。

一瞬、レイゼン草とゲンペイ茸の効果を測るためにわざと一撃貰《もら》おうかとも考えたが、ペイシャの森でデュークウルスから食らったあの一撃が頭を過《よぎ》り、すぐに切り替えて仕留めにかかる。

ふらつきながらも突進してきたところを狙いすまし、眉間を目掛けてハンマーを振り下ろす。

金属同士がぶつかったような音が鳴り響き、はぐれ牛鳥は体を痙攣《けいれん》させながら地へと伏せた。

倒せたことに安堵《あんど》する暇もなく、俺はすぐに倒れたはぐれ牛鳥を担いで木のある場所まで移動する。

持参した道具ではぐれ牛鳥を逆さ吊《づ》りにし、胸に刃物を入れて放血。

血を全て出しきる前に、このはぐれ牛鳥をどうするか考える。

依頼があるのは、ヒレ、タン、ハラミ部分のみ。

ここで切り分けて持ち帰れば、荷物は最小限に抑えられるが報酬も少なくなる。

逆にこのはぐれ牛鳥を丸々持ち帰ることができれば、報酬の倍増は確定。

倒した場所からこの木まで運んだ限り、俺の筋力ならば持ち運べない重さではないが……帰りの道中で魔物に襲われることを考えると、いささか面倒くさいことになる。

帰りのことを考え、ヘスターとラルフを護衛につければよかったと若干後悔しつつ、俺は目先の金を優先し丸々持ち帰ることに決めた。

放血を終えたはぐれ牛鳥の腹を切り開き、肉が傷まないように内臓を全て取り出す。

捨てるのはもったいないため、レバーの部分だけそのまま生で頂き、残りは穴を掘って埋める。

これでひとまずの処理は完了だな。

大きく息を吐いてから、俺は肉となったはぐれ牛鳥を担ぎ、来た道を戻ってレアルザッドへと帰還した。

はぐれ牛鳥の討伐から約半日。

魔物の気配を感じては遠回りをしていたため、帰還までに相当な時間を要してしまったが、無事にはぐれ牛鳥を丸々持ち帰ることに成功した。

血まみれの男がはぐれ牛鳥を背負う姿はかなり異様な光景だっただろうが、持ち運ぶのに時間がかかったため日が落ち、暗くなっていたお陰で悪目立ちは避けることができた。

入門検査も突破し、俺はそのままの足で依頼されている精肉店へと足を運ぶ。

「いらっしゃい。すまないねぇ、入り口は向こう――ってうおっ！　な、なんだその魔物は！」

「はぐれ牛鳥討伐の依頼を受けた冒険者だ。もったいないから丸々持ってきたんだよ。中へ入れてくれ」

「い、依頼を受けてくれた冒険者か。扉を開けたら角が生えた牛の顔が飛び込んできたからビックリしちまったぜ！」

俺は店主に中へと招かれ、指示通り肉を吊るすフックにはぐれ牛鳥を引っ掛けた。

吊るされたはぐれ牛鳥を見て、我ながらよく一人で持ち運んだなと心の中で自賛する。

「それにしてもかなりの大きさだな。とりあえずこれで体を拭いてくれ」

「ありがとう」

渡された濡《ぬ》れタオルで、全身にこびりついたはぐれ牛鳥の血を拭き取る。

本当に重労働だったな。体がかなり重く感じられる。

「血抜きも完璧で、内臓も綺麗《きれい》に取り出されてるな。そのお陰で鮮度も落ちていない……これは今までで一番のはぐれ牛鳥かもしれねぇな」

「そこまで言うのか？」

「そもそも丸々持ち込む奴なんてそうそういないからな。その上で処理を完璧にやる奴なんざぁ、冒険者には一人もいない」

そういうものなのか。

確かに腹を掻《か》っ捌《さば》いて内臓を取り出すと、今の俺のように持ち運ぶのに汚れてしまう。

金のために全て度外視で丸々持ち込む奴なんか、俺ぐらいしかいないってわけか。

「それじゃ高値で買い取ってくれるのか？」

「そうだな。期待してくれて構わねぇ。ちょっと切り分けてみるから待っててくれ。……おーい、ナサニエル！　この冒険者に何か肉焼いてやってくれ」

てくれ」

「構わねぇよ。手間賃だと思ってくれ。んじゃ、切り分けて査定したら呼ぶから、肉食って待っててくれ」

「いいのか？　金払わないぞ」

俺は店主が解体するのを待つ間、なぜか店員が焼いてくれた肉を振る舞ってもらった。

それも安い肉ではなく、霜の降っているいかにも高そうな肉。

ラルフとヘスターの二人にも食わせて反応が見てみたいなんて思いつつ、焼いてくれた肉を全て平らげたところで、丁度切り分け終えたのか店主が俺を呼んだ。

「肉、旨《うま》かった。ありがとう」

「さっきも言ったが、上物持ってきてくれた礼だから気にすんな。それより査定額なんだが、金貨五枚ってところでどうだ？」

「金貨五枚!?　そんなに貰えるのか？　依頼を見た限りでは最高で金貨三枚だったはずだが」

「これは状態が良い上にサイズも大きいからな。金貨五枚までなら払える」

「そういうことならぜひ売らせてくれ」

「よしっ！　交渉成立だな！　それじゃ金の方は、明日冒険者ギルドに渡しておくから受け取ってくれ。依頼報告も明日にならねぇとできないから気をつけろよ」

「ああ、今回は助かった。次回もあったらよろしく頼む」

「こちらこそよろしく頼むぜ。限度を超えない限りは買い取らせてもらうからよ」

こうして、破格の金貨五枚という報酬を得ることができた。

通常のブロンズクエストが銀貨四枚だから、今回のクエスト報酬は十二倍以上だ。

情報集めも含めて大変だったとはいえ、依頼自体は丸一日で達成できているからな。

指定あり依頼なんかよりも、圧倒的に効率が良い。

一日で半月分の金を稼ぐことのできた俺は、血なまぐさい体の不快感も忘れて、上機嫌で宿へと戻った。


初めての指定なし依頼であるはぐれ牛鳥の討伐を行った日から約一ヶ月が経過した。

一日で金貨五枚もの大金を稼ぐことができ、圧倒的に効率の良い仕事を見つけることができたと息巻いていたのだが……現実はそう甘くはなかった。

初めてはぐれ牛鳥を討伐した日から、次に見つけることができたのはその六日後。

その間はずっとあの岩場付近を一日中探索する日々を過ごしており、最初の三日間に至ってはヘスターとラルフまで雇っていた。

無駄に時間を浪費する感覚に辟易《へきえき》としながらも、ようやく二匹目を発見、討伐に至った。

だが、このはぐれ牛鳥はサイズが小さかったこともあり、買い取り金額は金貨三枚。

所要日数六日のため、日で割ると一日当たり銀貨五枚。

更に、ヘスターとラルフを三日間借り出したため銀貨六枚を消費。

結局、一日当たり銀貨四枚となり、指定ありの依頼と変わらない結果だったのだ。

探索には丸一日使っていたし、夕方には全ての作業が終わる指定ありの依頼よりも費用対効果が悪かったのだが、俺はどうしても初日のことが忘れられず、この一ヶ月間は全てはぐれ牛鳥狩りに専念した。

結論から言うと、一ヶ月間で稼いだ金額は初日の分も含めて金貨二十六枚。

初日の大幅な上振れはあったものの、前月の倍以上の金を稼ぐことができた。

一ヶ月間で一番上振れしたのが初日で、下振れしたたのが初日の次である六日間。

平均的には四日間探索すれば一匹見つけることができる計算で、報酬は金貨三枚から金貨五枚。

一日、金貨一枚ぐらいを稼げるおいしい依頼であったことには変わりなかったため、初日に大当たりを引けたのは色々な意味で本当によかった。

最初の討伐に六日間かかっていたら、二度とはぐれ牛鳥狩りはやらなかっただろうしな。

兎《と》にも角《かく》にも前月の稼ぎの残りを合わせ、俺の手元には金貨三十枚がある。

これで白金貨二枚の魔導書を購入できるのだが、さてどうしたものか。

ヘスターを先にものにするのか、それともラルフの怪我を治すためにまだ貯金するのか。

あの二人も、この一ヶ月間でようやくルーキーランクから脱したのだが、脱してもなおゴブリン狩りを続けている。

ラルフの足の都合もあって、ブロンズランクのクエストはこなせるレベルに達していないのだ。

正直、はぐれ牛鳥の探索に六日かかったのは、最初の三日間ラルフを連れていたっていう理由もあったぐらいだしな。

ヘスターが魔法を覚えることができれば、指定ありの依頼ならこなせる可能性が出てくる。

ただ伸び幅が大きいのは、上級職を持っているラルフの足の治療を行うことのはず。

悩みに悩んだ末……俺は魔導書を買うことに決めた。

今、ラルフとヘスターは生活費を抜いて、一日銅貨五枚の稼ぎを出している。

これがブロンズランクの依頼をこなせるようになれば、銀貨三枚の稼ぎへと跳ね上がるのだ。

一ヶ月換算で金貨約七枚の差となるのを考えると、やはり先にヘスターに魔法を覚えてもらうのが一番いい。

……あと、単純に俺が魔法を見てみたいというのもある。

そういったわけで、俺ははぐれ牛鳥を納品した後に『七福屋』へとやってきた。

最近は朝から晩まではぐれ牛鳥を探し回っていたため、かなり久しぶりの訪問となる。

あの魔導書が売れていないかだけが懸念点だが、さすがに白金貨二枚のものが裏通りで売れるわけがない……はず。

「いらっしゃい。……お？　おお。クリスじゃないか、随分と久しぶりじゃのう」

「ちょっと忙しくてな。なかなか遊びに来られなかった」

「それで今日は急にどうしたんじゃ？　遊びに来てくれたのかの？」

「いや、買い物をしに来たんだよ。以前、売ってほしいと言った魔導書ってまだあるか？」

「──っ！　ま、まさか魔導書を買ってくれるんか？」

「ああ。そのまさかだ」

そう伝えた瞬間に、ルゲンツさんは飛び跳ねて喜んだ。

老人が感情を全面的に出して喜んでいる姿など、生まれて初めて見たため思わずたじろいでしまう。

「クリス、本当にありがとのう！　知られていない人物の本だけでなく、魔導書まで買ってくれるとは……！　これでワシは安心して老後を過ごせるわい」

「別にじいさんを助けるために買うわけじゃないから礼なんていらない。俺が欲しいだけだからな」

「それでもワシが助かるんじゃから同じことよ。ちょっと待っておれ。すぐに持ってくるからの」

鼻歌交じりで店の奥へと消えていったルゲンツさんを待っていると、前回見せてもらったのと同じ魔導書を持って戻ってきた。

「これが魔導書じゃ。白金貨二枚なのだが、一括払いで大丈夫かの？」

「ああ、一括で払わせてもらう」

俺は袋から金貨二十枚を取り出し、机の上へと並べる。

ルゲンツさんは並べられた金貨の枚数を数えてから、俺に魔導書を手渡してくれた。

「この魔導書は、一応ヘスターに取り置きを頼まれているものじゃ。盗まれんように気をつけてな」

「ははっ、大丈夫だ。それじゃまた何かあったら来させてもらう」

「ああ、いつでも待っとるからの」

ルゲンツさんに見送られ、俺は『七福屋』を後にした。

前回来た時は、ヘスターに使うために白金貨二枚なんて馬鹿げていると思っていたが、まさか本当にヘスターのために白金貨二枚を使うことになるなんてな。

あの二人を強くさせるのは自分への投資。一人では絶対に行き詰まる場面が訪れるはずだ。

クラウスだって、王都に集められた優秀な人材からパーティを組む奴を選ぶはず。

来るべき日に備えて個人の強さだけでなく、パーティとしても負けないようにしなくてはならない。

そう信じて手に持つ魔導書を強く握り締めた俺は、ヘスターにそれを見せるため、『シャングリラホテル』を目指して帰路へとついた。

『七福屋』から戻り部屋へと入ると、ラルフは剣で素振りを行っていてヘスターは勉強をしていた。

ラルフの素振りはいつものことで、ヘスターの行っている勉強はというと文字の読み書きの練習。

ラルフと違ってヘスターは地頭が良いため、結構前から俺が文字を教え込んでいるのだ。

二人共に各々のことに集中しきっているようで、入ってきた俺の手に魔導書が握られていることには気づく様子がない。

「二人共、ちょっといいか？　これを見てくれ」

必死に机に向かうヘスターと、汗だくになりながら素振りを繰り返すラルフを呼び止め、こちらを向かせる。

無表情で俺の方を見たのも束《つか》の間《ま》、俺が手に持つ本が何の本なのかすぐに気がついたヘスターは、飛び掛かる勢いで俺の目の前まで走ってきた。

「こ、こ、こ、これって……」

「ああ、そうだ」

「おい、なんだよその汚い本。俺にも分かるように説明してくれ」

「ま、ま、魔導書だよ！　――クリスさんが買ってくれたんですか？」

「この一ヶ月のはぐれ牛鳥狩りで金が稼げたからな。お前らがいつまでもゴブリン狩りで低収入じゃ俺が困る」

「……本当に、本当にありがとうございます。面倒を見てくれるだけでなく、魔導書まで……。いくらお礼を言っても言い切れません」

「お礼の言葉なんて求めてない。俺への感謝の気持ちがあるなら、早く魔法を覚えて、パーティに役立つ力を身につけてくれ」

「はい！　絶対に習得してみせます！」

泣いたと思ったら目をギラギラと輝かせ、今までで一番のやる気を見せたヘスター。

最初は盗みを働いた際に捕まえたということもあり、おどおどとした印象しかなかったのだが、最近の印象の変わりようが凄《すご》いな。

「……おい。俺を置いてけぼりにするなって。魔導書って何なんだ？」

「端的に言えば、魔法を覚えることができるかもしれない本だな。俺もまだ読んでいないから分からないが、恐らく魔法についてが色々と書かれているはず」

「それ本当かよ！　それじゃ、ヘスターは魔法を習得できるってことなのか？　やった……な？」

ヘスターに続き、爆発させるような喜びを見せたのも束の間、ラルフは言葉尻を詰まらせると急に渋い顔へと変わった。

「ラルフ、どうしたんだ？」

「いや、こんなこと言うのはおかしいが……。ヘスターが魔法を覚えたら、俺だけ足手まといになるんじゃねぇかなって。ちょっと怖くなった」

「ふっ、随分とらしくないな。今までだって足手まといだったけど、バカ騒ぎしてただろ」

「それはまぁそうだが……」

「ヘスターの次はラルフだ。ブロンズランクの依頼をこなせるようにして、とっとと金を貯めるための魔法だからな」

「あ、ああ！」

しょげているラルフを励ましつつ、ヘスターと一緒に早速魔導書を読んでみることとなった。

ラルフも素振りをやめて本を覗《のぞ》きに来ているが、恐らく何も分かっていないと思う。

「魔法を使う前に、魔力の操作を行えるようにする。全身を巡る水を想像し、その水の循環を遅くしたり早くしたりと繰り返す——だってさ」

「全身を巡る水の循環ですか。ちょっと試してみます」

全員で一斉に目を瞑《つぶ》り、本に書かれていることを試してみる。

俺も必死に水を全身に駆け巡らせようとイメージするが、さっぱり要領を掴《つか》むことができない。

魔力なんか一切感じず、ただただ眠くなってくるだけだな。

早々に諦め、パッと目を開けると……ヘスターの体に何か靄《もや》のようなものがかかっているのが分かった。

「おい、ヘスター！　大丈夫か？」

「……ん？　おおっ！　なんだそれ！」

「多分、魔力だと思うので大丈夫です。……ふふっ、ちょっと感覚を掴めてきたかもしれません！」

目を瞑りながら楽しそうに笑うヘスターの体にかかる靄は、様々な速度でぐるぐると回転し始めた。

あの短い文章だけの説明で、これができるようになるのか？

自分でも試してみたから分かるが、ヘスターの魔法の才は図抜けているように感じられた。

「ヘスター、くれぐれもここを破壊しないようにしてくれ」

「多分大丈夫です。今やってるのはただの魔力操作だと思いますから」

「お、おい……見てるこっちは全然大丈夫に見えないんだよ！　どんどん量が増えてきている気がするし！」

「一度止めます」

その言葉と共に、ヘスターの体にかかっていた靄はどんどんと薄くなっていった。

まだ魔法ではないのだろうが、魔法の凄さの一端を感じられた気がする。

俺にとってはまさに未知のものだな。

「…………ふぅー」

「ヘスター、どうだった？」

「コツを掴んだ気がしますね。今日はもう遅いので、明日からは早速魔法の練習に取り掛かろうと思います」

「それならよかった。さすがに『天恵の儀』で【魔法使い】を授かっただけはあるな」

「クリスさん、ありがとうございます。それでなんですけど、明日も魔導書を読むのを手伝ってもらえますか？」

「もちろん。まだ一人で魔導書を読むのが厳しいのは分かってる」

「ありがとうございます」

こうして初日から、魔法の才を遺憾なく発揮したヘスター。

この上達速度ならば、俺が考えていたよりものになるのが早いかもしれない。

決して自分の成長ではないのだが、ヘスターの成長にワクワクした気持ちで俺は眠りについた。


魔導書を購入した翌日。

今日ははぐれ牛鳥狩りは行わず、久しぶりの買い物や教会での一ヶ月ぶりの能力判別にあてる予定。

そして午後はヘスターの魔法練習に付き合うという、完全な休養日となっている。

ちなみに、デュークウルスに襲われたあの採取後のステータスなのだが……。

ペイシャの森で有毒植物を直食《じかぐ》いしたお陰で、体力、耐久力共にプラスで4の上昇と、能力値がかなり上がっていた。

更にそこから、ペイシャの森でせこせこと作ったレイゼン草とゲンペイ茸の天日干しを、この一ヶ月間で完食している。

はぐれ牛鳥狩りでは攻撃を受けることなんてないため、体感では何か変わっているようには思えないのだが、どうなっているのかはかなり楽しみ。

そして今日は続けて、ずっと温存していた新種の植物識別も行っていこうと思っている。

まずはレイゼン草とゲンペイ茸でどれだけの能力が上がったのかを確認してから、一度宿に戻って新種の植物を全て食べ、能力の上がる植物が交じっているかの確認。

それからいつものように識別を行っていく予定なのだが……。

オブラートという秘密兵器があれど腹に入る限度は決まっているため、今日中に全ての植物の識別は難しいだろうな。

一日の予定をおさらいしてから、教会が開くまでの間に買い物を済ませるため、俺は珍しく表通りへと向かった。

今日買う予定のものは、新しい剣と防具。

剣は大事に使っていたのだが、掘り出し物置き場に置かれていた品なのと、軽い解体作業までこの剣で済ませてしまっていたため、早くも斬れ味が落ちてきてしまっていた。

それでも押し斬るように無理やり使っていたのだが、さすがにもう替え時だ。

防具の方も血なまぐささがこびりついてしまっているため、そろそろ替えないと周りの目が痛い。

革の鎧は大した値段ではないため、防具に関しては気楽に買い替えることができる。

問題なのはやはり剣なのだが……。

はたしてどれぐらいのランクの剣を買うか、ここ数日間ずっと頭を悩ませている。

掘り出し物のあの剣も別に使い勝手は悪くなかったし、今はまだあの程度の剣でいいような気もするが、長期的にみると良い剣を買って大事に長く使った方が、質の良いものが手に入る上に安上がりとなる。

それにデュークウルスのこともあるし、いつ何が起こるかなんて誰にも分からない。

手持ちの金にも余裕があるし、質の高い剣を買えるなら買うのが正解だと思っているのだが、ラルフの治療費を考えると今は安く済ませる方が重要なんじゃないかとも思うのだ。

結局、武器店に着くまでに決めきることはできず、一通り剣を見てからどうするか決めることにした。

まずは店の外に置かれている、〃一律銀貨六枚〃と書かれた掘り出し物置き場の中から漁《あさ》っていく。

前回はここで今まで使用していた剣を見つけたのだが、やっぱり質の高いものは置かれていないな。

中でも幾分かマシなものを一本だけ選別し、念のため手に持ってから店内へと入った。

刀掛けに掛けられているものから、ガラスのショーケースに入っているもの。

それから、紙に情報だけが記載されていて店頭には置かれてすらいないものなど、かなりの種類の剣が取り揃《そろ》えられている。

もちろん剣だけでなく、槍《やり》やハンマーに弓から杖《つえ》と、多種多様な武器も取り揃えられているのだが、俺がまともに扱えるのは剣だけだし他の武器の検討は一切する気がない。

一通り全ての剣を見て、質の高いものではなくコストパフォーマンスが良いものを中心に選んでいこうと思う。

刀掛けに掛けられているのは直接手に取って見て、ショーケースに入っているのは様々な角度から観察。

店頭に置かれてすらいないものに関しては、値段が高すぎるため省いて考える。

一時間ほどの検討の結果、刀掛けにあるもので目に留まったのは、レイピアに近い細身の鋼《はがね》の剣と、柄《つか》に十字架が象《かたど》られていてアンデッドの魔物にも攻撃が通ると書かれた鉄製の魔法剣。

ショーケースに入っているものでは、ミスリルの剣にドラゴンの牙が練り込まれた真っ赤な刀身の剣。

値段でいうと細身の鋼の剣が一番安価で、ドラゴンの剣が一番高価。

コストパフォーマンスでいうなら、ドラゴンの剣が一生もので一番いいと思うのだが……今の俺が手を出せるレベルの額ではない。

一番惹《ひ》かれた剣であり名残惜しさもあるが、無理やり断ち切って三本の中から選ぶことに決めた。

細身の鋼の剣か十字架の象られた鉄の剣、はたまた掘り出し物から選んだ若干錆びた鉄の剣。

三本の剣を見比べながら俺は……細身の鋼の剣に決めた。

三者三様で利点があるのだが、これからも積極的に戦っていくだろうはぐれ牛鳥を主として考えた時、一番いいのは鋼の剣のように思えた。

アンデッドにも攻撃が通るのは魅力的だが、アンデッドと戦う時以外はただの鉄の剣となってしまう十字架が象られた剣は、まず除外。

錆びにさえ目を瞑ればなんとか使える鉄の剣も、毎度の手入れをするための金額や労力を考えたら、やはり使い勝手が悪い。

となると、細身なのが若干気になりはしつつも、鋼で作られた剣が一番長持ちすると考えた。

頭を悩みに悩ませたが、ようやく購入する剣を決めた俺は細身の鋼の剣と鞘《さや》を金貨四枚で購入。

更にやっすい革の鎧も購入したところで、予想以上に長居してしまった武器店を後にした。

武器店に入る前はまだ朝だったのだが、既に日は天辺《てっぺん》にまで昇ってしまっているため、俺は急いで教会へと向かう。

せめて新種の半分の効能は識別したい――そんな思いから駆け込む形で教会へと入ると、すぐに右奥の能力判別の部屋へと入った。

「こんにちは。今日も能力判別でしょうか？」

「ああ。この後もう一度来るが、何も聞かずに早急に能力判別を頼む」

「この後もう一度……ですか？　はい、分かりました」

最近は頻繁に来る俺にも慣れた様子のグラハム神父だったが、さすがに日を空けずの能力判別のお願いに疑問の色を浮かべた。

説明する気は更々ないため、グラハム神父の表情は気にせずに金貨と冒険者カードを手渡して俺は静かに待つ。

「確かに金貨一枚頂きました。少々お待ちくださいね。——終わりました」

「ありがとう、助かった。それじゃ後でまた頼む」

それだけ言い残し、俺は早急に教会を立ち去った。

座ってゆっくりと能力を確認したいところだが、今は時間がないため移動しながら確認する。

クリス
適性職業：農民
体力　：12（+21）
筋力　：7（+8）
耐久力：7（+18）
魔法力：1
敏捷性《びんしょう》：5

『特殊スキル』

【毒無効】

『通常スキル』

なし

おお！　俺が思っていた以上に能力が上昇しているな。

はぐれ牛鳥に道中のゴブリンも結構な数を狩っていたのに、相も変わらず俺自身の成長は全くといっていいほどしていないけどな。

……ただ、そんなことすらどうでもよくなるほどに、プラス値による能力上昇幅が大きい。

一ヶ月で、しかも片手間でこの上昇量なら期待してもいいはずだ。

金をかけて識別し、狙うべき有毒植物を絞ったその成果が出た。

もちろん、この上昇幅のまま強化されていくとは思っていないが、クラウスを超える道筋が明確に見えただけでもやる気が違う。

今ある金を全て使って森に籠《こも》りたい気持ちを抑えつつ、俺は急いで『シャングリラホテル』へと戻った。

俺は部屋に着くなり、無人の部屋で片手間に魔導書を読みながら、未識別の植物をオブラートに包んでは飲み込んでいく。

水で無味無臭の固形物を流し込むだけなのに、お腹がいっぱいになる――。

俺の唯一の楽しみが食事ということもあり、苦痛でしかない作業なのだが強くなるためには受け入れるしかない。

二十種類の未識別植物を全てお腹に入れてから、俺はヘスターが帰ってくる前に早足で教会へと戻った。

先ほどの能力判別から次の能力判別までは、約二時間。

この短時間で同じ作業を行ってもらうのに金貨二枚を使うのだから、俺ですらおかしいと思う。

何も知らないグラハム神父は相当困惑するだろうし、なんなら神父の間で変なあだ名がつけられる可能性も非常に高い。

……いや、あだ名はもうつけられているかもな。

そんなくだらないことを考えながら、教会へと入った俺は能力判別の部屋へと入った。

「……本当にまたいらしたんですね」

「ああ、一日に二度もすまないな」

一応謝罪してから、金貨と冒険者カードを手渡す。

「前にもお伝えしたと思いますが、きちんと報酬を受け取っていますのでお気になさらないで大丈夫です。それでは能力判別を行わせていただきます。――終わりました」

「感謝する。それじゃ、また近いうちによろしく頼む」

「はい。お待ちしております」

冒険者カードを受け取って礼を伝えてから、俺はすぐに教会を立ち去った。

地区が違うため宿から教会までは意外に距離があり、移動に時間を要するんだよな。

能力判別のためだけに、宿を裏通りの『鳩屋《はとや》』に切り替えることを本気で考えつつ、俺は今回の能力判別の結果を確認した。

——よしっ！　筋力が1だけだが上昇している。

久しぶりの本気のガッツポーズが無意識に出た。

ペイシャの森に筋力の潜在能力を強化させる有毒植物があると分かってはいたが、なんとか採取することができていたようだ。

あとはこの二十種類の中から絞り込むだけ。

今日はレイゼン草とゲンペイ茸の効果が表れただけでなく、筋力を増加させる植物も見つけることができた。

鋼の剣も新調したし、着々と下地が整ってきている。

久しぶりにテンションが上がりつつ、ヘスターの指導を行うため、俺は足早に宿へと戻った。

「それじゃ魔法の練習に入るぞ」

「はい。お願いします」

「お願いします」

「……なんでラルフもついてきてるんだよ」

「暇なんだから仕方ないだろ」

「——なら、ラルフには俺が剣の指導をしてやる」

「……え？　いいのか？」

「追い抜かれるのが嫌だから、本音としては教えたくないんだが……そうも言ってられないからな」

「まともな剣の指導なんか受けたことないから、本気でありがてぇわ！」

「俺も他人の受け売りでしかないけどな。とりあえず先にヘスターからだ」

教会で能力判別を行ったあと合流した俺たちは、レアルザッドを出てすぐの平原へとやってきていた。

さすがに街中で魔法の練習をすると弊害が出そうなため、ぶっ放しても大丈夫そうな場所に出てきたというわけだ。

「えーっと、まずはイメージすることが何よりも大事です。蝋燭《ろうそく》に火を灯《とも》し、その火を見ながら、魔力を火に変えてみるトレーニングを行ってみましょう――だってよ」

「魔力を火に変えるイメージですか。分かりました。試してみたいと思います」

蝋燭に火を灯したヘスターは、その蝋燭の真横で左手の人指し指を立てた。指を蝋燭に見立てたようだ。

右手は蝋燭の火の上にかざし、イメージしやすいように火の温度を肌で感じている。

その光景を見て俺も試してみたい気持ちになるが、まだ自身の魔力すら感知できていないため無意味だろう。

能力判別の結果を見る限りは、本当にごく僅かだが魔力を保有しているはずなんだけどな。

「よし。ヘスターが成功するまで俺たちは剣を振るか」

「よろしくお願いします！　……師匠！」

「その呼び名、反吐《へど》が出るほど気持ち悪いからやめろ」

「なんでだよ。本当に俺には容赦ねぇな」

親父《おやじ》が門下生に師匠と呼ばせていたこともあり、本当に鳥肌が立つくらいゾッとした。

ふとした拍子に脳裏を過るからどうしようもない。

気を取り直した俺は、ラルフに剣術の指導をしていく。

ラルフは動きは滑らかだが、基本がなっていないため基本から徹底的に叩《たた》き込んでいく。

【聖騎士】だから、基本さえ吸収すればあっという間に強くなるだろう。

ラルフを容赦なく徹底的に指導していると……後ろからヘスターの声が聞こえてきた。

「クリスさん！　火がつきました！」

ヘスターの方を見てみると、確かに左手の人差し指の先に火が灯されていた。

時間にしてまだ三十分も経《た》っていないが、こんなに魔法の習得って早いものなのか？

ヘスターが凄いのか、それとも魔法の習得が簡単なのか。

どっちなのか分からないが、なんにしても早いに越したことはない。

「もう火をつけることができたのか。えー次は、その火を飛ばす練習をしてください——だってさ」

「あの、こんなこと言ったらあれなんですが……。もう魔法の習得に入ってもいいですか？」

「基礎をすっ飛ばすってことか？　ヘスターがそれでいいなら俺は別に構わないが」

「今ので、コツはなんとなく掴みましたので大丈夫です」

「分かった。じゃあ、書かれている魔法の術式を読み上げていくから覚えてくれ」

俺はヘスターに頼まれた通り、魔導書に書かれた【ファイアボール】の術式を読み上げていく。

俺のような素人からすれば、意味の分からない言葉の羅列にしか見えないが、魔導書によれば、
その魔法を扱うのに最適な発声らしい。

ヘスターに書かれている術式を伝え終わると、目を瞑りながら何度も小さく呟《つぶや》き始めた。

俺が術式を唱えた時は、魔法の魔の字も感じられなかったが、ヘスターが呟くとヘスターの魔力が手のひらを中心に動いているのがはっきりと分かる。

「また何かあったら呼んでくれ」

「分かりました。ありがとうございます」

ヘスターの魔法の習得までもう近いと察し、ラルフじゃないが俺も若干の焦りが出てきた。

この習得ペースでいくならば、俺なんかあっという間に追い抜かれる。

ラルフもそうだが、二人が強くなるために尽力を惜しむつもりはない。

ただ……追い抜かれるのは、俺の中に残る小さなプライドが許さない。

二人に負けないためにも気合いを入れ直し、ラルフに指導しつつ俺自身も復習する感覚で剣をひたすらに振り続けた。


ヘスターが魔法の練習を始めた日から、約二週間が経過。

俺ははぐれ牛鳥狩りを行いつつ、夜はヘスターの魔法練習に付き合いながら、ラルフに剣術を指導する日々を過ごしている。

ヘスターの魔法習得スピードはやはり尋常ならざるもので、既に【ファイアボール】を含む、四元素の基礎ボール系魔法を全て習得し、今は速度に特化したアロー系の魔法に取り掛かっている。

アロー系の魔法も覚えることができたら、いよいよブロンズランクの依頼を受ける手筈《てはず》だ。

ラルフもラルフで成長速度が凄《すさ》まじく、静止した状態での打ち合いでは五十回に一回は打ち負けるぐらいには成長を見せているため、依頼も問題なくこなせると思っている。

そして、俺の方はというと……あまり進展がなく筋力を増強させる植物を特定したぐらい。

紫色に白い斑点がある実で、俺は『リザーフの実』と名付けた。

前回採ってきた植物は既に底をついているし、そろそろ採取に行きたいところだ。

デュークウルスの脅威もあるが、ビビって行かないという選択肢は俺にはない。

レイゼン草とゲンペイ茸とリザーフの実に狙いを絞れているし、もっと大きな鞄《かばん》を買って一気に大量採取してくるのもいいかもしれない。

それに体力、筋力、耐久力と必要な増強系の有毒植物を特定したので識別の必要もなくなったため、今後は金貨の消費も大分抑えられる。

その分の金貨を回し、ラルフとヘスターの能力判別を行ってもいいな。

……いや、さすがに能力判別の金は二人に出させるか。

「ヘスター。今日もこれから魔法の練習に行くのか？」

「はい。クリスさんも来てくれますか？」

「ああ、ラルフの指導もするからな。それなら一つ提案があるんだが……練習の前に、能力判別を行わないか？」

「能力判別ですか？」

「冒険者になった時、受付嬢から説明を聞いているだろ？」

「すみません……。聞いていなかったです」

「俺も聞いてないいな。なんだよ、その能力判別ってのは」

二人共詳しく説明を聞いていなかったようで、能力判別のことを知らないらしい。

確かに、俺は受付嬢が無表情となるほど質問攻めにしたから聞き出せただけで、普通は能力判別の説明はされないのかもしれない。

「自分の身体能力を数値化してくれる儀式みたいなものだ。簡単に言えば『天恵の儀』のようなもんだよ」

「へー。そんなサービスがあるのか。今まで存在すら知らなかったわ」

「サービスじゃなくて金を払ってやってもらうんだがな」

「金を払う？　いくらかかるんだ？」

「金貨一枚」

「……は？　はぁー？　金貨一枚⁉　誰がそんな大金払ってまで自分の能力の判別なんかするんだよ！　別に強くなるとかじゃないんだろ？」

「強くなるわけじゃないが、自分の今の能力を正確且《か》つ詳細に把握できる」

「詳細に把握なんかしないでも、別に何も困らないだろ。なぁ、ヘスター？」

「そ、そうですね。金貨一枚は確かに高すぎる気がします」

ヘスターもラルフの意見に賛同の意を見せた。

恐らくこれが世間一般的な意見だからこそ、受付嬢も詳しい説明をしないのだろうな。

二人に金を出させようと考えていたが、この反応を見る限りは絶対に出さないだろう。

重要な指標になるわけだし、今回は俺が金を出してやってもらうか。

「現状の能力を判別しておいて損はない。一日の努力量でどれだけ能力が上がるのかが分かるだけで、効率だって上がるだろうしな。とりあえず今回は俺が金を出すから能力判別を行ってくれ」

「いや、俺はいいよ。金貨一枚あれば、十日は贅沢《ぜいたく》な食事ができるしそっちに使いたい」

「誰がラルフに贅沢させるために金貨一枚払うんだよ。能力判別したくないなら無理強いはしないが、やらないのであれば金貨一枚は渡さないからな」

「えー……。ならやった方が得なのか？」

「私はお金を出してくれるのならやりますよ」

「それじゃ、教会が閉まってしまう前に行くか」

「教会でやるんですね」

「場所も『天恵の儀』と同じだ。受け方もほぼ同じ」

「…………ちょっと待て。タダなら俺も受ける！」

こうして二人を引き連れ、俺は教会へと向かった。

もう通い慣れた教会に入ると、キョロキョロと中の様子を見ている二人をよそに、一直線に能力判別の部屋に入る。

一人でも狭い部屋なため、三人がいっぺんに入るとすし詰め状態だ。

早いところ済ませてもらうためすぐにベルを鳴らすと、グラハム神父が部屋の中へと入ってきた。

「……あれ？　今日はおひとりじゃないんですか？」

「ああ。今日は仲間の能力判別をやってもらおうと思って来たんだ」

決して口には出さないが、変人が三人に増えた——そう言いたそうな目で俺たちを見ているグラハム神父。

「――分かりました。それではお二人の冒険者カードと金貨二枚をよろしいでしょうか？」

二人に冒険者カードを手渡すように促す。

俺も金貨二枚を袋から取り出し、グラハム神父に手渡した。

「確かに金貨二枚頂きました。それではまず女性の方から行わせていただきます。――終わりました。次に男性の方。――はい、無事に終わりました。ご確認ください」

「ああ。またよろしく頼む」

「はい。お待ちしております」

グラハム神父からそれぞれ冒険者カードを受け取り、俺たちは教会を後にした。

能力判別なんて意味あるのかと言っていた二人も、先ほどからずっと冒険者カードを凝視し能力値を確認している。

ラルフに至っては文字が読めないのに、熱心にヘスターから聞いて見ているぐらいだ。

「どうだった。反映されていたか？」

「はい、大丈夫です。すぐに終わったので少し心配でしたが、ここまでしっかりと記載されるんですね」

「ちょっと面白いかもしれない。……でも、能力が思っていた以上に低いが合ってるのか？」

「見終わったら俺に見せてくれ。金は俺が出したんだし、拒否権はないからな」

「マジかよ。クリスには見せたくねぇ……」

「なら金貨一枚渡すか選べ。ラルフが金を払うなら俺は見ないぞ」

「払うわけないだろ。ほら、見ろよ。……絶対に笑うなよ？」

「笑わねぇよ」
俺はラルフから冒険者カードを受け取り、すぐに能力値を確認する。

ラルフ
適性職業：聖騎士
体力　：28
筋力　：10
耐久力：31
魔法力：10
敏捷性：11
『特殊スキル』
【神の加護】
『通常スキル』
【神撃】【守護者の咆哮《ほうこう》】

分かっちゃいたが、やっぱり強い。
まだゴブリンしか狩っていないのにこの能力だ。

本格的に様々な魔物を狩れるようになり始めたら、ぐんぐんと上昇していくだろう。

一緒にいて体力も耐久力も敏捷性もないように感じるが、足の怪我の影響が大きいということをこの能力値を見て理解した。

「どうだよ。見たなら返せ！」

「やっぱり聖騎士なだけあって能力が高いな。怪我が治ったら下手すりゃ抜かれるかもな」

「この能力って高いのか……？　筋力に至っては10だし、てっきり弱いのかと思ってた」

「俺も俺の能力しか見たことがないから、ちゃんとした真偽は分からない。ヘスターも見せてくれ」

次にヘスターの冒険者カードを預かり、能力を見てみる。

さすがにヘスターに負けてたらショックが大きいが、はたしてどんなものなのだろうか。

ヘスター
適性職業：魔法使い
体力　：13
筋力　：7
耐久力：8
魔法力：41
敏捷性：9
『特殊スキル』

【魔力回復】

『通常スキル』

【魔力暴走】


さすがにヘスターには、魔法力と敏捷性以外の全ての能力値で上回っているか。

……まぁ有毒植物がなければ、全ての能力で上回られているんだけどな。

「魔法力はやっぱり図抜けてるな」

「魔法使いですので、魔法力が高くてホッとしてます」

「それと、【魔力暴走】って『天恵の儀』で授かったスキルなのか？　このあいだ話してくれた時、一切聞かなかったが」

「私も不思議に思ってるんですよね。『天恵の儀』では【魔力暴走】のスキルなんて伝えられていなかったので。……神父さんが伝え忘れたんでしょうか」

その可能性もあるだろうな。

俺も【毒耐性】と聞かされていたが、実際には【毒無効】だった。

ただ、スキル自体を伝え忘れるなんてうっかりじゃ済まされない問題だと思うけどな。

もしかしたら『天恵の儀』で授かったスキルではなく、生まれ持ったスキルの可能性もありそうだ。

「なぁヘスター。俺にも見せてくれよ！　……おお、やっぱり俺の方が強いのか。ということは、俺の能力って低くないのか？」

「多分だけどな。俺よりも相当高い」

「クリスのも見せてくれ。俺のも見せたんだしいいだろ？」

「構わないぞ」

俺はラルフに冒険者カードを見せる。

俺の能力を見て、すぐに自慢げになるかと思ったのだが、俺の冒険者カードを見ながら首を傾《かし》げ始めた。

「なぁ、なんでクリスのだけこんなに複雑なんだよ。一番上が確か体力だから……体力が１２２１？」

「１２２１じゃなくて、12と21だ。合わせて33だな」

「なんでクリスのだけ分かれてるんだよ。滅茶苦茶見にくいし、ハズレの冒険者カードでも引いたのか？」

「推測でしかないが、上の数値が俺本来の能力で、プラスの数値が別の力によって上がった能力だと思う」

「別の力によって上がった能力……？　なんだよそれ」

「俺が毎日食ってるあの植物だよ。あれのお陰で能力が上がってるんだ。俺はな」

「あの枯れ草ってそんな凄い効果を持ってたのかよ！　――ずりぃぞ、独り占めして！　俺にも食わせてくれや」

「だから前にも言っただろ。あれは毒草だって。死んでもいい覚悟があるなら食わせてやるけど」

「うぐぐ……。やっぱクリスだけずりぃぞ！」

俺から言わせてもらえば、【聖騎士】を授かったラルフの方がよっぽどずるいけどな。

俺は少ないヒントからなんとか可能性を手繰り寄せただけで、才能さえあれば正攻法で強くなってみたかった。

「とりあえずそういうことだ。お前も草食って強くなりたければ、【毒無効】のスキルを身につけるんだな」

「どうやって身につけるんだよ！　……別にいいさ。俺はしっかりトレーニングを積んで強くなるからよ」

「ふっ、それが一番いいだろうな」

能力値のことであれこれ盛り上がりながら、俺たちは一度『シャングリラホテル』に戻り、準備を整えてから各々の特訓へと移った。

ラルフの能力を見て改めて思ったが、早いところ怪我を治してもらった方が大幅に戦力アップに繋《つな》がる。

色々と無駄使いをしてきたが、ここからは植物採取にだけ金を使い、手術代の白金貨五枚に狙いを絞って生活していこうと思う。

俺はラルフと木剣で打ち合いながら、当面の目標をしっかりと決めた。

はぐれ牛鳥狩りと魔法、剣術訓練。そして、時折行う植物採取。

植物採取に関しては、拠点からあまり離れずに採取していたということもあって、デュークウルスにはあの日以降一度も襲われていない。

そもそも一ヶ月間の潜伏に加えて、二度ペイシャの森で植物採取をして一度しか出合っていないのだから、遭遇確率は極めて低いのだと思う。

とりあえず俺たちそれぞれが充実した生活を送っている中、ヘスターがボール系の魔法に続き、アロー系の魔法も完璧に習得した。

今日からは、いよいよゴブリン狩りから脱却しブロンズクエストに挑むらしく、俺は本日に限り、付き添いを行う予定となっている。

二人が受けた依頼は、西南の田畑に現れたラウドフロッグの群れの討伐。

ラウドフロッグは大声で鳴く大型のカエルのような魔物で、主な攻撃方法は高い跳躍力からの踏みつけ。

更に皮膚を覆う粘膜には微弱の毒を持っているようで、直接触れると痺《しび》れや痛みを伴うらしい。

単体で見れば大した強さを持っていないが、群れとなると若干の戦いにくさがある、実にブロンズランクらしい依頼だ。

「準備は整ったか？　忘れ物はしてないよな？」

「うん、大丈夫。ラルフも作戦を忘れてないよね？」

「あ、ああ。近づいてきたラウドフロッグは俺が倒して、遠い位置にいるラウドフロッグはヘスターが倒す――だろ？」

「そう！　よし、行こうか」

「…………な、なぁ。こんな単純な作戦で大丈夫なのか？　今、改めて口に出して心配になってきたぞ」

「お前ら、うだうだとうるさい。大丈夫だからとっとと行け」

「クリスには俺たちの怖さが分からないんだよ！」

「早くしろ。付き添いをやめるぞ」

荷物や作戦の確認を行い、中々レアルザッドから出ようとしない二人に鞭《むち》を入れる。

俺もヘドロスライムの依頼を初めて受けた時は、若干だが緊張したから気持ちが分からんでもないがさすがにじれったい。

ヘスターが新たに覚えた魔法だけでなく、ラルフも毎日のように行っている剣術訓練のお陰でかなりの上達を果たしている。

アロー系の魔法を覚えきるまでというヘスターの要望で、今までゴブリン狩りを続けていたが……足の怪我という大きなハンデがあってもなお、既にブロンズランクの魔物なら余裕で倒せるくらいには強くなっている。

ついでに言えば今日は俺も付き添うため、どう転んでも危険に晒《さら》されることはない。

心配そうにしている二人を促し、俺たちは西南方向にある田畑へと向かった。

「あれが依頼のあった田畑だな。確かにちらほらとラウドフロッグの姿が見えるな」

「本当にゴブリン以外の魔物と戦うのか……。しかも今回は人型ですらないぞ」

「ヘスターの魔法があれば余裕だ。練習通り、距離を取ってしっかり当てることを意識な」

「はい。それじゃ行ってきます」

ラルフとヘスター。

二人は横並びで田畑へと近づき、田畑を縄張りとしているラウドフロッグに向かっていった。

俺はその様子を少し離れて窺《うかが》い、戦いぶりを観察する。

かく言う俺も、ヘスターの魔法は見たことがあるが、実戦で使えるかどうかまでは確認していない。

話によればゴブリンなら一撃で倒せると言っていたし、特段心配はいらないと思っている。

魔物に放たれるヘスターの魔法を見るのを楽しみにしつつ、二人とラウドフロッグが接敵するのを静かに待つ。

一匹のラウドフロッグが近づく二人に気づいたようで、地面を跳ねながら距離を縮めにきたのが分かった。

ラルフは剣を引き抜き、ヘスターは片手を前に突き出して魔法を放つ隙《すき》を狙っている。

まず先に動いたのはラウドフロッグ。

異様に長い後ろ足を限界まで溜《た》めると、まるで空を飛んでいるかのような跳躍を見せてきた。

二人は高く跳んだラウドフロッグに目が釘《くぎ》付けになってしまっているが、正面からは二匹のラウドフロッグが距離を詰めてきている。

口出しはしないと決めていたが、距離を詰め切られればパニックになるのが目に見えているため、仕方なく俺は二人に指示を飛ばした。

「ヘスター、前から二匹のラウドフロッグが来ているぞ！　跳んだ奴はラルフに任せて正面の奴らを倒せ！」

「――っ！　はい！　【ウィンドボール】」

俺の言葉ですぐに正面に向き直ったヘスターは、即座に【ウィンドボール】の魔法を二匹のラウドフロッグに放った。

練習で見ていたものよりも大分小さい玉となっているが、恐らく周囲の田畑に被害を出さないための配慮だろう。

両手から放たれた二つの手のひらサイズの【ウィンドボール】は、周囲の風を纏《まと》いながら距離を詰めてきたラウドフロッグへと向かっていった。

ラウドフロッグの弱点は火属性。

四元素の中では【ファイアボール】が一番効く魔法なのだが、【ファイアボール】は田畑への被害を出さないために使用できない。

周りへの被害を考え、仕方なく選択した【ウィンドボール】で、どれほどのダメージがあるのか見ものだな。

かなりの速度で飛んでくる【ウィンドボール】を回避不可能と判断した二匹のラウドフロッグは、体をまん丸にさせて防御態勢を取った。

その防御態勢のラウドフロッグに、ヘスターの【ウィンドボール】は勢いそのままに突っ込んでいき――――ラウドフロッグはズタズタに斬り裂かれていく。

ラウドフロッグの体液や肉片を巻き込みながら、ドス黒く染まった【ウィンドボール】は、そのまま地面にぶつかると何も存在しなかったかのように消え去った。

見るも無残な姿になって死んでいったラウドフロッグの残骸を見て、俺は思わず苦笑してしまう。

しかしその魔法の威力の高さに、驚きに加えて恐怖の心も芽生えた。

初級の魔法でこの威力だ。

ヘスターはまだ仲間だからいいが、魔法使いと対峙《たいじ》した際の対処法を今のうちから考えなきゃいけないと、強く感じさせられた。

「ラウドフロッグ、二匹討伐したよ」

「俺も無事に倒せたぜ」

ラウドフロッグの残骸から目を離してラルフの方を確認してみると、確かに先ほど跳躍したラウドフロッグが仰向《あおむ》けになって倒れている。

どうやら着地するタイミングを狙い、一撃で腹を掻っ捌いたようだ。

焦りがあったのか、かなり不格好な斬り口に加えて、ラウドフロッグの体液を浴びてしまったようだが……倒せれば何の問題もないな。

俺が少し口出ししてしまったが、余裕で三匹のラウドフロッグを倒せたし、緊張もほぐれてここからは作業感覚で討伐できるはず。

俺の方に飛び掛かってきた奴を殺しつつ、俺は二人が討伐している様子を遠巻きに眺めた。

「すげぇぞ俺たち！　指定されていた討伐数は二十四だったのに、合計で三十四も狩れたぜ！」

「えーっと、一匹につき追加で銅貨二枚だから……。報酬は銀貨六枚だよね？　一人当たり銀貨三枚の稼ぎだよ！」

田畑に見えていたラウドフロッグを全て討伐し終えた二人は、報酬の額を計算すると手を合わせて喜び始めた。

これまでは一日の稼ぎが生活費を抜いて銅貨五枚だったのに、今日はその十倍以上の銀貨六枚を稼いだのだから、俺も同じ道を歩んだ身として二人の気持ちが痛いほど分かる。

「だから言っただろ？　二人の実力なら余裕だってな」

「……なぁクリス。………俺、強くなっているかもしれない！」

戦闘が始まる前はビビり散らかしていたラルフだったが、今回のラウドフロッグとの戦闘でかなりの手ごたえを掴んだのか、剣の柄を握る手を見ながらそう力強く呟いた。

やっぱり経験させることが、一番自分の実力を実感することができるな。

まぁラルフに関しては、なんでそこまで自己評価が低かったのか謎すぎたけれども。

「俺が指導しているんだから、強くなってもらわなきゃ困る。こっちからしたら、なんであんなにビビッてたのか不思議なくらいだ」

「そりゃあよ！　……お前にボロカスに負け続けたからだろ。どれだけ特訓を繰り返しても数十回に一回の確率でしか勝てなかったんだ。あの戦績で自信をつけろって方が、どう考えたって無理な話だろ！」

「お前は俺を舐《な》めすぎだろ。能力値では確かに負けているし、俺の適性職業は【農民】だが、曲がりなりにも幼少期からずっと剣術を叩き込まれてきたんだぞ。足を怪我している奴が、そう簡単に勝てると思うな」

「──ああ、大丈夫だ！　今日ので分かった。俺が弱いんじゃなくて、クリスが強かったんだってな！」

「………まぁそういうことだ。少しは自信を持て」

一瞬、俺なんかよりも強い奴はゴロゴロいるけどな──そんな言葉を発しかけたが、ここでラルフを落ち込ませても意味がないと思い直し、励ましの言葉をかけた。

バカだが、意外と考えすぎてしまうのがラルフ。

調子に乗りすぎても面倒だし、落ち込みすぎても面倒くさいため塩梅《あんばい》が難しい。

「ヘスターも魔法の調子良かったんじゃないか？　初めて魔物相手に使っているのを見たが、あの威力ならシルバーランクでも通用すると感じたぞ」

「いえ、まだまだです！　確かに魔法に関しては、上のランクでも有効なのは確信できましたが……。あの時、クリスさんが声を掛けてくれなければやられていました。私自身の戦闘経験が足りなさすぎるので、ブロンズランクで色々な魔物と戦いながら経験を積んでいきたいと思います」

ヘスターは真面目すぎる気もするが、調子に乗ってヘマする心配がないのは大きい。

魔法の習得も早いし、自己分析もしっかりとできている。

ラルフと違って、俺が目をかけなくても着実に強くなっていく気がするな。

「とりあえず次回からは付き添いはしないから、二人でどんどん依頼をこなしていってくれ」

「今日の感じでいければ、バリバリ依頼をこなしていける！」

「そうですね。油断だけはしないようにしつつ、依頼をこなしていきます」

「俺たちの当面の目標は白金貨五枚だからな。そして白金貨五枚貯め終えて、ラルフの怪我を治したら……いよいよ本格的にパーティとして活動していく」

「俺の怪我が治ったらいよいよなのか。一日に銅貨五枚しか稼げなくて、白金貨五枚なんか絶対に貯められないと思っていたけど……。俺にもしっかりその未来が見えてきた！」

「三人で力を合わせて頑張りましょうね。私も全力で頑張らせていただきます！」

西南の田畑で談合した俺たちは、当面の目標である白金貨五枚を貯めることを目指し、気合いを入れ直した。

白金貨五枚まではもう少し時間がかかるだろうが、この調子ならそこまで苦労せずに貯めきることができるはず。

二人の成長も確認できたことで、俺はそう確信を持つことができた。

第八章　王都へ

ラルフとヘスターがブロンズランクのクエストに着手し始めてから、約二ヶ月が経過した。

二人は一度も失敗することなく依頼を達成し続けており、ここにきてようやく戦闘職の才能が芽生えた感じがする。

冒険者うちでも少しずつではあるが、二人については噂《うわさ》になりつつあり、俺たちは積極的にパーティを組んでいることを公表していないため、度々パーティやクランからの誘いが来るほどだ。

ブロンズランクといえど、やはり一度の依頼失敗もないのは注目される点のようで、青田買いのような感覚で誘われているらしい。

もちろん、二人よりも早い時期からブロンズランクへと上がり、ソロで一度の依頼失敗もない俺も噂になってはいるのだが……。

この数ヶ月間、はぐれ牛鳥《うしどり》狩りしか行っておらず、数日に一度はぐれ牛鳥を丸々背負って現れることから、『はぐれ牛鳥のクリス』という素直に喜べない異名がつけられてしまっている。

更に有毒植物の採取のため、一、二週間ほど街に戻らないということもあって、俺は冒険者からは完全に変人扱い。

睨《にら》みを利かせながら歩いているような、ごっついおっさんからも避けられるというのは、嬉《うれ》しさ半分悲しさ半分のなんとも言えない気持ちだ。

とまぁ、俺の噂はさておき……金集めの方は順調そのもので、目標の白金貨五枚まで残りあと金貨五枚まで迫っている。

そして俺はそのタイミングで、ペイシャの森に一週間籠《こも》っていた。

二人から、残りは私たちだけで貯《た》めますと言ってきたため、遠慮なくペイシャの森に籠らせてもらったのだが……。

はたして白金貨五枚に到達しているのか気になるところ。

到達していれば、すぐにラルフを連れて王都へと向かい、ブラッドなる闇治療師に手術をしてもらうつもりだ。

結果を楽しみにしつつ、宿の部屋の扉を開けると——二人は扉の向こうで座って俺を待っていた。

「お前たち何してんだよ。もしかしてずっと座って待っていたのか？」

そんな俺の問いに答える様子はなく、二人は互いの顔を見合わせ頷《うなず》いてから各々言葉を発した。

「クリスさん、無事に金貨五枚貯めることができました！　ここまで本当にありがとうございました！」

「本音を言うと、最初はクリスとはパーティを組まなくていいんじゃねぇかと思ってたけど……クリスとパーティを組めて本当によかった」

「急にどうしたんだ？　俺たちはまだまだ何も成してないぞ。礼を言うなら、何かを成してからにしてくれ。……こっぱずかしいわ」

「それはそうだが、お礼を言いたい気持ちになったんだから仕方ないだろ。ヘスターの魔導書だけじゃなく俺の手術費まで金を出してくれたんだ。本気で感謝しているんだよ」

珍しく真面目に感謝を告げてきたラルフ。

そのいつもと違う態度に、俺はむず痒《がゆ》くなってしまう。

「二人を強くさせるのは俺にとってメリットがあるからだ。本当に感謝しているなら、礼じゃなくいつか金を返してくれればいいさ」

「お金では返せない恩ですので、こうやって言葉にして伝えさせてもらっているんですよ。確かに今の私たちなら、いつかは白金貨七枚を貯めて返すことができると思います。……ですが、ほんの少し前までのことを考えれば、この状況がありえないんです」

「ヘスターの言った通りで――一から百にすることはできても、無から一にするのは容易なことじゃないと身を以《もっ》て実感した。だからこそ、こうして最大限の感謝を表しているんだよ！」

二人の感謝の気持ちは分かったが、どう返事をすればいいのか本気で困るな。

俺は苦笑いを浮かべながら頭を掻《か》き、必死に言葉を探しながら返事をする。

「…………二人の感謝の気持ちは伝わった。その分、強くなることが俺に対しての礼だと思ってくれ。あと、まだ手術は終わっていないからな。腕が良いといっても落ちぶれた闇治療師だ。怪我《けが》が完全に治るまでは気を抜くなよ」

「ああ。でも治らなかったとしても、もう俺の気持ちは折れない」

「その心構えならよかった。もう普通に座り直してくれ」

なんとかこのむず痒い空気感を鎮めることができた。

大きく深呼吸をしてから、俺は鞄《かばん》を下ろして床へと座る。

「それでクリスさん。王都へはいつ行きますか？　またラルフと二人で行った方がいいのでしょうか？」

「いや、今回は俺も行くつもりだ。……日程はどうするかな。現状の俺たちの手持ちはピッタリ白金貨五枚か？」

「いいえ、白金貨五枚と金貨一枚ですね」

「確か、手術に必要な道具と白金貨五枚だったよな？　治療師ギルドの治療師が言っていたメタルスライムの油も必要になるかもしれないし、もう少し金を貯めてから三人で王都に向かうか」

「えっ？　今すぐに行かないのか？」

「往復の旅費が金貨一枚で済むわけないだろ。残りは自分たちで貯めさせてくれって言ってきたから、何か金策があるのかと思っていたが……。本当に白金貨五枚しか貯めていないのが悪い」

「完全に旅費のことが頭から抜けてた……。クリスに森へ行かせず、一緒に金を貯めてもらうべきだった！」

「まぁ、そう焦ることじゃない。もう手術費は貯めてあるんだからな。旅費だけならすぐに貯まる」

とりあえず数日間だけ金を稼ぎ、旅費が貯まり次第すぐに王都へと向かうことに決めた。

今回俺も王都に行くのは、クラウスについての情報を集めるため。

情報集めなんてしなくても勝手に情報が舞い込んでくるかと思っていたが、クラウスについての噂はまだレアルザッドには届いていない。

本当に王都へ行ったのかどうかを調べるためにも、探りを入れるのはアリだと考えた。

「いやぁ、本当に楽しみだ！　やっと自由に動けるようになるんだもんな」

「しっかり動けるようになるまで、当分のリハビリは必要になると思うけどな」

「それぐらい屁《へ》でもない。ちゃんとしたパーティでの活動も楽しみなんだぜ？」

ニカッと爽やかな笑顔でそう言ってきたラルフ。

パーティとしての活動は俺も楽しみにしている。

今まではどうしても金稼ぎが主となっていて、はぐれ牛鳥ばかりを狩ることになっていたからな。

色々な強敵と戦いながら、パーティとしての戦闘経験を早く積んでいきたい。

そして力をつけたら全世界を回って、未知の効能を持っている有毒植物を集めて回る。

『植物学者オットーの放浪記』に書かれていた場所から回っていき、いずれは本にも書かれていた『スキルの実』とやらも手に入れたい。

摂取すれば死ぬ確率が高い故に、禁忌とされてきた伝説の実。

力を手に入れたい者が命を賭して食べ、そして多くの人間を死へと追いやった禁忌の実だ。

今はその魅力と危険性の高さのせいで、世界のどこかに隠されたとされているが、俺がいずれ絶対に見つけ出す。

「そういえば……ラルフ、クリスさんに何か伝える情報があるって言ってなかった？」

「ん？　伝える情報？」

俺がスキルの実について考えていると、ヘスターは話の流れをぶった切ってラルフに尋ねた。

ラルフはピンときていないようで、首を捻《ひね》っているが……俺に伝えたい情報って一体なんだ？

「あっ、そうだ！　俺、さっき冒険者ギルドでクリスの弟らしき人物の噂を聞いたんだよ！　伝えようと思ってたんだけど、金が貯まった嬉しさで頭から吹っ飛んでたわ」

「おい！　まずそれを先に報告しろよ！　それってどんな噂だ？」

ラルフから衝撃的な発言が飛び出した。

俺が家を飛び出してから半年以上が経《た》って、初めてのクラウスについての情報だ。

どんな些細《ささい》なことだったとしても、俺にとってはかなり重要な情報。

「期待しているところ悪いが、そんな大した情報じゃねぇぞ。それに本当にその噂の人物がお前の弟であるかどうかも定かじゃない」

「前置きはいいからさっさと話せ」

「分かったよ。……依頼掲示板前で話していた冒険者が喋《しゃべ》っていたんだけど、どうやら王都の学園に勇者候補が入学したらしい。その冒険者を捕まえて詳しいことを尋ねたんだけど、そいつらも知っているのはそのことだけで、詳しい情報は何も持っていなかった」

勇者候補が入学したという情報だけか。

確かに、それだけではクラウスかどうかすら分からない。

ただ、時期的なことも考えると、クラウスの可能性は非常に高いと思う。

隣街であるレアルザッドにも噂が流れているわけだし、王都に行けばより詳しい情報を集められるかもしれない。

「確かに断定はできないが、クラウスである可能性は高いな。王都でもクラウスの情報を集めるつもりだが、情報集めに協力してくれるか？」

「当たり前だろ。断るほど落ちぶれちゃいない」

「もちろんです。三人で手分けして集めましょう！　それにしても、この情報が本当にクリスさんの弟さんでしたら、パーティを結成した時に話していたことが現実味を帯びてきましたね」

「そうだな。王都に集められた先鋭の中から、更にトップクラスの奴らとパーティを組むはずだ。

ブロンズランクの魔物を狩っただけで喜んでいられない」

「……うぅ、ちょっと怖くなってきたな。一つ質問なんだが、クリスの弟が勇者候補だったとして、クリスが弟を殺したら一体どうなるんだ？」

「知らない……が、まぁ勇者を殺したとなれば反逆者扱いだろうな。下手すれば魔王なんかよりもよっぽど悪者にされるかもしれない」

「うげー。聞かなきゃよかったぜ」

クラウスは数百年ぶりの逸材でそれを国家が育てあげるのだから、もし殺したとなれば一気に国賊扱いだろう。

相手は最強な上に殺した際のメリットは一切なく、逆にとんでもないデメリットが生じる。

――ただ、それでも俺にやめるという選択肢はない。

あの時俺を殺しておけばよかったと、クラウスに後悔させてやるとペイシャの森で誓ったのだ。

「まぁ、殺しに二人を巻き込むつもりはないから安心しろ。あいつがパーティを組んでいたとしたら、パーティメンバーの足止めくらいはしてもらうかもしれないけどな」

「絶対関わるのはごめんだと思ってたけど、俺は構わないぜ。生きながらえるだけの平凡な人生を歩むより、悪役だろうがド派手に生きた方が楽しいって気づいたからな」

「私もラルフと同じです。私の魔法がどこまで上達し、そして勇者パーティに通用するのかどうか気になりますし。普通の人生を生きていたら、勇者と命を懸けて戦うなんてことはありえませんからね。一度きりの人生です。ラルフじゃありませんが……ド派手にいきましょう！」

ラルフは若干の引き攣《つ》り笑顔、ヘスターは心の底から楽しそうに笑った。

ラルフに関しては最初から変わりないが、ヘスターは魔法を覚えて強くなってから肝まで据わってきた。

二人に心強さを感じつつ、俺はパーティを結成して初めて、この二人とパーティを組んでよかったと思えた。

旅費を貯め終え、いよいよ明日、俺たちはラルフの怪我を治すために王都へと発《た》つ。


軽い買い出しを行い、しっかりと体を休めた翌朝。

ラルフの足の懸念はあるものの、王都へは二人が一度徒歩で行ったことがあるため、二人の案内のもと徒歩で向かうこととなっている。

レアルザッドから王都への馬車は一日に何本も出ているため、俺は馬車で行くのがいいと思っていたんだがな。

「なぁ、今からでも馬車に変えないか？」

「全然徒歩で行ける距離だって。クリスは歩きたくねぇのか？」

「別にそうじゃないが、時間がもったいなくないか？　同乗者が多いから王都へは比較的安価で行けるし、金に余裕があるなら馬車でもいいと思ったんだよ」

「私、前回王都へ行くってなった時に軽く調べたんですけど、馬車は三人で金貨一枚ほどでした」

「だろ？　だから馬車で――」

「ですが、人を何人も乗せるので速度はあまり出ないみたいです。多分、ラルフの遅歩きの方が早いくらいだと思いますよ」

「え？　そうなのか？」

「はい。馬車に乗るぐらいでしたら、一人一頭馬を借りれば早く行けると思うのですが……一頭を一日借りるのに銀貨六枚でして、滞在期間を含めたらとんでもない額になっちゃうと思います。別で餌代もかかるようですしね」

「そうだったのか。それは俺の知識不足だった」

これは知らなかった情報だ。

てっきり歩きよりは速度が出ると思っていたが、確かに二頭で引いたとしても、馬車自体の重さに加えて人と荷物の重さも上乗せされるんだもんな。

あとは馬だが、大金はたいて借りるくらいなら確かに歩きの方が断然いい。

旅といっても隣街だし、この二人とゆっくり会話できる機会だと思って歩くか。

「それじゃ歩きでいいよな！　このあいだ行った時は朝出て着いたのが夕方だったけど、一回行ってるし昼過ぎには着くと思うぞ」

「ああ、もう異論はない」

「それじゃ行きましょう！　なんかワクワクしますね」

「一緒の部屋で寝泊まりはしているけど、三人で何かするってのはないもんなぁ。試験の時のゴブリン狩りと、ラウドフロッグ狩りの時についてきてもらったぐらいしか遠出したこともないし」

本当にまだ、俺たちはパーティという感じじゃないからな。

魔導書を読むのと剣術の指導以外は、俺はソロで二人はコンビで常に動いている。

そう考えると、確かにちょっとだけワクワクしてきた。俺は初めての王都だしな。

「それじゃ、早速向かうか。忘れ物はないよな？」

「全部持ちましたし、宿のお金も多めに渡してきたから大丈夫です」

「よしっ！　それじゃ出発だぜ！」

テンションが最高潮まで上がったラルフの号令により、俺たちはレアルザッドから王都を目指して歩き始めた。

「この道をずーっと真っすぐ行けば王都ですよ」

「案外近いんだな。まだまだ先かと思ってた」

「いや、まだまだ先だぞ。真っすぐっていっても、あと数時間は歩かなきゃならないからな！」

「なら結構遠いのか。道中はやることもないし暇だな。警戒して持ってこなかったが、こんなことなら毒草を持ってくればよかった」

「……なぁ、暇ならよ、各々の過去について話さないか？」

雲一つない晴天な上に、暑くもなく気持ちのいい風が吹く中、ラルフは一瞬溜《た》めてからそんなことを言い出した。

各々の過去か。といっても、俺は二人にほとんど話してしまったからな。

「別にいいが、俺はもう話すことなんてないぞ。二人には全て話したからな」

「いや、ぜんっぜん聞いてねぇよ！　クリスから聞いたのは軽い生い立ちだけだろ？　ほ、ほらよ……か、彼女とかはいたのか？　可愛《かわい》い幼馴染《おさななじみ》とかさ。クリスはいいところの生まれなんだろ？」

「か、彼女⁉　可愛い幼馴染⁉　……クリスさん、いたんですか？」

なぜか過剰に反応したヘスターは、ラルフを押しのけて重複する質問をしてきた。

「彼女……か。彼女なんてものがいれば、俺は殺されかけてても復讐《ふくしゅう》に燃えることもなかったんだろうな」

「ということはいないのか？」

「ああ。可愛い幼馴染もいない――というか、俺は男友達すら一人もいなかった」

「…………は？　男友達すらいなかった？　どんな環境で育ったんだよ」

「だから前に言っただろ。幼少期からずっと剣の指導を受けてたんだよ。空いた時間は文字の読み書きの勉強。俺の唯一の楽しみは夜中にこっそりと書庫に忍び込んで、英雄伝を読むことだけだった。…………いや、おつかいを頼まれた時の青果店のおっちゃんは俺に優しくしてくれたっけか。

この場合、青果店のおっちゃんは友達に入るか？」

大真面目に質問したのだが、二人は返事をすることなくそっぽを向いた。

この反応からして、青果店のおっちゃんは友達には入らないみたいだな。

「青果店のおっちゃんが友達に入らないなら、俺には友達と呼べる人は一人もいなかった」

「お前の家系は剣術の指導をしていたんだろ？　門下生もたくさんいたんじゃないのか？」

「同い年くらいの奴もいたけど、俺だけは常に別トレーニングだったんだよ。ちゃんと話したことなんて数回ぐらいだ」

「本当にとんでもない環境にいたんだな」

「それが当たり前の世界だったから気づかなかったが、今思い返せばそうなのかもしれないな。誰よりも走らされたし誰よりも剣を振ってきた。ふっ……でも、俺本来の身体能力はヘスター以下なんだぜ？　面白いだろ」

「いや、笑えねぇよ。本当に笑えない」

「俺はもう吹っ切れてるから笑っていいんだよ。それだけ『天恵の儀』が残酷なものだったって話だな」

親父《おやじ》はずっと、幼少期の能力が『天恵の儀』に影響すると思い、俺に厳しく指導してきたみたいだが……。

死力を尽くした俺が【農民】で、何もしてこなかったクラウスが【剣神】を授けられたことで、この論は完全に否定されたこととなる。

完全な運なのか、それとも生まれた瞬間に定められているのかは分からないが、本当に残酷なものだ。

「もっとキャッキャした話がしたかったのに、クリスの話は重すぎるわ！」

「それじゃお前たちはどうなんだ？　彼女とか彼氏はいたのか？」

「いるわけねぇだろ。裏通りで生まれ育ったんだぞ。恋愛なんかに割ける時間は一切ない」

「そうですね。私も生きていくことに必死で、そんなことを考えたことすらなかったです」

「……お前たちの話も十分重いだろ。そういえば二人はいつから一緒に行動しているんだ？　今まで聞いたことがなかったな」

二人の出会いについては聞いたことがなかった。

というよりも、俺が二人に対して質問をしたことがない。

掘れば掘るだけ爆弾のような話しか出てこなさそうだし、意図的に避けてきたのだが、二人の出会いぐらいは知っておきたいところ。

「出会いは覚えてないな。ヘスターと俺は本当に小さい時から顔見知りだったんだ。ヘスターは今はもうない養護施設で暮らしていて、俺は母親と義父とでテントみたいなところで暮らしていた」

「そうですね。顔は昔から知っていました。一緒に行動するようになったのは、養護施設が潰《つぶ》れてからですけど」

「ヘスターのいた養護施設はなくなってしまったのか。……それは大変だったな」

「いえ、養護施設といっても子供を売り捌《さば》いていたような、とんでもない施設だったので潰れて当然でした。他の子たちは兵士に保護されて別の街へと移ったみたいですが……。私は両親がレアルザッドに戻ってくると信じていまして、街に一人で残ったってわけです」

「俺の方は、ヘスターの養護施設が潰れる一年前に母親がどこかに消えたんだ。そんで残された俺は、母親が出ていく数年前に連れてきた義父と二人で暮らしていた。義父は一日中酒ばっか飲んでるゴミのような男で、よく暴力を振るわれ、俺は反抗できずにその頃から盗みを働いて金を稼いでいたんだ」

…………やはりとんでもなく重い話だ。

二人の馴《な》れ初《そ》めですら、こんな重い方向へと突き進むんだもんな。

「二人の……、で、出会いの話を聞かせてくれ」

「そう焦るなって。盗みをして金を稼ぐようになって一年ほどが経過した時、俺は初めて盗みを失敗してしまってな。金を一切稼げずに家に戻ったんだよ。……そしたら義父は怒って、今までで一番の暴力を俺に振るってきた。しまいには高所から投げ飛ばされて、その時に左足から着地して大怪我を負ったってわけだ」

「その時にちょうど、養護施設が潰れて行き場をなくした私が、道で倒れているラルフを見つけて介抱したんです。このことが、私とラルフが一緒に行動するようになったきっかけの出来事ですね」

俺とはまるで別の世界で生きてきたかのような話だ。

俺も辛《つら》い幼少期を過ごしてきた自覚はあるが、ラルフとヘスターの方が何倍も辛い過去を生きてきている。

「そうそう。それから動けるようになるまで一週間ぐらいかかって、この地獄から脱出するために義父を殺してやろうと覚悟を決め、足を引きずりながら家に戻ったんだけど…………。当の義父は空の酒瓶を片手に既に死んでいたんだよ。俺が一年間も養っていたから、一週間すら自力で生きていくことができなかったってわけだ。――面白いだろ？」

「……笑えねぇって」

「まぁ復讐は果たせなかったが、俺は無事に義父から解放されたんだ。それで介抱してくれた礼も兼ねて、ヘスターにはずっと使われてない廃屋の場所を教え、そこで一緒に暮らしていくことになった」

「……なるほど。そこから俺が出会うまで、二人は盗人《ぬすっと》生活を続けてきたってわけか」

「あっいえ、盗みはしてなかったです。ラルフは怪我でまともに歩けなくなってましたし、私は身体能力に自信がありませんでしたので、体が大きくなるまでは靴磨きとか荷物運びとかで稼いでいました。盗みを始めるようになったのは、『天恵の儀』が終わった直後でした」

「この生活を抜け出すために、ヘスターが魔導書を買いたいって言いだしたんだよ。白金貨二枚を稼ぐには盗みしかなくて、本気で死を覚悟して俺たちは盗人になることを決断した。――へへっ、クリスに捕まった時は、本当に人生終わったと思ったよな！」

「そうですね。…………………でも、私たちにごんな人生が待っでいるとは、思っでいまぜんでしだね」

「泣ぐなよ。俺たちはもう泣がないって決めだだろ？」

「ごめん。でも、ラルブも泣いでる」

過去を鮮明に思い出し、感極まったのか二人して目にいっぱいの涙を溜めた。

泣かないようにと必死に空を見上げているが、涙がとめどなく頬《ほお》を伝っている。

「でも、これで分がっだだろ？　……俺とヘスターがクリスに本気で感謝している理由」

「そうだな。俺はあの時お前たちの事情を知らなかったが、あの時パーティに引き入れてよかったと今確信したよ。……これは同情とかじゃなく、それだけの過去を生き抜いた奴らだ、身体能力で負けていたとしても精神面では絶対に負けない。勝つまで挑めば絶対に勝つんだからな」

「…………はい！　私は絶対に諦めません。クラウスさんを超えましょうね」

「そうだな！　俺はクリスの弟を超えて最強の冒険者になる！」

涙を拭き、スッキリとした顔つきになった二人は、そう高らかに宣言した。

王都へ向かう道中の、赤の他人から見れば些細な世間話だったかもしれないが、俺は二人との絆が強く深まったと感じた。

親父に手のひらを返されて以降、一生人を信じない——そう決めていた俺だが、この二人ならば心から信用してもいいかもしれない。

そんな風に思えた出来事だった。

ここから真っすぐ数時間進む。

そう言われた時は随分遠いように感じたのだが、話していたらあっという間に王都が見えてきた。

レアルザッドと比べても圧倒的に大きいのが遠目に見ただけで分かり、門の前に並ぶ列がとんでもない距離にまで伸びていることが分かる。

レアルザッドの四倍は大きいと聞いていたが、人の多さも含めてもっと大きいように感じるな。

「王都は初めて来たが、ビックリするほど大きいな」

「だろ？　俺もこのあいだ来た時は本気でビビった」

「よくこの王都でブラッドを見つけることができたな」

「ヘスターが見つけてくれたんだよ。情報屋を使ったんだよな？」

「そうです。まずは情報屋のことを聞き回ってから、見つけた情報屋にお金を渡してブラッドさんの情報を頂きました。クリスさんから、お金は必要以上に頂けましたので」

「確かに賢いやり方だな。……ということは、ヘスターは情報屋の居場所も知っているのか？　クラウスについてを調べたいんだが、その情報屋も紹介してくれたら嬉しい」

「もちろん紹介します。ラルフをブラッドさんに預けたら、二人で情報屋のところに行きましょうか」

「――えっ⁉　俺が手術を受けているのを見守ってくれないのか？」

驚いたように情けない声を上げたラルフ。

「見守ったところで、私とクリスさんは何もできないからね。時間の無駄だよ」

「酷《ひど》すぎるだろ！　せめて近くで励ましてくれよ。治療師ったって、落ちぶれた奴なんだろ？」

「……ラルフってメンタル弱いよな。あれだけの過去があるんだから、ヘスターみたいに堂々としているのが普通じゃないのか？」

「負け癖みたいなのがついてるんだよ！　何をやっても上手《うま》くいかないみたいな――な。でも、最近はクリスの影響で、落ち込むことはなくなってきただろ！」

「どうだかな。今だって泣きごと言ってるし」

「分かったよ！　一人で受ければいいんだろ。情報収集行ってこいよ」

なんとか言いくるめたところで、ラルフを預けてから俺とヘスターは情報集めへと回ることとなった。

まずは何にしてもブラッドと会うことが最優先なんだが、一体どんな人物なんだろう。

この短い期間でブラッドが死んでいないことを祈りつつ、俺たちは長い行列に並んで入門検査を待つ。

「身体検査と身分証の確認。それから鞄の中も確認させてもらうぞ」

約一時間並び、ようやく俺たちの番が回ってきた。

数人の兵士に囲まれながら、危ないものを持っていないかの検査を受け、その後、冒険者カードを見せると、無事に中へと通してもらうことができた。

レアルザッドの入門検査よりも厳しく、毒草を持ち込んでいたら完璧に捕まっていたと思うほど、鞄の隅々まで確認された。

とりあえず無事に通してもらうことができたため、俺たちは大きな門を潜《くぐ》り抜けて王都の中へと入る。

レアルザッドは街の綺麗《きれい》さに驚いたが、王都はその人の数と店の多さに驚く。

街の入り口なのにもかかわらず、所狭しと店が並んでいて、入れ替わり立ち替わり人が入り乱れていく。

斜め前方には滝のような噴水があり、その噴水の間からはちょうど大きな城が見えた。

あの城にはこの国を治める王が住んでいるんだよな。

今まで一度も意識したことはなかったが、王城が見えたことでふと王のことを現実的に感じられた。

「クリスさん、大丈夫ですか？　先へ行きましょう」

「ああ、行こうか」

王都へと入って立ち止まった俺に、ヘスターが先へ進むよう促した。

街並みに圧倒されている場合ではなく、早くやるべきことをやらなければいけない。

栄えている方向とは正反対に進んでいき、俺たちは更に人がいない方へと歩みを進める。

しばらく歩くと、前方にある頑丈に作られたバリケードのようなものが目に飛び込んできた。

あの先からは裏通りと同じにおいが感じられ、バリケードの向こう側が闇市場だと察する。

人で溢《あふ》れかえり、王城が見えた先ほどの風景と同じ街とは思えないほど、異様な空気が漂っているな。

「あの先が闇市場か？」

「そうです。あそこに立っている人にお金を渡したら、中に通してくれると思います」

ヘスターはバリケードの前で陣取っている人の前に立つと、金を少額だが握らせた。

あれが通行料となっているらしいが、闇市場に向かうのに金がかかるのか。

王都に入るのには金がかからず、闇市場に入るのには金がかかる。

貧民が集まるエリアだと聞いていたが、少し違和感を覚えるな。

「クリスさん、行きましょう。中に入れます」

俺はヘスターの後に続くように、闇市場の中へと入った。

昼なのにどこか薄暗く感じられ、一切の舗装もされていない道を進んでいくと、闇市場の全体が姿を現した。

裏通りのようにテントではなく、シートを地面に敷いただけの出店と呼べるのかも怪しい店が並んでいる。

一般的なものから完全にアウトなものまで、本当に多種多様なものを多種多様な人物が売っており、その中でも一際《ひときわ》目を引くのが亜人の姿だ。

デジールでもレアルザッドでも見たことのなかった亜人が、少人数ではあるが交じっている。

見た目の特徴からすると、英雄伝に出てきたエルフやドワーフのノーマルに近い亜人ではなく、獣人種と呼ばれる動物とのミックスのような種族だと思う。

噂によれば、獣人種に対する差別が横行しており、よほどのことがなければ獣人種は同種族が統治する国からは出ないと聞いていたが……。

ここにいる獣人種の人の体を見る限り、奴隷に近い形で連れてこられたのではと想像する。

商売ができているということは、逃げることができた人たちだろうが、今もなお、奴隷のように扱われている人がいるのだろうという考えに至りゾッとした。

今はまだ無理だが、クラウスに復讐を果たし国賊扱いとなった時は、誰かのために戦うのもいいのかもしれない。

先ほどのラルフやヘスターの話とも合わさり、そんな考えがふと俺の頭を過《よぎ》った。

「……クリスさん。どうかしましたか？」

「いや、なんでもない。先を急ごう」

立ち止まった俺を心配した様子のヘスターに言葉を掛けてから、俺は闇市場を歩きながらブラッドの元を目指す。

店が並ぶ闇市場を進み、二人が立ち止まったのは一つの古い建物の前。

ブラッドの居場所がシートを敷いただけの場所でないことに安堵《あんど》しつつ、その建物の中に入っていく。

一階は完全に使われていない物置のようになっており、足の踏み場に困りながらも二階へと上がる。

扉を開けると、そこにはたくさんの患者の姿が目に入ってきた。

闇市場の住民なのか、どの人も身なりが整っていない。

そんな人たちの治療を行っているのが、五十歳くらいの人相の悪いおじさん。

恐らく、あの人物がブラッドだろう。

「どうも。お久しぶりです」

ヘスターがそう声を掛けると、一瞬睨むようにこちらを見てきたのだが、声を掛けてきた相手がヘスターだと気づくとすぐに満面の笑みへと変え、患者を置いて手でごまをすりながら駆け寄ってきた。

「あー！　本当に来てくれたんですね！　手術の件、本当にやらせてくださるんですか？」

「はい。以前、交渉した通りです。お金の方もキッチリと準備してきました」

「ありがとうございます！　本当にありがとうございます！　す、すぐに準備に取り掛からせていただきます！　……おいっ、今日はもう閉業だ。帰りな」

一切のプライドもないのか、ヘスターに媚《こび》を売るように諂《へつら》ったあと、診ていた患者を雑に追い出した。

……話を聞く限り、とんでもない奴だということは分かっていたが、ここまで信用するに値しない人間は久々だな。

「それじゃ、こちらに来てください！　汚い場所ですいませんね」

案内されるがままに進むと、部屋の奥には曲がりなりにも手術室のようなものがあった。

ただ、頻繁に使われている部屋ではないようで、所々に埃《ほこり》が被《かぶ》っているのが目につく。

「それでは……まずはお金の方から頂戴してもよろしいですかね？」

表情は笑っているが、目の奥は一切笑っていないブラッド。

ヘスターは素直にお金を渡そうとしているが……。

ここにきて今更だが、ブラッドは信用することができないと俺の本能が叫んでいる。

「ヘスター、待て。金は今じゃない」

「……は？　なんだそれ？　──約束と違うだろうが！」

「俺はお前の態度が気に食わない。金は成功報酬且《か》つ後払い。それが呑めないのであれば、今回はなかったこととさせてもらう」

「おい。それはねぇだろ！　こっちはもう色々と準備してんだよ！」

「金が欲しいなら成功させればいいだけだ。金を払わないって言ってるわけじゃない。なんでそんなキレてるんだ？」

「お前らが逃げる可能性があるからだ！　そんな一方的な要求が呑めるわけねぇだろ！」

「それなら交渉決裂だな。ラルフ、ヘスター。行くぞ」

俺は踵《きびす》を返し、古くさい建物を後にする。

ラルフには申し訳ないが、もう少し待ってもらうしかなさそうだな。

そんなことを考えながら、階段を下りきる手前で——後ろから大きな声での謝罪の言葉が飛んできた。

「ちょっと待ってください！　やはりその条件で受けさせていただけないでしょうか？　どうかお願いいたします」

振り返って見上げると、頭を床に擦《こす》りつけるように土下座をしているブラッドの姿が目に入った。

さっきまでの高圧的な態度とは別人のように、媚《こ》び諂うその姿に辟易《へきえき》する。

自分の要求を呑ませるために高圧的な態度に出て、相手が折れないと見たらどんな手を使ってでも取引を成立させる。

ゼロか百かしかない人間の立ち回りって感じだ。

「ラルフはどうしたい？　手術を受けるのはお前だからな」

「俺は……受けるよ。確かに胡散くさい奴だけど、金のためならきっちりやる奴という確信はある。後払いで成功報酬となれば、意地でも手術を成功させると思うから」

「分かった。やっぱり情報集めは後回しにして、手術には立ち会う。どんな手を使われるか分からないしな」

「クリス、ありがとう。それは本当に心強い」

そんな会話をしてから俺たちは再び二階へと上がり、ブラッドと交渉を進める。

手術の日程は明日で、必要なものは全て取り揃《そろ》えているため、金だけ持ってくればいいらしい。

全て込み込みで白金貨五枚だったのは、こちらとしてはありがたい話。

かなりの不安はあるものの、ここは引くことができない場面。

ブラッドに明日また来ることを告げてから、俺たちは闇市場を後にした。

闇市場を出た後は、滞在している間の宿を探しに商業街へと向かう。

ラルフとヘスターが前回泊まったのは、闇市場にある格安宿だったようだが、大金を持っていることからも闇市場で泊まるのは怖いと判断した。

ここはケチるところではなく、しっかりと安全の確保されているちゃんとした宿に泊まる場面。

明日手術のラルフのこともあるし、しっかりと良い宿を探してゆっくりと体を休めてもらおう。

「クリス、あの宿なんかどうだ？　安そうじゃないか？」

「いやいや、クリスさん。あの宿の方が安そうですよ」

「だから、安い宿には泊まらないっての。安全性の高そうな良い宿を探してくれ」

根っこに染みついた貧乏性が許さないのか、いくら言ってもこの二人は安い宿しか提案してこないな。

こうなったら俺が探し出して、無理やりにでも決めないといけないため、必死になって良さそうな宿を探して回る。

『ゆとりれ』『ハレクラホテル』『三平屋《さんぺいや》』『ベイサンズパーク』。

どれもそこそこ良さそうなのだが、もう一声を求めてしまう。

人を掻き分けながら探し続けること数十分。ようやく俺のお眼鏡に叶《かな》う宿を見つけた。

「二人共、ここはどうだ？　『ギラーヴァルホテル』」

俺が指さしたのは、メインの通りから少し離れているが、安全面がしっかりと行き届いていそうな綺麗なホテル。

俺たちが普段泊まっている『シャングリラホテル』とは格があまりにも違うが、王都に滞在している期間ぐらいは奮発してもいいだろう。

「いやいやいや。絶対高いってあの宿は！」

「ですね。やめましょう！」

「高いからいいんだろ。俺たちは今、大金を持っているんだぞ。安宿に泊まって管理が甘いせいで金を盗まれたら、それこそ大損どころの騒ぎじゃない」

「それはそうだろうけど、交代で見張りをすればいいだろ。あんな宿じゃ逆に体が休まらねぇ」

「いいから行くぞ」

渋る二人を引き連れ、俺は『ギラーヴァルホテル』と書かれた宿へと向かった。

内装は黒っぽいレンガ造りでシンプルに見えるのだが……全てのバランスが整っているため、言い知れぬ煌《きら》びやかさを感じる。

緊張で変に溜まった唾を飲み込んでから、正面の黒いカウンターの先に受付の男性が立っている場所を目指し、手続きをしてもらいに向かった。

「いらっしゃいませ。ご予約されているお客様でしょうか？」

「いや、予約していないんだが、部屋は空いていないのか？」

「空いておりますよ。ルームタイプはいかがなさいますか？」

「る、ルームタイプ？　ルームタイプってなんだ？」

ラルフとヘスターを引っ張るように連れてきた俺だが、早くも後悔し始めた。

丁寧な対応をされるより、雑に扱われた方がやりやすい。

二人を根っからの貧乏性と馬鹿にしたが、いつの間にか俺も貧乏性となってしまっているようだ。

「ルームタイプというのは部屋の種類でございまして、シングル、ダブル、ツイン、トリプル、ファミリーの五つから選んでいただき、そこから更にグレードが分けられておりまして、エコノミー、スタンダード、スーペリア、デラックス、スイートの五つの中から選んでいただきたいのです」

本気で何を言っているのか分からない。この男は俺と同じ言語を喋っているのか……？

ヘスターに助けてもらおうと様子を窺《うかが》ったのだが、ポカーンと口を半開きにして放心してしまっていた。

魔法の特訓では訳の分からない単語でも、スッと落とし込んでいるヘスターですら駄目か。

「すまないが初めてなもので、おすすめの部屋を選んでほしい。一番安い三人部屋でお願いしたい」

「かしこまりました。それではこちらで手続きさせていただきます。お掛けになって少々お待ちください」

こういった時は全任せにするに限る。

下に見られてぼったくられる可能性もあるが、これだけしっかりしている宿ならそんなあくどいことはしてこないはず。

俺は言われた通りに椅子に腰掛け、ぎこちない座り方で受付の男性が手続きをしてくれるのを待つ。

ラルフとヘスターに関しては、座ることすらせずに立ったまま周囲を警戒していた。

「お待たせ致しました。ご希望通り、トリプルルームのエコノミークラスでお取りさせていただきました。宿泊期間はいかがなさいますか？」

「その前に一泊いくらか教えてもらってもいいか？　ケチくさくてすまない」

「いえいえ、こちらこそ気が回らず申し訳ございません。一泊朝食付きで一室当たり金貨一枚となります」

「金貨一枚⁉」

「説明ありがとう。それじゃ三泊お願いしたい」

「三泊⁉」

「ラルフうるせぇ！」

後ろでいちいち大騒ぎするラルフを注意し、俺は三泊の宿泊予約を取った。

確かに『シャングリラホテル』の相部屋一泊は一室銅貨六枚で、倍率で考えるのであれば約十七倍。

三日間泊まるとなると、『シャングリラホテル』で一ヶ月半以上過ごせるわけだが、それは『シャングリラホテル』が安すぎるだけだ。

最低ランク且つ三人一部屋にしたというのもあるが、思っていたよりも全然良心的な価格だったし、問題なく『ギラーヴァルホテル』に決めることができる。

「ありがとうございます。それではその手筈《てはず》で手続きさせていただきます。身分証を拝借してもよろしいでしょうか？」

「ああ。これが身分証だ」

受付の男性に冒険者カードを手渡し、書類に記載を終えるのを待つ。

「ありがとうございます。それではこちらはお返しさせていただきます。こちらのベルパーソンがお部屋までご案内致しますので、後についていただくようお願い致します」

そう言うと、受付の男性の横に立っていた男性がゆっくりと頭を下げると受付から出てきた。

「お部屋までご案内させていただきます。お荷物お預かり致しますね」

「――あっ、荷物は大丈夫だ。部屋の案内だけ頼む」

手荷物を預かろうとしてきたベルパーソンに断りを入れ、部屋までの案内だけをお願いする。

さすがに大金の入った鞄を持たせるのは怖いし、何かあった時に疑いたくないからな。

すぐに引き下がってくれたベルパーソンは、部屋までの案内を始めてくれた。

広く豪華な造りの館内を歩き、案内されるがまま部屋へと向かった。

「こちらがお客様のお部屋となります。こちらが鍵ですので施錠はしっかりと行っていただくようお願いいたします」

「案内ありがとう」

「それではごゆっくりおくつろぎください」

深々と頭を下げ、部屋まで案内してくれたベルパーソンが戻っていくのを見送る。

それから鍵を使って開錠し、早速部屋の中へと入ってみた。

「うおー!! なんじゃこの部屋! やべぇよ! 布団がふっかふかだぞ!」

「本当に凄《すご》いですね……。部屋からの眺めも綺麗ですし、こんないい宿に泊まっていいのでしょうか?」

二人が興奮するのも分かるほど、部屋は綺麗で広々としている。

シャワーにトイレまで完備されている上に、エアーコントロールの魔法が組み込まれた魔道具まで置かれているのだ。

『シャングリラホテル』で生活している俺たちからすれば、天国のような場所。

ベッドも三つしっかりと綺麗に並べてあり、本当にこれが最低ランクの部屋なのかと疑問に感じてしまう。

「これまでずっと頑張ってきたんだし、ちょっとぐらいのご褒美があってもいいんじゃないか? レアルザッドに戻れば、金稼ぎに修行の毎日だ。王都にいる間くらいは羽を伸ばそう」

「確かにそうかもしれないけど……なぁ?」

「うん……ねぇ? 羽なんか人生で一度も伸ばしたことがないですし、初体験だからどうしたらいいのか分からないんです」

かく言う俺も、羽を伸ばしたことは人生で一度もない。

強いて言うならば、ペイシャの森での植物採取がそれに当たるのかもしれないが、殺される危険のある場所だし食べるものは有毒植物。

あれで羽を伸ばしているといえるのかどうかは正直怪しい。

「俺も詳しいわけじゃないが、肩の力を抜いて気楽にしてればいいんだよ。とりあえず交代でシャワーを浴びようぜ」

「それは賛成です！　やっぱりお風呂付きはいいですね」

「時間がない時は濡《ぬ》れタオルで済ませちまうもんなぁ。それでも廃屋で暮らしてた時よりかはマシだけどもよ」

「シルバーランクに上がったら、拠点を移してもいいかもな。結局、冒険者の知り合いは作れなかったし、裏通りの『鳩屋《はとや》』に移すのはアリだとずっと考えてた」

「いいねぇ！　いいところにするっていっても、『鳩屋』なのが俺たちの限界って感じもするけど」

「いや、もっと良いところにしようと思えばできるぞ。ヘスターの魔導書に加えて、今回でラルフの手術費を貯める必要がなくなるわけだしな。……ただ、いずれは俺たちだけの一軒家を買いたいと思ってるから、また貯金生活を始めたいと思ってるんだよ」

これは俺個人の希望だが、やっぱりクランハウスみたいなものには憧れる。

……有毒植物の栽培もできるようになるしな。

「一軒家!?　それはまたデカい夢だな。……確かに憧れるけどよ」

「私は大賛成ですよ。家を買えるところまでいけば、とうとうって感じがしますね！」

「乗り気なようならよかった。――っと、話が脱線してしまったな。シャワーは誰から浴びるか？」

「どうぞ、クリスさんから入ってください」

「俺もクリスからでいいぞ」

「それじゃ、遠慮なく入らせてもらう」

二人が譲ってくれたため、まずは俺から汗を流すことにした。

それにしても、一軒家を買おうと考えられるところまで来ているのか。

数ヶ月前までなら、二人は絶対に無理と取り合うことすらしなかっただろうしな。

全員の成長を感じつつ、俺は着替えを持って風呂に向かった。


「クリスさん、お風呂入ったかな？」

「シャワーの音が聞こえるし入っただろ」

「……本当に凄いよね。私たちがこんなところに泊まれるなんてさ」

クリスが風呂に入ったことを確認してから、窓の外を見つめながら感慨深そうに呟《つぶや》いたヘスター。

確かにクリスと出会う前までは、頭の中で想像することすらできなかった光景が、今俺たちの目の前には広がっている。

「王都に来る道中も話したけどさ、本当に俺たちの人生は変わった」

「うん。底辺を這《は》いつくばって生きて、『天恵の儀』で変わったと思ったけど……それでも変わらなかった私たちの人生を、クリスさんが変えてくれたんだよね」

「ふと思い返すんだけどさ、俺たちはそんなクリスから盗みを働こうとしてたんだよな」

「そうだね。私もあの日のことを思い出して胸が痛くなる時がある。あの時も、私に優しくしようとしてくれてたところを襲ったから余計にね」

「クリスは気にするなって言うだろうけど……。俺たちは一生を尽くしてこの恩を返していこう」

「私はパーティに引き入れてくれた……ううん、一緒に暮らすことを受け入れてくれた時から決めてるよ。クリスさんのためだけに生きるってさ」

真剣な眼差し《まなざ》しでそう告げたヘスター。

俺も恥ずかしいし、クリスは絶対に嫌がるから一生告げる気はないが、クリスのために人生を捧《ささ》げる覚悟はとうの昔にできている。

「俺とヘスター。この二人だけは、この先どんなことがあってもクリスの味方でいるぞ」

「言われなくてもそのつもり。ラルフも早く怪我を治して役に立てるようにしないとね」

「それは俺の頑張りでどうにかなる問題じゃねぇからな……。ただ、もし本当に治ったとすれば、死ぬ気で強くなるよ俺は」

「私も死ぬ気で魔法を習得する。あと勉強もいっぱいする」

二人の意思を確かめ合ったところで、ちょうどシャワーの水の音が止まった。

この会話はクリスにはバレないようにするため、ヘスターと目配せしてから何事もなかったかのように世間話へと移行した。

第九章　追手

翌日。

ふかふかのベッドだったからか、いつもよりもぐっすり眠れた気がする。

昨日は全員でシャワーを浴びた後、夕食を食べに行って帰ってくるなりすぐに眠った。

夕食も旨《うま》そうな店が並ぶ中、安い定食店で済ませ、今日の手術が成功したらパーッと豪勢にいくつもりでいる。

「ラルフ、気持ちの準備は整ったか？」

「ああ。この宿のお陰で肩の力が大分抜けた。いい精神状態で手術を受けられそうだ」

「そりゃよかった。それじゃ、笑顔でまたこの宿に戻ってこられるように祈ってから――向かうか」

二人にそう声を掛け、俺たちは再び闇市場を目指し『ギラーヴァルホテル』を後にした。

先ほどラルフが言ったことは本当だったようで、いつものように緊張した様子を見せることなく、談笑しながらブラッドのいる建物まで歩いた。

今日は最初から患者の姿はなく、誰もいない建物の中を進み、昨日通してもらった手術室へと向かう。

中には既にブラッドの姿があり、昨日の汚らしい格好とは一変し真っ白な白衣に身を包んでいた。

「どうも、どうも！　お待ちしておりました。昨日は本当にすいませんでした」

「謝罪はいらないから絶対に成功させてくれ」

「お任せくださいｃ　それではラルフさん、こちらに寝転んでくださいね。まずはラズールの葉から抽出した痺《しび》れ薬で麻痺《まひ》させてから、ドミールの実で抽出した眠り薬で眠らさせていただきます。それからの手術になりますので、少々お時間は頂きます」

「構わない。いくらでも待つ」

俺のその言葉を皮切りに、ブラッドは手際よくラルフに痺れ薬を打ち込んでいき、ラルフは自身で飲んだ眠り薬によって三十分ほどで眠ってしまった。

それから薬が完全に効くまで一時間ほど待ってから、いよいよラルフの膝の再建手術が始まった。

助手や看護師はおらず、全て一人でこなしていくブラッド。

その噂《うわさ》通りに手際の良さは一流そのもので、何の知識もない俺でも名医と分かるほどの腕前。

切開してから八時間くらいが経過しただろうか。

ようやく全ての作業が終わったようで、傷口を縫合し始めたブラッド。

こいつは正真正銘の糞《くそ》野郎だが、人格はともかくその手術の腕は尊敬に値するものだったな。

額に滲《にじ》んだ汗を拭《ぬぐ》ったブラッドは、作ったような笑顔を見せると俺とヘスターに手術終了を告げてきた。

「手術は大成功です。特注の回復薬も使ってますので、あとは傷口が塞《ふさ》がるのを三日ほど待って、抜糸すれば全ての工程が終了致します。歩けるようになるまでには時間がかかるでしょうが、順調に回復していけば元のように動けるようになりますよ！」

「ありがとう。本当に助かった」

「いえいえ！　私はできることをしただけですので！　——それでなんですが、お金の方を頂戴したいのですけど……」

尊敬した途端、すぐにこれだ。

これだけの腕を持っている奴が、ここまで落ちぶれたのが納得できるのも珍しい。

この性格さえ直せばもっと儲《もう》けられただろうし、もっと敬われる存在だっただろうにな。

……いや、この性格じゃなければ、ここまでの腕を身につけることは逆に不可能なのかもしれない。

「金はまだ全額は払えない」

「…………はぁ？」

「とりあえず前金で白金貨三枚は渡す。三日後、また来た時に異変がなく、抜糸を終えた段階で残りの白金貨二枚は払わせてもらう」

「……なるほど！　そういうことでしたら、大丈夫です。それでは白金貨三枚だけ頂いてもよろしいですか？」

本当はまだ白金貨三枚も渡したくはないのだが、渡さなければ怒鳴り散らすのは目に見えているからな。

がめつい男だ。白金貨二枚をまだ渡さずにおけば、残りの仕事も完璧にこなすはず。

俺は鞄《かばん》から白金貨を三枚取り出し、にじり寄ってきたブラッドに手渡した。

「うっはっはっ！　偽物ではない本物の白金貨だぞ！　……おっと、確かに白金貨三枚頂きました。残りは三日後ということで、私はお先に失礼致します。起きたら勝手に出ていってもらって構いませんので」

手にした白金貨を見つめがらそう言い残すと、俺たちを置いて出ていったブラッド。あの様子を見る限り、後払いの成功報酬にしたのは正解だったし、残り二枚を渡すのを後回しにしたのも正解だったようだ。

どっと疲れたような感覚に陥るが、ひとまずラルフの手術が成功してよかった。

実際のところは起きてみなければ分からないが、この目で見ていた限りは問題ないと思う。

「……………クリスさん、本当にありがとうございました」

「前にも言ったがお礼を言うのはまだ早いだろ。俺たちはまだ何も成し遂げてないぞ」

「分かっています。でも、この感謝の気持ちを心に留《とど》めておけないので」

「なら、素直に受け取っておく」

二人で眠っているラルフを見つめながら、静かな手術室でそんなやり取りをした。

手術が終わって二時間後。ようやくラルフが目を覚ました。

「ラルフ。気分はどうだ？」

「……んあ？　…………ああ、そうか。手術を受けていたんだっけ」

まだ寝ぼけているのか、小さくそう呟《つぶや》くと自分の足をゆっくりと見つめた。

ガッチリと固定されていて傷口は見えないため、足を見てもあまり実感が湧いてこない様子。

「痛みとかはないのか？」

「……ああ。というか、麻痺していて何の感覚もないな」

「まだ薬が抜けきっていないんだな。ブラッド曰《いわ》く、手術は成功したようだぞ。まだ安心はできないけどな」

「順調に回復していけば元通り動けるって言ってたよ」

「……そうか。……クリス、本当にありがとな」

「だから、まだ早いっての。ほら、宿に帰るぞ。おんぶか杖《つえ》での自力か、どっちがいい？」

「今日はおぶってもらうわ。下半身が麻痺していて、まだ歩けそうにない」

「そうか。なら背中におぶされ」

まだ元気のないラルフを背負い、俺たちは『ギラーヴァルホテル』へと戻った。

盛大に成功祝いをする予定だったが、この様子では難しそうだな。

部屋に戻ってご飯を食べ、ラルフが寝たのを確認してから、俺とヘスターは夜の街へと出てきた。

王都に来たもう一つの目的である、クラウスの情報集めをこれから行っていく。

今日はもう夜も遅いため、ヘスターがブラッドを捜すために利用した情報屋のところにだけ行くつもりだ。

とあるバーの一室で情報屋業を営んでいるようなのだが……。

「ヘスター、このバーなのか？」

「はい。この建物の二階にあるバーです」

闇市場の中ではないのだが、闇市場に近い位置にある年季の入った四階建ての建物。

一階は既に閉まっているため正確には分からないが時計店か何かで、二階が件《くだん》のバー。

三階以上にも店が入っていて、三階は何人もの女の顔写真が貼り出されているいかがわしい店で、四階はピンク色の文字でマッサージ店と書かれたこちらも恐らくいかがわしい店。

全ての店が怪しさ満点なのだが、はたして入って大丈夫なのだろうか。

ヘスターはそんな俺の心配など気にする様子もなく、すたすたと迷いなく建物の中に入っていった。

階段を上り、『ＯＰＥＮ』と書かれた古くさい木製の扉を押し開け、バーの中に入る。

怪しさ満点だった外観とは打って変わり、お洒落《しゃれ》な内装の小綺麗《こぎれい》なバーだ。

それに結構な数の人で賑《にぎ》わっており、客の雰囲気も悪くない。

中心街から離れている上に、怪しさしかないバーの客なんてチンピラに近い人種しかいないと思っていたんだけどな。

「情報屋はどいつなんだ？」

「ちょっと待ってください。マスターに話をしてきますので」

そう言うと、マスターの真正面のバーカウンターに座り、銀貨二枚をテーブルの上に置き、何かを注文したヘスター。

注文を受けたマスターは、グラスに水を注《つ》いでコースターの上に置き、それをヘスターに提供した。

それから出された水を一気に飲み干すと、軽く会釈をしてから俺の元へと戻ってきた。

「今ので何かやり取りしていたのか？」

「はい。私についてきてください」

言われた通り後をついていくと、ヘスターは扉にポストのような穴の開いた部屋の前で立ち止まり、その扉の穴に先ほどのグラスの下に置かれていたコースターを入れた。

しばらくしてからカチリと解錠される音が聞こえると、ヘスターは四回ノックした後に部屋の中へと入っていく。

「どうも、いらっしゃい。……あら、このあいだ来てくれた子ね」

「お久しぶりです。情報を頂きたくて、また訪ねてきました」

「そう。どうだった？　前回の情報は」

「お陰様で見つけることができました。ありがとうございます」

薄暗い部屋の中に座っていたのは、体中に紋章のようなタトゥーが彫られた男性。

頭は刈りあげており、顔にもタトゥーが彫られているせいで正確な年齢が判別できない。

二十代と言われれば二十代だし、四十代と言われれば四十代にも見える──そんな顔をした男性だ。

「ふっふっふ。それはよかったわ。今日はどんな情報が欲しいの？　安くはないけど、私が知っていることなら教えてあげるわ」

情報屋の男がそう言葉を発したため、ヘスターは俺の方へ振り向き質問をするように促した。

俺はその情報屋の男に、クラウスについての情報がないかを問いかけた。

「クラウスという人物について、何か知っていることがあれば教えてほしい」

「……あら。良い男ね。あなたはどちら様？」

「クリスという者だ。このヘスターと一緒にパーティを組んでいる」

「クリスね。覚えたわ。……それで、なんだったかしら。あー、クラウスについて知っている情報を教えてくれ──だったかしら？」

「ああ、そうだ」

「クラウスってあのクラウスのことよね？　もちろん知っているわ。ただ、この情報は高くつくけどいいかしら？」

高くつくと言ってから、煙草《たばこ》に火をつけて吸い始めた情報屋。

次期勇者候補の情報なんて、将来知れ渡るだろうし大したことないと思っていたが、何か危険な情報でも持っているのか？

なんにせよ、クラウスの情報を集めるのに出費を厭《いと》うつもりはない。

「大丈夫だ。金なら払える」

「それなら教えるわ。……クラウスは『天恵の儀』で【剣神】を授かった、次期勇者候補として王からも期待されている人材よ。半年前に故郷を出て王都へと移り住み、今は有望な人材のみが集まる国立の育成学校で学んでいる最中ね」

「それで？」

続きを促すと、人差し指と親指を擦《こす》り合わせ、ここから先は金がかかるということをアピールしてきた情報屋。

俺は鞄から金貨を一枚取り出し、指で弾《はじ》いて渡した。

「あら、ありがとう。……どうやら今年は豊作のようでね、【賢者】に【操死霊術師】、【聖竜騎士】や【拳帝】なんてのまで勢揃《せいぞろ》い。更には『天恵の儀』を受ける前からロイヤルガードとして活躍していた【聖戦士】に、王の娘である【戦姫《せんき》】までいるわ。そんな中で一番の評価を受けているのが——そう。クリス君が情報を欲しいといった【剣神】のクラウスってわけね」

とんでもない化け物揃いの中、現状一番の位置にいるのがクラウスってわけか。

とりあえず落ちぶれていないことが分かって、俺としては一安心だな。

「近々、実際のダンジョンに潜ることが予定されているみたいで、今挙げた七人は一体どんな組み合わせでパーティを組むのか――それが今一番噂になっている話題よ。ちなみにだけど、選択権は全てクラウスにあるみたいね」

「そうか。詳しい情報ありがとう。助かった」

予想していたよりも、濃い内容の情報を得ることができた。

殺されかけて逃げ出してからのこの半年以上の期間、俺は順調そのものできていると思っていたが、俺と同じ……いや俺以上にクラウスの方が順調にきているのかもしれない。

「……え？　情報ってこれだけでいいの？」

「――まだ何かあるのか？」

「まだ何かあるのかって……ねぇ。本当の危険な情報なんてここからよ？」

「あるなら教えてくれ！」

その言葉に対し、俺はテーブルに乗り出すように情報屋の男に詰め寄る。

ここまでの情報だけで十二分に満足していたが、まさかここからの情報があるとは……。

王都に来てからの半年間で、クラウスは一体何をやったんだ？

「もう、がっつかないの。そんなんじゃモテないわよ？」

「いいから早く教えろ」

「分かったわよ。……そんな次期勇者として期待されているクラウスだけど、黒い噂もいくつかあるのよ。王都の犯罪のほとんどを取り仕切ってる裏組織の『ザマギニクス』に金を渡しているって噂だったり、冒険者を除名された奴らが集まるアングラ集団『アンダーアイ』と繋《つな》がってるって噂だったりね」

「……クラウスはなんでそんなことを？　表舞台にいる奴が、そんなリスクを取るメリットがないだろ」

「残念ながら、理由までは情報が入っていないわ。そもそもこれも噂の段階だからね。クラウスを疎んでいる奴が適当に流した噂の可能性もあるわ」

「今のところは半々ってわけなのか」

「私は本当だと思ってるけどね。何を考えているか分からないけど、本当の〝勇者〟となるには裏組織も牛耳ってこそと考えているのかもしれないし……。あとね、誰かを捜すために裏組織と繋がりを持ったって噂も流れているわね」

情報屋が最後に付け足したその情報に、俺の心臓が大きく跳ねた。

クラウスの奴、まさか俺のことをまだ捜しているのか？

実力で叩《たた》き出された上に、俺が消息不明となってからはかなりの時も流れた。

『農民』に加えてハズレスキルを授かった俺のことなど、もう眼中にないと思っていたが……。

ただ、あの異様な俺への憎しみっぷりを思い返すと、ありえない話ではないと思ってしまう。

「……とまぁ、私が知っている情報はこんなもんね。――どう？　中々にエグい次期勇者様でしょ。私も一人の人間として、今後どうなるのかワクワクしているのよ」

「――確かにそうかもしれないな。とりあえず情報ありがとう。これは追加の情報分だ」

俺は金貨を更にもう一枚取り出し、指で弾いて情報屋に投げ渡した。

「あら、こんなにくれるの？　金貨一枚で十分だったんだけど」

「良い情報を貰《もら》ったからな。機会があればまた頼む」

「現状では確実じゃない情報だから気をつけてね。私も気になるしクラウスについては調べさせてもらうわ」

情報屋はこう言っているが、クラウスは十中八九裏組織と繋がっている。

――そして、逃走した俺を追っている可能性が非常に高い。

前回、警戒して王都に来なかったのは正解だったし、今回も早々に王都を発《た》たないと見つかる可能性が出てきた。

……というよりも、闇市場に出入りした上にここも利用してしまったため、数日後にはクラウスの耳に入る可能性まで考えられる。

クラウスについての情報集めはこれで打ち切り、俺は早々に一人で王都を離れた方がいいかもしれない。

そんなことを考えつつ、ヘスターと共にバーを後にした。


翌日。

昨日は手術があったため食べられなかったが、今日は『ギラーヴァルホテル』の朝食を頂くことができる。

昨日の夜も質素な食事だったため、出てくる朝食がどんなものか非常に楽しみだ。

「うへー。早く飯こないかなぁ！」

「ラルフ、体調はもう大丈夫なのか？」

「戻ってきてからぐっすり眠れたし、もういつも通りだ。足は変な感じするけど、痛みはねぇしな！」

「それならよかった。明後日《あさって》の抜糸後には無事に戻ることができそうだな」

「クリスは今日の夜には帰るんだっけ？　昨日、調べた情報ってそんなにまずかったのか」

「まさかクラウスがいまだに血眼になって、俺を捜しているとは思っていなかったからな。俺のことなんて既に眼中にないと思って、こっちが一方的に情報を探るつもりだったのに……向こうの方が必死になって捜しているんだから。逃げないと本気で殺される」

悩みに悩んだ末、ラルフの治療を最後まで見届ける前に、俺は一足先にレアルザッドへと帰ることにした。

昨日聞いていた情報の真偽は分からないけど、本当だった場合は本気で殺される可能性がある。目立つ前に王都を発った方がいいと判断した俺は、日が落ちるまではここに滞在し、暗くなって視界が悪くなってからレアルザッドへ戻ることに決めた。

俺と一緒にいたヘスターにもクラウスの追手が辿《たど》り着く可能性を考えると、二人を置いて帰るのは多少怖いが……クラウスの狙いが俺一人である以上これが一番いい選択だと思う。

「嘘《うそ》みたいな話だと思っていたけど、全部事実だったのが驚きだわ。クリスの弟は本当に次期勇者候補だったんだな」

「俺からしてみれば、二人の過去の方が嘘みたいな話だけどな」

「――あっ！　来ましたよ！　朝食です！」

部屋がノックされたことで、俺たちの話をぶった切ったヘスターが、慌てて扉の方へと向かっていった。

扉を開けると、サービスワゴンを押したウェイターが中へと入ってきた。

「お待たせいたしました。こちらが本日の朝食となります。……ごゆっくりとお召し上がりくださ
い」

慣れた手つきで優雅にテーブルの上に朝食を並べ終えると、ウェイターは深々と頭を下げて部屋から出ていった。

テーブルに並べられた朝食はこれまで見たことがないほど豪華で、金貨一枚の中に三人分が含まれていると考えたら、ここの宿は本当に高コスパかもしれない。

「すげぇな！　これ全部食っていいのか？」

「そりゃ運ばれてきたんだし、全部食っていいんだろ」

「お金持ちの人って、毎日こんな朝食を食べているんですかね？」

「なんとも言えないが、その可能性も十分あり得るな。とりあえず食おうぜ」

手を合わせ、食前の挨拶を済ませてから、テーブルに置かれた料理を食べ始める。

朝食のメニューは、主食がナッツののったクロワッサンとふわふわのパンケーキ。

パンケーキにはバターとジャムと蜂蜜が付けられていて、好きなものをかけて食べることができるようだ。

更には、ハーブの交じったソーセージにスクランブルエッグ。

数種類のフルーツに、美味《おい》しそうなドレッシングのかかった生野菜。

トマトのスープに、ヨーグルトまでついていて本当に完璧な朝食って感じだ。

俺は一番最初にパンケーキの皿を手に取った。

ふわっふわのパンケーキにナイフで切り込みを入れ、その上からバターと蜂蜜をかけて中までしっかりと染み込ませる。

蜂蜜が完全に染み込んだのを確認してから、口いっぱいにパンケーキを詰め込んだ。

——旨すぎる。甘さと美味しさで、脳が溶けるような感覚に陥るな。

パンケーキ自体も美味しいが、蜂蜜がとにかく美味しい。

バターとマッチし、口の中で絶妙なハーモニーを奏でている。

「——本当に美味しいですね。私、幸せです」

「こんな美味しい料理、パーティ結成の宴会の時以来だ！　あの時も美味しかったけど、出来たてだからより美味しく感じるぜ」

「……だな。会話なんてせずに味わいたくなるほど美味しい」

各々、料理の感想を述べながら朝食を次々と食べていく。

これだけの部屋に泊まれて、この朝食がついていて金貨一枚だ。

確かに高いが、やっぱり能力判別のあの作業だけで金貨一枚だと思うと、かなり安く感じてしまう。

というか、能力判別が高すぎるのか。

そりゃグラハム神父も、短期間にあれだけ多く訪れてきたら驚くわけだ。

『ギラーヴァルホテル』の質の高いサービスを受け、自分の価値観が少し変わった気がした。

……まぁだからといって、能力判別をやめるという選択は取れないんだけどな。

「それじゃ、俺は先に帰るぞ」

「ああ。俺たちも抜糸が終わり次第すぐに戻る」

「……くっそ。明日もあの朝食を食べたかった」

ホテルを出るのは昨日から決めていたが、朝食を食べてしまったせいで惜しく思ってしまうな。

既に金は払ってしまっているし、本当にもったいないのだがこればかりは仕方がない。

「それは仕方ないですよ。いつかまた食べられますから」

「そうそう。命に代えられるなら安いもんだろ。まぁ、俺たちがクリスの分まで美味しく頂いておくから安心してくれ」

悪い顔で俺にそう告げてきたラルフに軽く蹴りを入れる。


夜になるのを待って俺は一足先に荷物を持って『ギラーヴァルホテル』を後にした。

本当ならばもう少し王都を満喫したかったところだが、二人が言っていたようにこればかりは仕方がない。

夜なのに昼間と変わらないぐらいの人がいる間を縫って、俺は王都の門を目指す。

レアルザッドと同じように入る際は厳重な入門検査を行うが、出ていくときはあっさりと抜けることができた。

ひとまず無事に王都を脱出できたことに安堵《あんど》しつつ、暗い公道をひたすら歩き、レアルザッドへ向けて歩を進めた。

——王都を出て二時間くらいだろうか。

夜ということもあり、人の気配がまるでしないな。

昼間はちらほらと人も見かけるのだが、今は月明かりに照らされている虫ぐらいしか見えない。

周囲には何もおらず、安全で景色が綺麗だということもあり、ここで一息入れるために近くの岩に腰を下ろし、革袋に入った水を飲もうとした瞬間――。

背後から首に刃物を押し当てられたのが分かった。

「………お前は誰だ？」

「黙れ。私がお前に質問をする」

声はしゃがれた男性の声……なのだが、何か少し違和感を覚える。

何かが微妙に掛け違った、そんな声と喋《しゃべ》り方。

「なぜクラウスについて調べていた？　本当のことを話さなかった時点で、即座に首を搔《か》き切る」

やはりと思っていたが、クラウス関連か。

もう足取りを辿られ、王都を出てもなお、追いつかれてしまったようだ。

「何か勘違いしていないか？　確かに俺はクラウスのことを調べていた。ただ、兄が弟のことを心配するのは当然のことだと思うけどな」

俺が感情の部分以外を嘘偽りなく話すと、すぐにそっと首元から刃物が下ろされたのが分かった。

ヘスターの魔法練習に付き合っていたから僅《わず》かに感じ取れたが、この男は首元に刃物を当てると同時に何かしらの魔法を使っていた。

それが何の魔法かは全く分からなかったが、この刃物を下ろした反応の速さから、心理を読むとかそういった類《たぐい》のものだったのだろう。

「…………本当にお前がクラウスの兄なのか？」

「そう言ってるだろ。嘘偽りない言葉だ」

「顔を見せろ」

そう言われたため、俺は振り返り襲ってきた男と顔を見合わせる。

三十代くらいで、無精ひげを生やした清潔感のない男。

だが、森で鍛えに鍛えた索敵能力が一切通じなかった相手でもある。

相当な実力者なのは目に見え…………ん？

「確かに言われてみれば、クラウスによく似ているな……」

「――ん？　お前、昨日バーにいた男……か？　……？　いや、さっき王都ですれ違ったおばあさん？」

「は？」

会話に脈絡もなく、正直自分でも何を言っているか分からないが……昨日バーで酒を飲んでいた細身の若い男と、さっき王都の門を通る際にすれ違った年老いた女。

そして、この無精ひげの男の何かが一致しているのだ。

記憶を必死に辿って――。俺はようやく類似点を思い出す。

「その人差し指にはまっている指輪だ。確かその二人も同じものをつけていた」

「貴様は何を言ってるんだ？　脅されたからとぼけた振りをしているのか？」

「いや、指輪だけじゃないな。袖から見えるインナー、それから靴も同じ。あと……手の甲についた傷もだな」

「…………………。いやぁ、驚きだね。正直気持ち悪いよ、君」

思い出した類似点を次々と挙げていくと、真顔になってそう呟いた無精ひげの男。

そして——顔がぐにゃぐにゃと動き、原形を留《とど》めなくなった。

以前戦ったスライムのように顔が液状に変化したと思いきや、徐々に別の顔へと形成されていく。

「まさかバレるとは思ってもみなかった。正解、大正解。君が今挙げた三人共、全員私」

再構築され形成された顔は、長い黒髪の若い女だった。

目は大きく若干吊《つ》り上がっており、鼻すじは綺麗に通っていて、唇は薄く絶妙な位置にある。

誰が見ても美人だと思うであろう女だ。

「お前何者なんだ？　なんで俺をつけていた。王都からずっと見張っていたのか？」

「あはは、誰があなたみたいなのをつけるのよ。昨日、たまたま私もあの情報屋を利用していただけ。そこであなたがクラウスの悪い噂について調べていたから、念のために消しておこうと思っていたの」

昨日バーで会ったのは偶然だったってわけなのか。

それで俺と情報屋の話を盗み聞きし、俺がクラウスの裏事情について調べていたから襲ってきた——と。

「なるほど。あくまで俺ではなくて、クラウスが第一だったと」

「そういうこと。——でも、その様子じゃ本当にクラウスのお兄さんのようね。私の変装魔法を見抜いた人なんて、初めて会ったもの。あなたも凄《すご》い適性職業なの？」

「いや、【農民】だ」

「の、【農民】……？」

酷《ひど》く驚いた表情を見せてから、急に両手で口を押さえ始めた変装女。

「お、弟が【剣神】で兄が【農民】。……ぷっ、あーっはっは！　ご、ごめんなさいね、決して馬鹿にしているわ……くっ……くっくっ、あーっはっはっは！　あっはっは、お、お腹が痛い……ぷっ、あはは」

静かな夜の公道で、急に腹を抱えて馬鹿笑いをし始めた変装女。

クラウスが【剣神】なのに、兄である俺が【農民】であるギャップがツボに入ったようだ。

……ここまで盛大に笑われると、逆にムカつきもしないな。

変装女が笑い終えるのを警戒しつつ真顔で待っていると、ようやく笑いが収まったのか涙を拭きながらこちらに顔を向けた。

微妙に笑ってはいるけど喋ることができるぐらいには回復した様子。

「うっくっく……本当にごめんなさいね。ふっふっ、別に馬鹿にしているわけではないんだけど、なんか妙にツボに入ってしまったの」

「別に構わない。馬鹿にされるのは慣れているからな」

「いやぁ……本当に馬鹿にしたわけじゃないんだけどさ。それにしてもそれは災難だったわね。弟が【剣神】じゃ比べられちゃうもの。『天恵の儀』が終わってから今まで大変だったでしょ？」

確かに大変だったが、『天恵の儀』を行う前の方が俺にとっては大変だった。

もし仮に、『天恵の儀』で【剣豪】でも授かって追い出されていなかったらと考えると、正直ゾッとする。

「まぁ大変だったが……それよりお前は誰なんだよ。こっちも自己紹介をしたんだ。そっちも名乗ってくれ」

「私はあなたの弟のクラウスと同じ学校に通っている、ミエル・クリフォード・エテックス。自慢ではないけど、私の適性職業は【賢者】よ」

【賢者】。昨日、情報屋も口にしていたな。

自慢じゃないとは口には出したが、思い切りドヤ顔だ。

年も俺と近そうだし、そうではないかと思っていたが……。

この様子や襲った動機を鑑みても、この変装女はクラウスのパーティメンバーだろう。

「クラウスのパーティメンバーか。クラウスに悪い虫がつかないよう見張っていたと」

「いいえ、私はまだパーティメンバーじゃないわ。今回、クラウスのことを嗅ぎまわる輩《やから》を殺せば、クラウスの方からパーティに誘ってくれるんじゃないかと思って行動したの。……でも、予想していたよりもいい結果が出たかもしれないわ。クラウスの実のお兄さんと知り合えたのだからね」

「そういうことか。確か、クラウスがパーティメンバーの決定権を持っているんだもんな。――分かった。俺からクラウスにミエルのことを推薦してやるよ」

「えっ？　あなたをいきなり襲ったのにいいの？」

「そりゃクラウスのためを思ってくれてだろ？　俺としてはミエルは信頼のおける人物だよ」

「……本当にありがとう。あなたを笑ってしまって本当にごめんなさい」

「構わない。……その代わりといったらなんだけど、手紙を書くから渡しておいてくれ。そこに君の推薦状もつけておく」

「ええ、分かったわ！」

実力があろうが【賢者】だろうが、まだ成人したばっかかの子供。

甘い言葉を囁《ささや》けば、ほいほいと信じてくれた。

とりあえずミエルが、俺とクラウスの本当の関係性を知らないようで助かった。

クラウスも大々的に俺とのことを公表できないが故に、裏組織と繋がってまで俺を捜しているのだろうからな。

月明かりを頼りに、俺はクラウスへの手紙をしたためる。

ミエルはソワソワとしていて俺に期待してくれているようだが、この手紙にはクラウスとミエルを対立させるような内容を書くつもりだ。

この手紙がどう作用するかは分からないが、上手《うま》いこと対立してくれることを願うばかり。

ミエルがどこまで俺のことを知っているのか分からないけど、恐らく俺の情報を一番持っているであろうこのミエルを、クラウスに近づけさせないためにも必要なことだ。

手紙の中身は見られてもいいように、他人から見たら何気ない文章にしか見えない細工を施す。

これをクラウスが読めば、全てが伝わるはずだ。

「これをクラウスに見せれば、ミエルをパーティに入れることを決めるだろうよ。もう一通の手紙の方もちゃんと渡しておいてくれ」

「ありがとう。この恩は一生忘れないわ。クリスのことはクラウスにもよろしく伝えておくから」

「ああ、クラウスによろしく伝えておいてくれ」

俺の意図を何も知らないウキウキのミエルは、俺からの手紙を大事そうに持つと、俺に手を振りながら王都へと戻っていった。

俺も作り笑顔を見せてミエルを見送り、再び岩に腰を下ろして一口水を飲む。

……………ふぅー。今回は偶然上手く対処できたが、本当に危なかった。

クラウスが俺を殺したいと思っていることをミエルが知っていれば、あの場で殺されていただろう。

追われている身ということを自覚し、これまで以上に気を引き締めなきゃ駄目だな。

とりあえずこれで、俺が生きていることはクラウスに知られることになる。

ただ、俺が今どの街で暮らしているのかまでは、俺自身一切口外していないため知られることはないはずだ。

王都から近い街は無数にあるため、当分の時間稼ぎもできるはず。

ミエルだけが俺の帰っていった方角を知っているが、あの手紙に加えて俺のことをよろしく伝えたとすれば、一切聞き入れてもらえないだろう。

王都に残してきた二人が心配だが、二日間なら二人のところまで追手が辿り着くことはないはず。

そう自分に言い聞かせ、俺は周囲を再三警戒してから、レアルザッドまでの道を進み始めた。

閑話　ミエルの報告

ふふふ。最初に考えていたこととは違うけど、これでクラウスの評価を得られるはずだわ。

まさかクラウスのお兄さんから、直接推薦してもらえるとは思ってもみなかった。

預かった推薦状と手紙を大事に手に持ち、王都に戻ってきた私はクラウスの元へと向かう。

これまで【剣神】を授かって歴史に名を残せなかった人物は一人もいない。

つまり【剣神】を授かるということは、圧倒的な才を持つことを意味する。

秀でた才能を持つ者だけが集まる王都の育成学校の、今年は数百年に一度の大豊作といわれている中でも、【剣神】は頭一つ抜け出ている存在。

数百年に一度の大豊作に、数百年に一度の才能を持つ者が現れた。

つまりは【剣神】であるクラウスに、どれだけ気に入られるかがこの後の人生を左右すると言っても過言ではない。

今現在でも、【賢者】は珍しい上に有用なことから良好な関係を築けているけど、このお兄さんの手紙のお陰でより強固なものとなるはず。

私は堪《こら》えられない笑みを溢《こぼ》しながら、クラウスの元へとやってきた。

「失礼するわ。クラウス、こんばんは」

「……ミエルか。なんだ、こんな時間に」

ノックをすると返事があり、中に入るとクラウスと——一人の怪しげな男が部屋にいた。

このあいだ情報屋から情報を貰《もら》ったから知っているんだけど、この怪しげな男は『アンダーアイ』のリーダーのミルウォーク。

顔の右半分に深い傷を負っていて、その傷を隠すかのようにタトゥーが彫られているのが特徴の男。

今はフードを深くまで被《かぶ》っているため顔は見えないけど、体から発っせられている違法薬物の臭いや人を何十人も殺《や》っている人間特有のオーラ。

それから『アンダーアイ』のメンバーのみが持つ、奇怪なバッジをつけていることから、この男がミルウォークだということが断定できる。

「……ちょっと大事な話があって来たの。そっちの人を外してもらえるかしら？」

私のその言葉にミルウォークはこの場から立ち去ろうとしたのだが、それをクラウスが引き留めた。

「いや、この客人が先客だ。この状況で話せない用事なら、また別の機会にしてくれないか？」

……本気で頭がおかしいわね。

裏の人間と繋《つな》がっていることを隠そうともせず、【賢者】の私よりもそっちを優先する。

こいつが【剣神】でなければ、私は絶対に関わることを避けている人物だわ。

「分かったわ。なら席を外さなくて結構よ。この場で話す」

「手短に頼む」

私はおもむろにクラウスのお兄さんから受け取った手紙を出し、それをクラウスに手渡した。

口で説明するよりも、兎《と》にも角《かく》にも見てもらった方が手っ取り早い。

「なんだ？　その手紙」

「とある人から預かった手紙よ。とりあえず読んでみてくれるかしら？」

雑に折りたたまれ、雑草の根っこで封がされてあるだけの手紙をクラウスは警戒しながら読み始める。

一体どんな反応をするのか、ミルウォークには警戒しつつも楽しみに見ていると、私の予想に反してクラウスの怒気が急に強くなった。

手紙が破れるのではと思うほど強く握り締めていて、普段は作り笑いか無表情しか見せないクラウスの顔が、眉間にシワが寄りこめかみには青筋、更には目まで血走っている。

この時点で強烈に嫌な予感がしたのだけど、もう手渡した以上私にはどうすることもできない。

読んでいた一枚目の手紙をビリビリに破り捨てると、続いて二枚目の手紙――そう、私の推薦状に目を通し始めた。

「ちょっとま――」

止めようと声を掛けたが、時すでに遅かった。

推薦状を一目見てからすぐにぐちゃぐちゃに握り潰《つぶ》すと、クラウスは私の真ん前まで近づいてきた。

「ミエル。お前、クリスに会ったのか？」

「え、ええ。あなたのお兄さんと名乗っていたから、軽く話をしただけよ？　それ以上の関係はないわ」

「なら、なんでこの手紙を持ってきた」

「内容は全く知らなかったの。……変なことが書かれていたの？」

「しらばっくれてんじゃねぇぞ。――薄汚い雌豚がッ！」

「め、め、めすぶた？」

「とっとと出ていけ。そして二度と俺の前に姿を現すな。……殺されたくないのならな」

ブチ切れたクラウスは一方的にそう私を罵《ののし》ると、思い切り突き飛ばして部屋から追い出した。

扉も思い切り閉められ、扉が閉まるその瞬間、ミルウォークが私を見下すように笑っている顔が見えた。

突き飛ばされたせいで私は廊下に尻もちをつき、そのままの状態で頭が真っ白になる。

…………全く意味が分からない。

クラウスのお兄さんと知り合えて、私の立ち位置は盤石になる――その予定だったはずだ。

それがなんでクラウスが怒り、私は部屋から突き飛ばされて追い出され、二度と姿を現すなと言われたの？

もしかして、あいつがお兄さんであることを騙《かた》っていた……？

いえ、それにしては顔も似ていたし、知り得ない情報を持っていたことの辻褄《つじつま》が合わない。

だとすれば、手紙の内容だ。

雑草の根で封がされていたため、中を覗《のぞ》くことができなかったが、私を貶《けな》すような内容が書かれていたのだろう。

……手紙の内容を確認してから、クラウスに渡すべきだった。

クリスには嘘《うそ》を感じなかったし、お兄さんだと確信を持っていたから信用してしまった。

あの弟にして、あの兄だ。

推薦すると言って喜ばせた上で、地獄に叩《たた》き落として喜んでいるのだろう。

クラウスに手紙を渡した後の私を想像し、楽しそうにほくそ笑んでいる顔が浮かんでくる。

確かに殺しかけたとはいえ、普通ここまでの仕打ちをするの……？

少なくとも、私はクリスの弟を助けようとした人物だ。ここまでコケにされる理由はないはず。

……今日は一度寮に戻り、日を跨《また》いで少し落ち着いたであろう頃に謝罪しに行こう。

認識に誤解があり、クラウスのお兄さんとの関係が良好であることを伝えれば、きっと分かってもらえるはず。

そう自分に言い聞かせて、私は痛む腰を押さえながら寮へと戻った。


【剣神】。

これまで四人の英雄がその適性職業を授かり、いずれも偉業を成し遂げている。

初めて勇者と呼ばれた人に至っては、バハムートと呼ばれた邪龍《じゃりゅう》の討伐に、この世界に魔物を蔓延《はびこ》らせていた原因の魔王の討伐。

魔王討伐後も魔物の討伐に勤《いそ》しみ治安を守り、今の世界の基盤を作った英雄として今なお語り継がれている人物。

幼い頃に伝記やお話を聞かせてもらっては、私は胸を躍らせていた。

今現在でも伝記は読み返すし、密《ひそ》かに初代勇者様の遺物を探していたりもする。

初代勇者様が残した遺物の中でも特に有名なのは、使用していた伝説の武器について。

その名も〝ヴェンデッタテイン〟。

バハムートを素材として作られた剣で、聖なる者でも邪《よこしま》な力を使うことができるといわれている
その伝説の剣は、王国の三大都市の一つである『エデストル』から、北に向かうと見える山の洞窟に眠っていると言い伝えられている。

なぜ場所まで分かっていて〝ヴェンデッタテイン〟の存在が断言できないのかというと、バハムートを素材としていることで漏れ出た邪気により、強力な魔物が生まれて魔物の跋扈《ばっこ》する山となってしまっていることが大きな要因。

更に剣の眠っている洞窟は、漏れ出た邪気が長年の歳月によって致死の猛毒溜《だ》まりとなっており、どんな生物も中へは入ることができない状態となっているのだ。

私はいつか解毒魔法を極めて、初代勇者様の伝説の剣を手にする——そんな夢を抱いている。

——その初代勇者様と同じ適性職業である、【剣神】を授かった人物が数百年ぶりに現れた。

それが、私と同期でもあるクラウスなのだ。……だから絶対に嫌われてはいけない。

昨日の失態を挽回するためにも、私は翌日の朝一でクラウスの元へ伺い、昨日の誤解についての弁明を始めた。

「昨日は何か誤解があったの。クラウスは手紙の解釈を間違えている」

「……二度と俺の前に姿を現すなと言ったよな？」

「この学校で学ぶ以上、その約束を守ることはできないのよ。だから、せめて弁明だけさせてほしいの」

「………………」

イラつきながらも、黙ったまま返事をしないクラウスに無理やり弁明する。

「私とクリスさんは本当に仲良しなの。色々な話だってしたし、過去についてだって話したわ。手紙には色々と書かれていたみた――」

「本気で殺すぞ？　これ以上あいつについて話してみろ。地の果てまで追いかけ確実に殺してやるからな」

クラウスは腰から剣を引き抜くと、剣先を私に向けてきた。

その表情から読み取る限り、次に私が喋《しゃべ》りだした瞬間、本気で斬り殺しにくるつもりだ。

その本気の殺意に、私も思わず魔法を発動しかけたが、ここで手を出せば本当に人生そのものが終わってしまう。

なんとか自分を抑え込み、頭を下げると私はクラウスの前から去った。

無意識のうちに唇を噛《か》み切りそうになるくらい力を入れていたようで、口の中に血の味が充満していく。

本当に終わった。

クラウスに嫌われてしまった今、私が上を目指す方法は潰《つい》えたといってもいい。

……いえ、一つだけ方法があるとすれば、クラウスの派閥からは外れている王女の派閥に入ること。

私が目指していたのとは全く別の道になってしまうけど、上に行くという意味合いでは同じ。

ただ問題なのは、気の強い馬鹿王女に媚び諂《へつら》わなくてはいけないことと、その馬鹿王女におかしいくらい惚《ほ》れている、アホのロイヤルガードと上手《うま》くやらなくてはいけないということ。

…………無理。絶対に無理。

あの脳筋馬鹿王女に仕えるくらいならば、死んだ方がマシ。

だからこそ、私には【剣神】のクラウスに付くしかなかったのに。

先ほどの光景が頭を過《よぎ》り、順調だった私の人生を台無しにしたクリスが憎くなってきた。

あのクラウスの様子を見る限り、クリスとクラウスは何かしら事情があって犬猿の仲。

そこに私がクリスと仲が良いアピールをし、怒ったのだと想像できる。

私が急に襲ったのに、初めて会った人物を信用したのが悪いのは分かっている。

それを加味しても、あのクラウスの馬鹿兄貴は許すことができない。

【農民】の分際で、【賢者】の私に楯突いたことを絶対に後悔させてやる。

自分の今の現状から目を背けるため、私はクリスの居場所を突き止めて復讐《ふくしゅう》することを決めた。


それから数ヶ月後。

居場所を突き止めたはいいものの、既にクリスの姿はなく、もぬけの殻となった『シャングリラホテル』の一室で、私は時間と労力を無駄にしたことによる悲痛な叫び声を上げることとなる――

そんな未来が待っているとは知らずに……。

第十章　新天地

俺がレアルザッドへと無事に辿《たど》り着いた二日後の夜。

予定では今日二人が戻ってくるはずなのだが、夜となった今もまだ帰ってきていない。

段々と心配になってくるが、王都からレアルザッドまでの距離を考えれば明日まではかかってもおかしくない。

そう自分に言い聞かせたところで——ガチャリと部屋の扉が開いた。

「クリス、無事に帰ってきたぜ！」

「よかったです。クリスさんも無事に帰ってこられていたんですね」

部屋に入ってきたのは、荷物を抱えて戻ってきたラルフとヘスター。

……………ふぅー。よかった。

どうやら元気そうだし、何事もなく帰ってこられたみたいだ。

「二人共、無事でよかった。ラルフ、足の方はどうなんだ？」

「バッチリ問題ねぇぜ！　さっき抜糸してもらったし、帰りは馬車に揺られて休みながら帰ってこられたしな。あとはリハビリしていけば問題なく動けるってブラッドは言ってた」

「それじゃ、まずはしっかり歩けるところまで戻すのが目標だな」

「ちゃんと動けるようになったら、バリバリ働くからコキ使ってくれな」

「ふっ、期待してる」

メラメラとした炎が錯覚で見えるほど、熱くなっているラルフ。

ケチって危ない医者に頼んだが、無事に成功して本当によかった。

「それでなんですけど、明日からはどうしますか？　ラルフはしばらく依頼をこなせないので、私一人になってしまうんですけど……」

「確かにそうだな。まぁヘスターの実力なら、一人でもブロンズランクの依頼ならこなせると思うが……。しばらくは俺とヘスターの二人で依頼をこなしていくか」

「えっ⁉　一緒に依頼をこなしてくれるんですか？」

「ああ。パーティとしてではなく、俺とヘスターで各々依頼を受けて指定あり依頼を二ヶ所回ろう。俺の受けた依頼は俺がメインで戦って、ヘスターはサポートに回る。ヘスターの受けた依頼はヘスターがメインで戦って、俺がサポートに回る。これで問題ないはずだ」

「分かりました！　よろしくお願いします！」

ということで、ラルフがしっかり動けるようになるまでは、俺とヘスターの二人で依頼に臨むことに決めた。

ブロンズランクの依頼で金を稼ぐのに最高の効率であろうはぐれ牛鳥《うしどり》狩りが行えないのは痛いが、魔法を覚えたばかりのヘスターを一人で挑ませるわけにもいかないしな。

「あー、俺も早くバンバン依頼をこなしたい！」

「そう焦るな。手術して治したんだから、順序を踏んで動けるようにしていけ。無理したところで何も良いことないぞ」

「分かってるよ。でも、素振りくらいならやってもいいだろ？　体が疼《うず》いて仕方ねぇ」

「足を使わないならいいんじゃないか？」

「そんじゃ、ちょっと行ってくるわ」

「いや、さすがに今日はやめておけ。明日からのリハビリの合間にって話だろうが。……それより、二人に伝えておかなければいけない情報がある」

すぐに木剣を振ろうとし始めたラルフを止めてから、改めて二人に座り直させる。

一足先にレアルザッドに戻ってきてからずっと考えていたことを、二人にも伝えることにした。

「なんだよ、改まって」

「……何か悪い情報ですか？」

「二人にとっては悪い情報だな。――実は、王都からレアルザッドへ戻る道中にクラウスの知り合いに襲われた。なんとか傷一つなく逃げることはできたんだが、下手すればここに俺が居ることがクラウスにバレるかもしれない」

「は？　クリス襲われたのかよ！　それでどうするんだ？」

「一応、レアルザッドに住んでいることはバレていないから、時間には猶予がある。だから、ラルフの怪我《けが》が治った段階で拠点を移したいと考えてるんだ」

「えーっと……悪い情報というのは、クリスさんが襲われたことでしょうか？」

「いや、レアルザッドを離れることだな。二人にとってはここが生まれ故郷なわけだろ？」

故郷を離れることを強要されてしまうことになる。

知り合いも多いだろうし、慣れ親しんだ街から離れるというのは嫌な話なはず。

「生まれ故郷っていってもなぁ……。良い思い出なんてほとんどないし、それこそクリスと出会ってからの方が良い思い出が多いぐらいだ」

「私もラルフと同じですね。知り合いと別れるのは少し寂しいですが、別に抵抗なんてありませんよ。心機一転、新しい街でのリスタートもいいと思います」

「……そうか。そう言ってくれると助かる」

「タイミングとしてもバッチリなんじゃないか？　パーティとしてちゃんと動くってタイミングだったし、新しい街で新しい生活を始めるにはさ」

「そうだね！　私もいいタイミングだったと思います！」

一切の反対がないのはありがたい。

二人の言う通り、ラルフの足が元に戻るまでに準備を進め、新しい街に移ったところでパーティとして動き出せるようにするのがベスト。

ヘスターの魔導書に、ラルフの怪我の治療。

両方終えて一息つけそうってタイミングだったが、ここから更に忙しくなるかもしれないな。

「それじゃ、その方向で動くことになるから頭には入れておいてくれ」

「分かりました」

「了解。それで移る場所はもう決めているのか？」

「ああ、おおよその目途《めど》は立てている」

これまた俺本位になってしまうが、移動先は有毒植物の情報が多い場所から選びたいと思っている。

『植物学者オットーの放浪記』に記載されている、解明できなかった新種の植物が多い森の近くに移りたい。

レイゼン草、ゲンペイ茸《だけ》、リザーフの実の三種類も発見できるかもしれないし、他の能力を底上げできる植物が見つかる可能性だってある。

その上で栄えている街があればベストなんだが、それはこの期間で探っていくしかない。

「ならいいや。全部クリスに任せるから頼むぜ。俺は自分の足を治すことだけ考える」

「私は相談に乗りますので、いつでも声を掛けてください。調べることとかがあれば、調べますので！」

「ああ、助かる。とりあえず場所が決まり次第、すぐに二人には伝える」

こうして、各々のひとまずの報告を終え、話し合いはお開きとなった。

ラルフがどれくらいで完治するのか分からないが、回復薬も併用していく予定のため、一ヶ月ほどで完治に至ると思う。

この一ヶ月の間でヘスターの面倒を見ながら依頼をこなして金を稼ぎつつ、ペイシャの森に行って三種の植物を採取しまくり、これから向かう目的地決めをやらなければならない。

怒濤《どとう》の一ヶ月を覚悟し、俺は明日に備えて眠りについたのだった。

ヘスターとラルフがレアルザッドに帰ってきてから、約三週間が経過した。
先週、先々週は、ヘスターと共に指定あり依頼を受け、俺がようやくシルバーランクに昇格。
それから、ヘスターが一人でブロンズランクの依頼をこなせるようになったのを見届けてから、
俺は今週ずっとペイシャの森に籠《こも》り続けていた。

移住した場所に、能力を上昇させる有毒植物が存在しないことも考慮し、リザーフの実を中心に採取できる分はしてきたつもりだ。

そして、肝心のラルフの足の具合なのだが……。

「クリス、ようやく戻ってきたか！」

俺が大きな鞄《かばん》を背負ってペイシャの森から帰ってくると、『シャングリラホテル』の前で待っていたのであろうラルフが、物凄《ものすご》い勢いで駆け寄ってきた。

この様子から分かる通り順調すぎるほどに回復していて、ペイシャの森に向かう前には、既に軽く走ることができるぐらいまで足の具合は良くなっていた。

「ただいま。随分と元気そうだな」

「当たり前だろ。この動き見てくれよ！　めちゃくちゃ速いだろ？　なのにちっとも痛くねぇんだ！」

高速で反復横跳びをしながら、笑顔でそう報告してくるラルフ。

膝の固定具も取れていて、傷口はまだまだ痛々しいが本人はもう何の痛みもないようだ。

回復して本当によかったが、それと同等にうっとうしさが増してかなり面倒くさい。

「それはよかったな。部屋に戻りたいからどいてくれ」

「おいおい、冷てぇなぁ！　ちょっと軽く俺と打ち合ってくれよ。ずーっと体がなまってうずうずしてたんだ！」

「明日だ、明日。今日は疲れているし、ラルフの怪我が良くなったんなら移動先についての話もある」

「――ッ！　向かう先、ようやく決まったのか！　それなら早く部屋へ戻ろうぜ！」

ラルフは俺を置いて、あっという間に『シャングリラホテル』の中に戻っていった。

動きに関しては、怪我していた時ぐらいゆっくりの方がよかったな。

忙《せわ》しないラルフを見て、そう不謹慎なことを思った。

「クリスさん、おかえりなさい。今ラルフから聞いたんですけど、移住する場所が決まったって本当ですか？」

「ああ。ペイシャの森に籠りながら決めたんだが、王国の三大都市と呼ばれているうちの一つ、『ノーファスト』」

「えっ⁉　俺たち、これからノーファストに行くのか？」

「──の、近くにある『オックスター』って街に行くつもりだ」

「なんだよ。ノーファストの街じゃねぇのかよ」

「俺はもうシルバーに昇格したけど、二人はまだブロンズだぞ。三大都市の一つでなんかやっていけるわけがない」

「俺はやっていけると思うけどなぁ。そりゃトップの奴らはランクが高いだろうけど、底辺冒険者もいっぱいいるだろうし」

「いいんだよ。無理してノーファストを拠点にするより、オックスターで地に足つけてやっていく方が性に合ってる。それに目立ちづらいだろうからな」

あまりにも平和に三週間を過ごせたことで忘れてしまいがちだが、俺は今、追われている身だ。

この追手の気配のなさを見るに、ミエルに渡した手紙が上手《うま》く機能してくれたみたいだが、いつ居場所を突き止められるか分からない。

強くなるまでは、目立たないように生活することを心掛けなくてはな。

「クリスの弟のことを考えるなら、確かにオックスターの方がいいのか」

「順調に力をつけることができたら、位置的にノーファストに移ることも可能だしな」

「私は異論ありません。王都の近くにあるレアルザッドみたいに、ノーファストの近くにあるオックスターは土地の感じ的には肌に合いそうですしね！」

「俺も異論はない。オックスターで一から始めていこう」

「そういうことで頼む」

こうして、俺たちの新たな拠点が正式に決まった。

予定している出立の日は一週間後。

その間に挨拶回りや、オックスターまでの道のりを歩くための準備を整えたいと思う。

それから四日が経過し、レアルザッドを出発する準備もほぼほぼ終わらせたその日の夜。

三人共に部屋にいるのに、なぜか部屋の扉が外から叩《たた》かれた。

「ん……？　なんだ？　クリス、誰か呼んだのか？」

「ラルフ、静かに」

俺は普通の声量で喋《しゃべ》るラルフを黙らせ、扉の向こうの人物を警戒する。

『シャングリラホテル』に住み始めてから、俺たちを訪ねてきた者は一人としていない。

……ということは、クラウスの追手である確率が非常に高い。

「声量を抑えて話すぞ。扉の向こうにいるのは追手の可能性が高い。俺一人で窓から飛び降りて回り込む。二人は素知らぬフリをして時間を稼いでくれ」

「分かりました。扉は開けずに対応します」

「うーん……。追手がノックなんかするか？　こんな木造の扉なんかぶっ壊すだろ」

「追手じゃなければそれでいい。誰を名乗っても扉は開けるなよ。頼んだ」

俺は鋼《はがね》の剣だけ帯剣し、音を立てないように窓から外へと飛び降りた。

かなりの高さがあったのだが、完全に勢いを殺して地面へと着地。

素早く移動をして、背後から回り込むために俺の部屋へと向かう。

大人数で来ていないことを祈りつつ、バレないようにそっとノックをした人物を覗《のぞ》き込むように確認。

黒いローブに長杖《ながつえ》。顔は確認できないが、風貌は魔法使いのよう。……まさかミエルか？

俺はペイシャの森でデュークウルスに気取られないために身につけた歩行法で、慎重に近づく。

築数十年のボロい木造の建物のせいで、足の踏み場に困りながらも、一切の音と気配を出さずに真後ろまで辿り着いた。

このあいだ俺がやられた時のように、背後を取って身動きが取れないように拘束する。

そこでようやく背後にいる俺の存在に気がついたのか、体がビクッと跳ねるがここからの抵抗は不可能と悟ったらしく、ゆっくりと一回頷《うなず》いた。

「動いては駄目だ。喋っても駄目。――ラルフ開けてくれ」

扉の向こうにいるラルフに指示を出し、俺はローブの人物の右腕を取ったまま、部屋の中へと連れ込んだ。

「ラルフ、ローブを捲《まく》って顔の確認を頼む。ヘスターはいつでも魔法を使えるように準備。お前は少しでも動いたら即座に腕をへし折る。――本気だからな」

「なぁ、さっき……」

「いいから顔の確認をしてくれ」

短く的確に指示を飛ばし、ラルフに顔の確認を行ってもらう。

この位置からでは顔の確認はできないため、全てラルフにやってもらうしかない。

「どんな顔だ」

「――ッ!! おいっ、すぐにその人を離せクリス！ やっぱり『七福屋』のじいさんだぞ！」

その言葉に脳がパニックを起こすが、確かミエルは変装の達人だった。

ルゲンツさんに成りすましている可能性もある。

あいつは声まで変えることができていた。

「ラルフ、落ち着け。ひとまず俺の言った通り動いてくれ。変装している可能性も考えられる」

「いや！ この人は本当にじいさんだって！」

「いいから、落ち着いて指示に従ってくれ。まずは指輪の確認をしてほしい。人差し指に指輪はないか」

「ついてない！」

「左手の甲に傷は？」

「ついてない！」

前回見つけた変装では隠せない部分も白。

……………これは本当にルゲンツさんのようだ。完璧にやらかしてしまった。

すぐに襲ってしまったルゲンツさんを解放し、俺は謝罪の言葉を掛けた。

「いきなり襲ってしまってすまなかった。ここを訪ねてくる人なんて今までいなかったから、てっきり追手かと勘違いしてしまった」

「ワシの方こそすまなかったのう。こんな時間に押しかけてしまった」

「いや、いきなり襲う方がどうかしているから謝らないでくれ」

俺は深々とじいさんに頭を下げた。

「クリスは警戒心が強すぎる！　危うくじいさんの腕を折るところだったぞ」

「……確かにそうかもしれないが、確認してからじゃ遅いんだよ。俺はここで死ぬわけにはいかないんだ」

「もうよいもうよい。伝えてから来ればよかったワシのミスじゃ。クリスは今後もその警戒を忘れずにいてくれ」

ルゲンツさんが笑顔で間を取り持ってくれたことにより、俺とラルフの言い合いはストップした。

ラルフの言い分も分かるが、ミエルが襲ってきた時のことが頭の中にある俺としては、警戒を解くということは絶対にできない。

死なないためにも、ここだけは譲ることができなかった。

「……クリスがいきなりすまない。それで、じいさんはこんな時間に何しに来たんだ？　何か用があって来たんだろ？」

「実はヘスターに渡したいものがあってな」

「え？　私にですか？」

ここまで完全に蚊帳の外にいたヘスターの名が挙げられ、素《す》っ頓狂《とんきょう》な声を上げた。

ヘスターに渡したいもの……？　正直見当もつかない。

「これは昔、ワシの親が使ってたものでな。売りには出せないから、餞別《せんべつ》として持ってきたんじゃ。

クリスには本当に世話になったからの」

「頂いて本当にいいんですか？」

「構わん構わん。部屋で眠っているより使われた方が喜ぶじゃろ」

ルゲンツさんがヘスターに手渡したのは、先ほどから手に持っていた長杖だった。

先端には綺麗《きれい》な赤い宝玉のようなものがはまっていて、見るからに高そうな杖のようだ。

「ルゲンツさん、本当にありがとう！　大事に使わせていただきます！」

「そうしてくれると嬉《うれ》しいのう。そんで、ワシが生きているうちにまた顔を見せてくれ」

「ああ、必ず土産を持って訪ねる。この杖の借りもしっかりと返す」

「ほっほっほ。そりゃえらい楽しみができたのう」

ルゲンツさんはそう言い残すと、ぺこりと軽く頭を下げてから部屋を後にした。

『七福屋』には、本当に最初から最後までお世話になったな。

初見で訪ねた俺から盗品を買い取ってくれ、更には信用して、人生を大きく変えた本を後払いで売ってくれた。

そして今、手違いで襲ってしまったのに、怒る様子もなく笑顔でさらっと流してくれた器量。

目指す在り方は違えど、目上の人間で俺が唯一尊敬している人物。

いつか必ず、俺が大きくなったら恩を返す。

ルゲンツさんの背中を見て、そう心に誓った。

ルゲンツさんが訪ねてきたこと以外は、特に何も起こらず出発の日を迎えた。

ラルフとヘスターに友人がいても、俺たちを見送ってくれる人はおらず、重い荷物を背負って『シャングリラホテル』の部屋を出る。

最初は冒険者として稼げるようになるまで——そう決めてこの格安宿に泊まり始めたのだが、結局レアルザッドを離れる日まで住み続けてしまったな。

ボロボロの宿で、お世辞にも広いとは言えない一室に三人で雑魚寝《ざこね》。

何度、部屋を変えたいと思ったか覚えていないほどだが、いざ出ていくとなると少し寂しいものがある。

「いよいよ生まれ故郷を離れるんですね」

「裏通りに暮らしていた時の良い思い出なんてほとんどないけど……やっぱり少し寂しいな。この宿もさ、俺にとっては大事な大事な思い出の一つだ」

「私もです。実質、私とラルフにとっては、ここが人生の始まりの場所ですからね。……あの時、勇気を出してクリスさんに声を掛けたこと。ラルフは私に一生感謝してくださいね」

「そうだな。俺は猛反対したっけか。……まぁ一番に感謝するのはクリスにだけどよ」

「それはそうですね。クリスさんには私も感謝しかないです」

カビの生えたカッチカチの布団と、ボロくさいランプを見ながら二人も感傷に浸っているようだ。

この流れだと、もう何度目か分からない俺への感謝の流れになるため、俺は話を変えることに専念する。

「もう時間だ。そろそろ店主にお礼を言って出よう」

「そんな焦る必要あるか？　もう少し思い出に浸らせてくれよ！」

「道中で一泊する村への到着が間に合わなくなる。夜中に着いたら野宿確定だぞ」

「…………それは嫌だ。急いで出ようぜ！」

裏通り育ちでも外での野宿は嫌なのか、ラルフは慌てた様子で鞄を背負った。

入室した時以上に、綺麗にした部屋に三人で一礼してから、俺たちは『シャングリラホテル』を後にした。

最初は驚きの連続だった商業地区を見渡しながら歩き、門へと向かって歩を進める。

裏通りはここからは見えず、ちょっと覗いていきたい気持ちになるが……ここは我慢だ。

そんな踏ん切りをつけた瞬間——目の前にとある建物が見え、俺は挨拶をし忘れていた人物のことを思い出した。

「二人共、すまない。一つ行き忘れていた場所があったのを思い出した。少しだけここで待っていてくれるか？」

「時間ないんじゃないのか？　本当に野宿は嫌だぞ！」

「大丈夫だ。五分もかからない」

「待ってますので行ってきてください」

二人に謝罪を入れてから、俺は大荷物を抱えたまま、表通りの一等地にある教会へと足を踏み入れる。

俺にはルゲンツさんしか知り合いがいないと思っていたが、何度も能力判別をしてもらったグラハム神父がいたのをうっかり忘れていた。

あの神父を知り合いかと聞かれると難しい判断だが、あれだけ変なことをやらせておいて、何も言わずに出ていくのは違うと思ってしまったのだから仕方がない。

行われている礼拝には目もくれず、俺は一直線で能力判別の部屋に入った。

置かれたベルを手慣れた手つきで鳴らすと、すぐにグラハム神父がやってきた。

「あれ？　今日は大荷物ですが、どうかされたんですか？」

「実は今日でこの街を離れるんだ。挨拶がてら、最後に能力判別をやってもらおうと思って来た」

「そうでしたか……。それは寂しくなりますね」

「懐が――か？」

「いえいえ。頂いているお金は上に徴収されますし、純粋に寂しくなるということです」

「ちゃかしてすまないな。それじゃ最後の能力判別を頼む」

軽いやり取りをしたあと、俺はグラハム神父に金貨一枚と冒険者カードを手渡した。

「それでは行わせていただきます。――終わりましたよ」

「ありがとう。またレアルザッドに戻ってきたら、寄らせてもらう」

「はい。お待ちして……。――すみません。少しいいですか？」

笑顔で見送ろうとしていたグラハム神父は、急に真剣な表情へと変わり、俺を呼び止めた。

「ん？　まだ何かあるのか？」

「お伝えするかどうか迷ったのですが、贔屓《ひいき》にしてくれたお礼として情報を一つ教えておこうと思いまして。……実は、〝クリス〟と名の付く人物がいれば、すぐに報告しろと王都の枢機卿からお達しがありまして、もしかしたら貴方《あなた》のことではないかと頭を過《よぎ》ったのですが」

「王都の枢機卿？　偉い人なのか？」

「教会では教皇の次に偉い方ですね」

「偉い人が〝クリス〟と名の付く人を捜している？　そんなこと普段からあるのか？」

「いえ、こんなことは初めてでした。私は……まぁ上には報告しなかったのですが、気をつけた方がいいという忠告ですね。余計なお世話でしたら申し訳ございません」

クラウスの奴、教会とまで繋《つな》がっていたってことか？

手紙の一件で、もしかしたら本気にされてしまったかもしれない。

「いや、本当に助かった。情報をくれて本当にありがとう。……その教会の情報網というのは、どこまで広がっているのか教えてもらうことってできるか？」

「詳しいことは分からないので断言はできませんが、王都を中心とした街には全て指示がいっていると思います。逆に言えば、他の三大都市の近くまで行けば、お達しは出ていないと思いますよ」

「色々と本当に恩に着る。……俺に話してしまって、グラハム神父の方は大丈夫なのか？」

「ええ。〝報告漏れ〟や〝飲みの席でのうっかり〟が一つあったところで、何も問題ございません。くれぐれもお気をつけください」

俺は情報をくれたグラハム神父に深々と頭を下げてから、グラハム神父以外は信用できない教会を足早に後にした。

いい情報が得られたし、俺を担当してくれた神父があの人で本当によかったな。

「おいっ、おせーぞ！　なにが五分で戻るだよ！」

「ちょっと話し込んでしまってな。悪い、すぐに出よう」

「はい。行きましょう」

「野宿になったら、クリスに責任を取ってもらうからな！」

「大丈夫だって。ラルフの足は治ったんだから、いざとなれば走ればいい」

「……へへへ。そうだった。俺、全力で走れるんだよな」

「いや、〝全力〟では走らないけどな」

そんな会話をしながら、俺はたまたま流れ着いたこの街で見つけた二人のパーティメンバーと共に、一年間過ごしたレアルザッドを後にした。

少し下手を打ってしまったが、離れてしまえばゆっくりと力をつけることに専念できるはず。

クラウスへの復讐《ふくしゅう》の心を胸に宿し、俺は新天地を目指して歩みを進めたのだった。

MFブックス

追放された名家の長男 ～馬鹿にされたハズレスキルで最強へと昇り詰める～ 1

2023年6月25日　初版第一刷発行

著者　岡本剛也
発行者　山下直久
発行　株式会社KADOKAWA
〒102-8177　東京都千代田区富士見2-13-3
0570-002-301（ナビダイヤル）
印刷・製本　株式会社広済堂ネクスト
ISBN 978-4-04-682562-9 C0093

企画　株式会社フロンティアワークス
担当編集　齊藤かれん（株式会社フロンティアワークス）
ブックデザイン　AFTERGLOW
デザインフォーマット　ragtime
イラスト　すみ兵

本シリーズは「小説家になろう」（https://syosetu.com/）初出の作品を加筆の上書籍化したものです。
この作品はフィクションです。実在の人物・団体・事件・地名・名称等とは一切関係ありません。

ファンレター、作品のご感想をお待ちしています

宛先
〒102-0071　東京都千代田区富士見2-13-12
株式会社 KADOKAWA　MFブックス編集部気付
「岡本剛也先生」係「すみ兵先生」係

二次元コードまたはURLをご利用の上
右記のパスワードを入力してアンケートにご協力ください。

https://kdq.jp/mfb
パスワード
i523u

● PC・スマートフォンにも対応しております（一部対応していない機種もございます）。
●アンケートにご協力頂きますと、作者書き下ろしの「こぼれ話」がWEBで読めます。
●サイトにアクセスする際や、登録・メール送信時にかかる通信費はご負担ください。
● 2023年6月時点の情報です。やむを得ない事情により公開を中断・終了する場合があります。

無職転生
~蛇足編~
理不尽な孫の手
Rifujin na Magonote
イラスト：シロタカ
本編の続きを描く物語集、
『蛇足編』開幕！
ビヘイリル王国での決戦の末、勝利した
ルーデウス・グレイラット。
彼を取り巻く人々のその後を描く物語集
『蛇足編』が開幕！
シリーズ第1巻ではノルンの結婚話
『ウェディング・オブ・ノルン』、
ルーシーの初登校を描く
『ルーシーとパパ』、
ドーガとイゾルテの婚活話
『アスラ七騎士物語』に加え、
ギレーヌの里帰りを描く書き下ろし短編
『かつて狂犬と呼ばれた女』の四編を収録。
人生やり直し型転生ファンタジー、
激闘のその後の物語がここに！
MFブックス新シリーズ発売中!!

okane ha saitsuyomahou desu!
お金は最強《さいつよ》魔法です！
SAITSUYO!
追放されても働きたくないから
数字のカラクリで遊んで暮らす
Rootport
イラスト：くろでこ
それでも俺は、
働かずに生きる
ことを諦めない！……で、どうしよう？
勇者パーティの一員として竜王を討伐したルーデンス。その帰りに立ち寄った街で、彼は賭け事を行い、見ず知らずの奴隷少女を助けるためにパーティの全財産を失ってしまう。
当然パーティは追放、お金もない。それでも彼は、働かずに生きることを諦めない！
知恵と口先でお金を稼ぎ、遊んで暮らすことを目指す！！
MFブックス新シリーズ発売中!!
MFブックス

八男って、それはないでしょう!
みそっかす
著 Y・A
イラスト：藤ちょこ
ヴェルと愉快な仲間たちの黎明期を全編書き下ろしでお届け!
冒険者予備校時代のヴェルに降りかかる面倒事『狩猟勝負』、
生きるために狩るヴィルマの狩猟生活『英雄症候群の少女ヴィルマ』、
聖女と呼ばれるに至ったエリーゼの正道の記録『聖女誕生』、
以上の三本を収録!
MFブックス新シリーズ発売中!!
MFブックス

呪われた龍にくちづけを
綾束 乙
イラスト：春が野かおる
義父が作った借金返済のため奉公に出た明珠《めいじゅ》は、その屋敷で暮らす三人──目を瞠《みは》るほどの美少年の英翔《えいしょう》と、従者の青年、季白《きはく》と張宇《ちょうう》に出会い、彼らに仕えることに。個性豊かな三人に囲まれたにぎやかな日々の裏では、彼らの隠すある秘密を巡り不穏な気配が渦巻き──！？
仕える主は“呪い”を抱えた美少年!?
秘密だらけな
中華風ファンタジー！

薬草採取しかできない少年、
最強スキル『消滅』で成り上がる
Yakuso saishu shika dekinai shonen, saikyo skill "sho-metsu" de nariagaru
このF級冒険者、
無自覚に無敵！
岡沢六十四
Okazawa Rokujuyon
イラスト：シソ
STORY
15歳の少年エピクはひとりで活動するF級冒険者。しかしある日、実力不足を理由にギルドを追放されてしまう。路頭に迷う中で出会ったのは、薬師協会長の娘スェル。「エピクさん、ここで一緒に働いてください!」というスェルの提案で生活の基盤を整えたエピクは、これまで隠してきた「どんなモノでも消滅できる」スキルの応用術を身につけて成り上がっていく——。
MFブックス新シリーズ発売中!!

辺境の魔法薬師
自由気ままな異世界ものづくり日記
STORY
ある日女神に「私の世界の魔法薬を改革してほしい」と頼まれ転生すると、そこでは「最低品質」「ゲロマズ」「もはや毒」の三拍子が揃った悪夢のような魔法薬がはびこっていた！　辺境伯家の三男ユリウスとして転生した俺は、前世のゲームスキルを活かし魔法薬改革をスタートさせる。
えながゆうき
イラスト：パルプピロシ
激マズ魔法薬を発展させながら、
のんびり
ものづくり
スローライフを楽しみます！
第7回
カクヨムWeb小説コンテスト
異世界ファンタジー部門
特別賞
受賞作
MFブックス
MFブックス新シリーズ発売中!!

アンケートに答えて
著者書き下ろし
「こぼれ話」を読もう！

「こぼれ話」の内容は、
あとがきだったり
ショートストーリーだったり、
タイトルによってさまざまです。
読んでみてのお楽しみ！

よりよい本作りのため、
読者の皆様のご意見を参考にさせて頂きたく、
アンケートを実施しております。

奥付掲載の二次元コード（またはURL）にお手持ちの端末でアクセス。

↓

奥付掲載のパスワードを入力すると、アンケートページが開きます。

↓

アンケートにご協力頂きますと、著者書き下ろしの「こぼれ話」がWEBで読めます。

- PC・スマートフォンに対応しております（一部対応していない機種もございます）。
- サイトにアクセスする際や、登録・メール送信時にかかる通信費はご負担ください。
- やむを得ない事情により公開を中断・終了する場合があります。